Über den Autor:

Timo Mäkitalo, geboren 1985, ist seit fünfundzwanzig Jahren Läufer. Als Kind lief er für sein Taschengeld, als Jugendlicher für Medaillen und heute für sich. Seinen ersten Marathon finishte er 2016 in Frankfurt in mehr als drei, aber weniger als vier Stunden. Sein ursprüngliches Laufrevier liegt um den Großen Feldberg im Taunus. Heute lebt, arbeitet und läuft er in Augsburg.

Man findet ihn auf Instagram (@lauftimolauf) und auf Strava.

Timo Mäkitalo

Einmal Marathon

Roman

Bibliografische Information der Deutschen
Nationalbibliothek:
Die Deutsche Nationalbibliothek verzeichnet diese
Publikation in der Deutschen Nationalbibliografie;
detaillierte bibliografische Daten sind im Internet über
http://dnb.dnb.de abrufbar.

Umschlaggestaltung: Belma Mehinagić

Herstellung, Lektorat und Verlag:
BoD – Books on Demand, Norderstedt

ISBN: 978-3-7562-5619-8

Für Simone:
Mit Dir stand ich am Start.

Für Svenja:
Mit Dir komme ich ins Ziel.

STARTLINIE

Nur nicht nervös werden.

Ich schaue mich um und fahre mir durchs Haar, bücke mich und prüfe die Schnürsenkel. Genau richtig, nicht zu fest und nicht zu locker, wie vor fünf Minuten. Ich ziehe an meinem Shirt, an dem die Startnummer befestigt ist.

Nicht nervös werden? Das sagt sich so leicht. Zum ersten Mal in meinem Leben stehe ich in diesem Pulk von Menschen, und warte auf den Startschuss. Die Spannung ist greifbar. Manche tippeln auf der Stelle, andere zuppeln unentwegt an ihrer Kleidung. So wie ich. Nun fährt mein Gedankenkarussell wieder los. Es ist mein erstes Mal und ich weiß nicht, was mich erwartet. Werde ich es schaffen? Bin ich ausreichend vorbereitet? Werde ich zu schnell loslaufen? Was passiert, wenn ich einbreche?

Nur nicht nervös werden.

Ich murmele leise mein Mantra und schaue auf die Uhr. Es ist kurz vor zehn. In wenigen Minuten wird sich die Menschenmasse nach vorne bewegen.

Hinter mir stehen zwei Läufer, die sich entspannt über das unterhalten, was uns bevorsteht. Da es so eng im Startbereich ist, kann ich nicht nur alles mithören, ich kann sogar die Vaseline riechen, mit der sie sich eingeschmiert haben.

«Was ist dein Plan für heute?»

»Ankommen.«

Für mich auch. Erst mal loslaufen und dann weiterschauen. Ich will am Anfang in der Menge mitschwimmen, um Kräfte zu sparen. Hinten raus, auf den letzten zehn bis fünfzehn Kilometern, wird es schwer genug.

»Ich peile drei Stunden zehn an, wenn alles gut läuft. Aber anfangs orientiere ich mich an den Pacemakern für drei fünfzehn.«

»Wo sind die eigentlich? Hast du die schon gesehen?«

Ich schaue wieder auf die Uhr. Es geht gleich los und von den Pacemakern keine Spur. Normalerweise sollte ich ihre gelben, mit Helium gefüllten Ballons über den vielen Köpfen ausmachen können. Ich will mich an ihnen orientieren, das habe ich mir vorgenommen. Dass ich sie nicht sehe, steigert meine Unruhe. Nicht nervös werden, sage ich mir. Die tauchen schon noch auf. So lange laufe ich einfach den anderen hinterher.

Ich lasse meinen Blick umherschweifen. Immer noch kommen viele Läufer aus der Festhalle, um sich ihren Platz im Startbereich zu suchen. Ich stehe im ersten Block, der um Punkt zehn Uhr startet. Die folgenden Blöcke werden in Abständen von jeweils fünfzehn Minuten auf die Strecke geschickt, in der Hoffnung, dass sich das Feld entzerrt und weniger Staus entstehen. Da ich momentan weit hinten warte, muss ich dennoch mit einem dichten Gedränge rechnen. Es wird mindestens einen Kilometer dauern, bis ich frei laufen kann, ohne dabei ständig angerempelt zu werden. Einen Vorteil hat die Menschenmenge aber. Trotz der kühlen Temperaturen friere ich nicht. Joachim hat mich davor gewarnt, mich zu dick anzuziehen.

»Irgendwann wird dir warm«, hat er gesagt. »Am Start musst du leicht frösteln.«

Als könnten meine zwei Hintermänner meine Gedanken lesen, sprechen sie nun über das Wetter.

»Eigentlich optimale Bedingungen heute. Zwölf Grad, kein Regen, nicht zu viel Wind. Der Wind ist das Schlimmste, weil er in den Hochhausschluchten deutlich zulegt.«

»Ich mag ein bisschen Nieselregen, wegen der Kühlung.«

»Ich nicht. Dann reibt das Hemd zu sehr an der Brust.«

»Ja, stimmt auch wieder.«

Ich prüfe erneut meine Schnürsenkel. Passt, nicht zu fest und nicht zu locker. Ich hebe den Blick und schaue ehrfurchtsvoll auf den Hammering Man in der Ferne. Die zwanzig Meter hohe, schwarze Statue stellt die Silhouette eines Arbeiters dar, der beständig mit dem Hammer auf ein Werkstück in seiner Hand schlägt. Ich muss schmunzeln. »Der Mann mit dem Hammer« ist unter Läufern ein gebräuchlicher Ausdruck dafür, dass einem am Ende des Marathons buchstäblich der Saft ausgeht. Passenderweise steht dieses Monument kurz vor dem Ziel, genauer gesagt bei Kilometer zweiundvierzig. Dass ich den Mann mit dem Hammer auch beim Start sehe, wirkt wie eine Drohung. Vor ihm kann ich mich nicht verstecken, er kommt in jedem Fall, ob als Hungerast oder als Statue. Ich schüttele mich kurz, um diesen Gedanken loszuwerden.

Neben der Startlinie, etwa fünfzig Meter weiter vorne, ist eine Bühne aufgebaut. Dort steht ein Moderator, der nun die schnellen Afrikaner vorstellt, die heute starten. Es sind hauptsächlich Kenianer, die darauf hoffen, in den Bereich des Weltrekords zu kommen. Frankfurt bietet eine schnelle Strecke, eine der schnellsten der Welt. Mir ist das alles egal. Die laufen ihr Rennen, ich laufe meins. Ich bin nicht hier, um ihnen den

Rekord wegzuschnappen. Ich bin gekommen, um es zu Ende zu bringen.

Für die meisten ist ein Marathon ein Lauf über zweiundvierzig Kilometer, nicht mehr und nicht weniger. Für manche ist es die Königsdisziplin des Langstreckenlaufs. Ein Mythos, begründet durch einen legendären Griechen und fortgeführt mit unzähligen Triumphen und Tragödien im Laufe der Geschichte der Olympischen Spiele. Hier und heute ist es ein Massenevent. Mehr als zehntausend Menschen stehen am Start. Jeder hat seinen individuellen Grund, warum er mitläuft, und ich habe meinen. Das Verrückte daran ist, dass ich ihn selbst nicht kenne – noch nicht, muss ich sagen, um präzise zu sein. Ich bin hier, um ihn zu erfahren. Vor sechs Monaten habe ich mit dem Training begonnen, um etwas über mich herauszufinden. Und heute bringe ich es zu Ende. Ich gehe der Sache auf den Grund. Es ist nicht wie bei den unzähligen Projekten zuvor. Anna hat es gesagt: »Jetzt ziehst du es durch.« Das werde ich.

Ich rufe mir die Tipps ins Gedächtnis, die mir Joachim, Christian und Günther gegeben haben: »Lauf langsam los, sei geduldig. Finde den Weg durch die Menschenmassen, finde deinen Weg. Irgendwann wird es ruhig um dich. Dann zieht sich der Marathon in die Länge und jeder läuft für sich allein. Nun zeigt sich, ob du über ausreichend Demut verfügst. Damit ist es aber noch nicht getan. Am Ende kommen die Schmerzen. Sie sind unvermeidbar. Zuletzt benötigst du einen eisernen Willen. Nur damit kommst du ins Ziel: mit Geduld, Demut und Willen.«

Daran habe ich mich während der vergangenen Monate festgehalten. In jedem Moment der Entbehrung habe ich mir den Zieleinlauf auf dem roten Teppich der Frankfurter Festhalle vorgestellt. Nicht nur während der Entbehrungen, auch während der Streitereien mit Anna. Ich musste mir und ihr jedes Mal sagen, wofür ich das tat. Warum ich auf so vieles verzichtete. Ob sie es verstanden hat? Ob sie es jemals verstehen wird?

Der Gedanke an Anna treibt mir eine dunkle Wolke vor die Stirn. Ob sie heute an der Strecke steht und zuschaut? Ich weiß es nicht.

Noch eine Minute bis zum Start. Aus den Boxen erklingt Musik, die Party kann beginnen. Lauf nicht zu schnell los, werde nicht nervös, bleib hinter dem Pacemaker. Soll ich noch mal die Schnürsenkel prüfen? Nein, keine Zeit mehr. Die Stoppuhr ist genullt. Es kann losgehen.

Ich versuche, mich darauf zu konzentrieren, was nun vor mir liegt. Auf die nächsten drei Stunden, in denen ich etwas erfahren werde, das ich nur durch das Laufen erfahren kann. Der Marathon hat auf mich gewartet, da bin ich mir sicher. Welchen Weg hätte ich eingeschlagen, wenn ich mich nicht dazu entschieden hätte? Wo wäre mein Leben ohne den Marathon? Ich weiß, es ist eine hypothetische Frage, da ich die Antwort nie werde wissen können. Aber das dahinter liegende Problem ist real, denn es hat mit Anna zu tun. Mit meiner Beziehung zu ihr, mit unserer Liebe. Wo stünde unsere Liebe ohne den Marathon?

Während der Moderator den Countdown zum Startschuss herunterzählt, denke ich an jenen Tag vor sechs Monaten zurück, an dem ich Anna von meinem Plan erzählte.

»Zehn, neun, acht, sieben, sechs, fünf, vier, drei, zwei, eins …«

KAPITEL EINS

LAUFTREFF

Etwas stimmte nicht mit dem Steak. Simon trennte ein Stück davon ab, spießte es mit der Gabel auf und betrachtete es. Das Fleisch war innen rosa und außen gar. Es ließ sich gut schneiden, war nicht zu zäh. Er nahm den Happen in den Mund und ließ ihn auf der Zunge zergehen. Perfekt, so wie es sein sollte. Trotzdem stimmte etwas nicht.

»Sie haben sich getrennt.« Die Stimme seiner Freundin drang wie aus weiter Ferne an sein Ohr.

Er hob den Kopf und schaute sie an. Sie trug ihr dunkelbraunes Haar heute offen. Da sie direkt aus dem Büro gekommen war, hatte sie noch ihre blaue Bluse an, von der Simon meinte, dass sie ihre Augen gut betonte. Er fand es faszinierend, dass er ihre Augenfarbe nie genau bestimmen konnte. Je nach Licht schimmerten sie mal blau, mal grünlich oder sogar grau. So fühlte er sich stets gezwungen, ihr in die Augen zu sehen, in der Hoffnung, dieses Rätsel irgendwann zu lösen.

Der Gedanke, dass etwas mit dem Fleisch nicht stimmte, ließ Simon keine Ruhe. Anna hatte Tafelspitz bestellt, mit dem alles in bester Ordnung zu sein schien. Jedenfalls vermutete er das, denn sie setzte ihre Erzählung von einer Trennung im Freundeskreis ungestört fort. Simon hörte nur halb hin und inspizierte weiter sein Steak. Äußerlich war nichts daran auszusetzen. Es war medium rare gebraten, so wie Simon es bestellt hatte. Dass es mit den Bratkartoffeln und dem gedünsteten Gemüse geschmacklich nicht harmonieren könnte, schloss er ebenfalls aus. Auch der Rotwein ergänzte das Fleisch sehr gut – nein, umgekehrt, das Fleisch unterstützte die Geschmacksnote des Weines, verbesserte sich Simon. Er war zwar kein Pedant, aber er wusste, dass der falsche Wein den Genuss eines guten Steaks entscheidend schmälern konnte. Daher hatte er bei der Bestellung nach der Empfehlung des Kellners gefragt, der ihm zu einem trockenen, französischen Rotwein geraten hatte. Auf diesen Rat hatte sich Simon verlassen und war nicht enttäuscht worden.

Woran lag es also? Das Fleisch war richtig gebraten, die Beilagen, die Soße und der Wein passten. Somit gab es keinen Grund, dieses Essen zu bemängeln. Und trotzdem war Simon der Genuss vergällt. Am meisten quälte ihn, dass er die Ursache nicht kannte.

Jetzt merkte er, dass Anna verstummt war. Sie schaute ihn an, als hätte er ihr nicht zugehört. Er erinnerte sich daran, dass sie vorhin von einer Trennung gesprochen hatte.

»Wer?«, fragte er ins Blaue hinein.

»Na, Sarah und Matthias!«

Sie saßen in ihrem Lieblingsrestaurant. Es war zwar ungewöhnlich für einen Dienstag, doch sie hatten sich am Wochenende kaum gesehen, obwohl sie zusammen wohnten. Anna wollte ihm heute Abend von ihrer Arbeit erzählen, von einer neuen Aufgabe, die sie übernehmen sollte. Doch die Nachricht von der Trennung ihrer besten Freundin hatte Annas Stimmung getrübt. Dabei war es absehbar gewesen, denn Sarah war mit Matthias schon lange nicht mehr glücklich gewesen. Dementsprechend wunderte sich Simon nicht. Überdies hatte er Matthias nie gemocht. Er hielt ihn für arrogant und selbstverliebt. Die gutaussehende Sarah war für ihn nicht mehr als ein Statussymbol gewesen.

»Der konnte doch froh sein, jemanden wie Sarah zu haben.«

Simon schaute zu, wie Anna in ihrem Essen stocherte. So richtig zu schmecken schien es ihr auch nicht.

»Die beiden haben sich klassisch auseinandergelebt. Es war am Ende mehr eine WG als eine Beziehung.«

»Und dann ist es okay, wenn sie mit anderen Typen flirtet?«

Anna hatte ihm erzählt, dass Sarah bereits seit Wochen offensiver mit fremden Männern sprach, teilweise offen flirtete und auch schon ihre Nummer weitergegeben hatte. Als hätte sie die Trennung vorweggenommen, die sie offiziell erst am letzten Wochenende vollzogen hatte. Simon gefiel das nicht. Seiner Meinung nach gehörten zu einer Beziehung klare Verhältnisse. Flirten war für ihn ein Vertrauensbruch.

»Damit hat sie nicht viel mehr kaputt gemacht«, meinte Anna nur.

Für sie schien das Thema nun erledigt zu sein. Das konnte Simon nicht so recht glauben.

»Sie waren noch zusammen. Das ist nicht in Ordnung. Sarah hätte erst mit Matthias Schluss machen sollen, bevor sie sich jemand anderen sucht.«

»Das kannst du so sehen. Aber Sarah hat das Recht, selbst darüber zu entscheiden.«

Simon wusste, wie diese Diskussion enden würde. Für ihn basierte eine Beziehung auf Kommunikation und Vertrauen. Man öffnete sich dem Partner und dieses Vertrauen musste geschützt werden. Ohne Vertrauen gab es keine Beziehung.

Anna hingegen glaubte daran, dass zu einer glücklichen Partnerschaft die richtigen Voraussetzungen gehörten. Wenn zwei Menschen zueinander passten, dann war sie stabil. Wenn nicht, dann gab es ein Ablaufdatum. Daran konnten auch Kommunikation und Vertrauen nichts ändern. Simon und Anna hatten dieses Thema schon einige Male durchdiskutiert.

Widerwillig verschlang Simon die letzten Bisse seines Steaks und spülte sie mit dem verbleibenden Wein herunter. Früher hätte er für ein solches Abendessen alles stehen und liegen gelassen. Ein gutes Restaurant, das perfekte Steak, ein bisschen Alkohol, dazu Anna und ein Thema, über das sie stundenlang reden konnten. Doch heute war es anders. Sie hatten die Problematik von Treue in kaputten Beziehungen schon überstrapaziert. Keiner hatte etwas beizutragen, was der andere nicht bereits wusste. Und Simons Gedanken hingen immer noch bei dem Fleisch.

Konnte es sein, dass nicht das Steak das Problem war, sondern er? Eine stille Wut stieg in ihm auf, die weniger auf das Essen gerichtet war – denn das Fleisch war in Ordnung, daran gab es keinen Zweifel. Er hatte die Fakten selbst überprüft. Dennoch konnte er es nicht genießen. Er war sauer, weil er viel Geld für ein teures Abendessen bezahlen musste, an dem er keine Freude fand.

Simon schloss die Augen und atmete tief durch. War er schlicht zu müde, um sich dem Genuss hinzugeben? Vielleicht war er zu gestresst, um sich zu entspannen. Nein, sein Gefühl sagte ihm, dass das keine ausreichende Erklärung sein konnte. Es musste mehr dahinterstecken. Als hätte er einen inneren Hunger, der seine Geschmackspapillen taub machte. Er seufzte lautlos. Dagegen war er machtlos. Woher rührte diese plötzliche Unempfänglichkeit gegenüber dem Genuss? Es verstärkte seine Wut und seine Unzufriedenheit, dass er den Grund nicht klären konnte. Und wenn er die Ursache nicht kannte, dann konnte er auch nicht daran arbeiten. Er würde abwarten müssen, ob sich das Phänomen wiederholte.

Während des Nachtischs sprach Anna von ihrer Arbeit. Sie war bei einem Großhändler für Lederwaren in der Marketingabteilung tätig. Es war ihr erster Job nach dem Studium. Mittlerweile war sie fast zwei Jahre dort und hatte sich gut eingelebt. Sie erhielt spannende Aufgaben – im Wesentlichen war sie für den Internetauftritt des Unternehmens und die PR zuständig – und die Kollegen waren nett. Ihr Chef war ein wenig altmodisch, so wie die Firma im Allgemeinen. »Handelscontor Schlied & Söhne Cie.« war vor mehr als hundertzwanzig Jahren gegründet worden, und das machte sich an jeder Stelle bemerkbar. Das Bürogebäude war ein Altbau, der den Zweiten Weltkrieg wie durch ein Wunder unbeschadet überstanden hatte. Schwere Wandteppiche und Gemälde der Familie Schlied schmückten die hohen Wände im Inneren. Das Parkett knarzte und die Holztüren ächzten. Die Geschäftsführung und die oberste Führungsebene bestanden ausschließlich aus grauhaarigen Männern. Annas Chef, Herr Hansen, war einer von ihnen. Auch wenn sie ihn persönlich unsympathisch fand, zeigte sie Respekt vor seinem Fachwissen und seiner Berufserfahrung.

Eigentlich war sie zufrieden mit ihrer Arbeit. Sie konnte entspannt ihren Job machen, nach acht Stunden heimgehen und die Freizeit mit Simon genießen. Doch die wirtschaftliche Situation des Unternehmens ließ ihr keine Ruhe. Die Geschäftsführung kommunizierte die Zahlen zwar nicht offen, aber Anna hatte von einer Kollegin aus dem Vertrieb gehört, dass die Umsätze immer weiter zurückgingen, während die Wettbewerber an Marktanteilen gewannen. Anna beunruhigte diese Nachricht. Sie kaute nun schon ein paar Wochen darauf herum.

Simon hörte Anna geduldig zu, wie immer, wenn sie ihm von ihren Sorgen erzählte. Oft hatte er überlegt, wie er sie unterstützen könnte, aber er hatte vom Lederwarenverkauf keine Ahnung. Also wartete er auch diesmal ab und ließ sie sprechen. Er wollte ihren Sorgen einen Raum geben und sie dann mit der Tatsache trösten, dass es nicht ihr Job sei, zu verkaufen. Sie arbeitete schließlich im Marketing, nicht im Vertrieb. Doch das Gespräch schien heute eine neue Richtung einzuschlagen. In Annas Stimme schwang Zuversicht mit: Sie hatte eine Idee.

»Ich glaube, wir erreichen die Kunden nicht mehr dort, wo sie unterwegs sind.«

Simon schaute sie verständnislos an.

»Sie kaufen heutzutage zunehmend im Internet. Doch bei uns läuft online fast nichts, nur ein bisschen über ein paar Handelspartner beziehungsweise über Amazon. Im Internet sind wir kaum präsent.«

»Aber ihr habt doch eine Homepage. Und wenn ich Schlied google, finde ich euch sofort.«

»Wer googelt denn Schlied? Wir sind nur ein Händler unter vielen. Die Käufer suchen nach den bekannten Marken, Strellson, Joop und so weiter. Uns kennt kein Mensch. Hier müssen wir ansetzen. Wenn du Strellson googelst, dann muss unser Angebot an mindestens dritter Stelle stehen – das ist das Ziel.«

»Und wie soll das gehen?«

»Als Erstes über einen eigenen Shop. Außerdem müssen wir in SEO und SEA investieren. Wir brauchen einen Kanal auf Facebook, Instagram und Pinterest. Und wir müssen über die Influencer streuen. Das volle Programm halt.«

Simon schaute seine Freundin verdutzt an. So engagiert hatte er sie in Bezug auf ihre Arbeit noch nie erlebt. Sie strahlte so viel positive Energie aus, dass er bereits ihre Zustimmung zu seinem eigenen Anliegen fühlte, obwohl sie davon noch gar nichts ahnte.

»Ist das irgendwas Besonderes?«, hakte Simon nach. Er konnte nicht alle Begriffe zuordnen, die Anna eben verwendet hatte.

»Nein!«, rief sie ein wenig zu laut, weshalb sich ein Gast am Nachbartisch zu ihnen umdrehte. Erschrocken über ihre eigene Vehemenz senkte Anna den Kopf und die Stimme. »Nein, mittlerweile ist es Standard. Das ist ja das Schlimme! Schlied hat den Wandel komplett verschlafen. Wir verkaufen unsere Produkte immer noch wie in den Neunzigern.«

Simon nickte, diesmal verständnisvoller.

»Ich habe Herrn Hansen heute darauf angesprochen. Er fand meine Idee gut. Zumindest hatte ich das Gefühl, dass er ihr nicht abgeneigt ist. So direkt hat er es nicht gesagt, er wirkte ein wenig gestresst.«

»Moment mal, welche Idee meinst du konkret? Du hast eben einige Dinge aufgezählt.«

»Genau weiß ich es noch nicht. Das Konzept muss ich erst ausarbeiten.«

»Aha. Soweit ich das beurteilen kann, ist Herr Hansen nicht dafür bekannt, hohe Risiken einzugehen. Du hast gerade von Investitionen gesprochen. Das heißt, ihr müsst Geld in die Hand nehmen, und das macht kein Chef gerne. Wie willst du ihn überzeugen?«

Anna verschränkte die Arme. »Denkst du etwa, dass ich falsch liege?«

»Nein, ich finde deine Vorschläge super. Es wird Zeit, dass ihr im einundzwanzigsten Jahrhundert ankommt. Ich will dich nur auf die Widerstände vorbereiten, die dir begegnen könnten. Keiner wird sofort sagen: Oh vielen Dank, Frau Gärtner, darauf haben wir nur gewartet, dass jemand mit so klugen Ideen um die Ecke kommt.«

»Ja, ich weiß.« Anna verzog den Mund.

Simon kannte diese Miene, die sie immer aufsetzte, wenn sie auf etwas keine Lust hatte, das unvermeidbar war. So wie Wäsche waschen oder die Spülmaschine ausräumen.

»Ich habe ja eben gesagt, dass ich die Vorschläge noch ausarbeiten muss. Ich werde erst wieder mit Herrn Hansen darüber sprechen, wenn ich ein schlüssiges Konzept habe.«

Simon versuchte ein beschwichtigendes Lächeln. »Das ist gut. Ich möchte nur, dass du nicht enttäuscht bist, falls es nicht klappt. Wenn du ein gutes Konzept hast, dann liegt es nicht an dir, wenn sie es ablehnen. Herr Hansen sollte froh sein, dass er eine Mitarbeiterin wie dich im Team hat. Eine, die auch außerhalb der eigenen Abteilung an das Unternehmen denkt. Ich bin auf deiner Seite, das weißt du. Alle kaufen online, das ist schließlich kein Geheimnis. Diese Strategie zu verfolgen, ist alles andere als eine Schnapsidee.«

Jetzt lächelte Anna ein wenig. »Stimmt. Schnapsideen sind eher dein Bereich.«

Sie gingen zu Fuß nach Hause und nahmen einen kleinen Umweg durch die Felder. Es war ein lauer Frühlingsabend. Da die Sonne inzwischen verschwunden war, war es zwar ein wenig kühl, aber Anna fühlte den Sommer schon mit großen Schritten nahen. Die Bäume trugen bereits neongrünes Laub. Bald würden die Tage wieder länger werden und sie könnten die Abende gemeinsam auf dem Balkon verbringen.

Sie überquerten die Bahngleise und eine Straße. Schweigend betraten sie den kleinen Wald, der dahinter lag. Hin und wieder knackten Zweige, sonst war alles ruhig.

»Ich laufe einen Marathon«, sagte Simon in die Stille hinein.

Anna sah ihn mit einem spöttischen Lächeln an. »Morgen oder nächste Woche?«

»Nein, in einem halben Jahr. Hier in Frankfurt.«

»Im Ernst?«, fragte sie verdutzt.

»Ja, ich habe mich gestern angemeldet.«

»Wie lang ist so ein Marathon noch mal?«

»Zweiundvierzig Komma eins neun fünf Kilometer.«

»Das ist ganz schön viel. Schaffst du das überhaupt?«

»Ich denke schon.«

»Wirklich diszipliniert bist du ja nicht. Deine Idee, einmal durch ganz Deutschland zu wandern, hat sich auch in Luft aufgelöst.«

»Das ist etwas anderes. Ich weiß, ich werde noch viel trainieren müssen, aber ich werde es schaffen. Ich will keinen Weltrekord laufen, ich will einfach nur ankommen.«

Anna schwieg eine Weile. Sie war gedanklich noch bei der Arbeit und bei Sarahs Trennung. Simons Plan hatte sie überrascht und nun musste sie in ihrem Kopf zuerst Platz dafür schaffen. Sie hörte kurz in sich hinein und neben der Ahnung, dass er es sowieso nicht durchziehen würde, spürte sie ein Gefühl der Sorge. War es Sorge um ihn? Sie wusste nicht viel über den Frankfurt Marathon, aber das Vorhaben war sicherlich mit einigen Strapazen verbunden. Simon würde leiden. Und der Gedanke an dieses Leid beunruhigte sie.

Simon atmete hörbar aus. Offenbar wartete er noch auf eine Antwort. Da sie spontan nicht wusste, wie sie damit umgehen sollte, wählte sie einen diplomatischen Weg.

»Ich finde es gut. Ich weiß zwar nicht, ob du es schaffst, aber ich finde gut, dass du es probierst.«

»Das klingt nicht so, als ob du mir das zutraust.«

Sie seufzte. Er ließ einfach nicht locker. Aber es stimmte. Simon entwarf öfter große Pläne, ohne sie zu realisieren. Im vergangenen Jahr hatte er sich detailliert den Europäischen Fernwanderweg angeschaut, der von Flensburg bis an den Bodensee führt. Sein Plan war, ihn von Norden nach Süden zu wandern. Er hatte die Strecke bereits in Etappen eingeteilt und sogar nach Unterkünften geschaut. Doch als er ausgerechnet hatte, dass die Wanderung mindestens zwei Monate dauern würde, war die Idee vom einen auf den anderen Tag gestorben. So viel Urlaub hätte er in seinem Job nicht bekommen, hatte er erklärt. Anna kannte noch mehrere Beispiele dieser Art, und alle folgten dem gleichen Schema. Immer begann es mit einer Ankündigung, so auch heute.

»Ich glaube, das ist wieder so eine Idee von dir«, gab sie zu.

Sie war von ihren einsilbigen Antworten selbst genervt. Aber sie konnte sich jetzt nicht mit dem Thema auseinandersetzen. Sie würde nachher noch Sarah anrufen, die sicher jemanden zum Reden brauchte. Auch wenn sie momentan kaum unter der Trennung zu leiden schien, ahnte Anna doch, dass in Sarahs Innern eine Angst steckte, die sich bald mit lauter Stimme melden würde: die Angst vor dem Alleinsein.

Sie ließen den Wald hinter sich und gingen die Straße zu ihrer Wohnung hinunter.

Simon ergriff wieder das Wort: »Es ist mehr als eine Idee. Ich habe einen Plan. Und diesmal werde ich ihn bis zum Ende durchziehen.«

Anna musste lachen. Das hatte er bislang jedes Mal gesagt.

»Ich habe mich gestern angemeldet, jetzt gibt es kein Zurück mehr. Du wirst schon sehen.«

Im Licht der Straßenlaterne konnte Anna nun Simons Gesichtsausdruck erkennen. Er strahlte Ernsthaftigkeit aus. Sie bekam ein schlechtes Gewissen, weil sie an seinem Vorhaben zweifelte. Vielleicht war es diesmal wirklich anders? Ihr gefiel der Gedanke, dass er sein Projekt durchziehen wollte. Seine Entschlossenheit zeigte Männlichkeit. Dennoch war ihr unwohl, da er offenbar etwas von ihr erwartete. Hatte er nicht verstanden, dass sie gerade andere Themen auf dem Tisch hatte?

»Okay, du hast recht. Ich freue mich, wenn du es durchziehst. Aber warum erzählst du mir das alles? Warum machst du es nicht einfach?«

Sie waren mittlerweile vor ihrer Haustür angekommen. Simon blieb stehen und nahm Annas Hand.

»Ich hatte erwartet, dass du ein bisschen Begeisterung zeigst. Der Marathon ist eine große Sache für mich und du nimmst mich nicht ernst. Was soll das?«

Anna schaute betreten zu Boden. Warum war sie auf einmal schuld? Sie hatte doch nur ihre Meinung gesagt. Normalerweise war Simon nicht so dünnhäutig. Etwas beschäftigte ihn, sonst hätte er sie nicht so angegangen.

»Wie hätte ich denn reagieren sollen?«

»Du hättest zum Beispiel sagen können, dass du toll findest, dass ich es versuche. Und dass du glaubst, dass ich es in jedem Fall schaffe.«

Anna ließ seine Hand los und schüttelte den Kopf. Dann atmete sie tief durch. »Ich glaube, es wird eine große Herausforderung für dich. Ich habe keine Ahnung vom Laufen, geschweige denn vom Marathontraining. Ich weiß nicht, wie du dich mental am besten vorbereitest. Kurz gesagt: Ich kann dir nicht helfen. Da musst du allein durch.«

Sie schloss die Tür auf und ging die Treppe hoch.

Am nächsten Tag setzte sich Simon an seinen Schreibtisch, um das Training der nächsten Monate zu planen. Trotz der Zurückweisung war es gut zu wissen, dass er von Anna keine Unterstützung erwarten konnte. Natürlich hätte er es am liebsten gehabt, wenn sie Feuer und Flamme für seine Idee gewesen wäre. Andererseits stand nun fest, dass sie sich komplett aus der Planung heraushalten würde. Er konnte seine Trainingszeiten so einteilen, wie er es brauchte. Sie wollte mit der ganzen Angelegenheit nichts zu tun haben, also würde er sie nicht weiter damit behelligen.

Er musste sich selbst erst darüber klar werden, wie er die Vorbereitungen angehen wollte. Dabei war er sich seiner Sache keineswegs sicher. Zwar joggte er regelmäßig und fühlte sich körperlich fit, aber ein Marathon war eine ganz andere Hausnummer. Er hatte keine Ahnung, wie er vorgehen musste. Wie lief man überhaupt einen Marathon? In der Hinsicht startete Simon praktisch bei null.

Zum Glück gab es das Internet. Also klappte er seinen Laptop auf und öffnete den Browser. Bei Google gab er die Worte »Marathon« und »Trainingsplan« ein. Schnell fand er einige Pläne, die ihm jedoch allesamt zu abstrakt vorkamen. Sie verwendeten Begriffe, von denen er vorher noch nie gehört hatte. Unter »Intervalltraining« und »Tempodauerlauf« konnte er sich zwar etwas vorstellen, aber wie so ein Training genau aussah, blieb unklar.

Auf einer Seite fand er einige grundlegende Erklärungen. Dort war zu lesen, dass Spitzensportler mehr als zweihundert Kilometer pro Woche liefen, während Freizeitsportler auf sechzig Kilometer kamen. Längere Strecken seien das wesentliche Element der Trainingspläne. Das Tempotraining habe nur einen Anteil von fünf bis zehn Prozent.

Das klang einfach. Er musste also nur so viele Kilometer wie möglich laufen. Zurzeit joggte Simon zwei bis drei Mal wöchentlich, jeweils ungefähr sechs Kilometer. Er musste sich deutlich steigern, wenn er zumindest die sechzig Wochenkilometer der Freizeitläufer schaffen wollte. Allerdings schien es unklug, sofort mit dem vollen Pensum zu beginnen. Sein Körper würde sich langsam an die Belastung gewöhnen müssen. Also beschloss er, den Wochenumfang schrittweise zu erhöhen.

Er nahm seinen Kalender zur Hand und zählte nach, wie viele Wochen es noch bis zum Marathon waren. Dann rechnete er aus, um wie viele Kilometer er sich wöchentlich steigern müsste. Um sicherzugehen, wollte er die sechzig Kilometer bereits drei Wochen vor dem Marathon erreicht haben. Die Steigerung musste also bei drei Kilometern pro Woche liegen. Das war verblüffend wenig. Simon rechnete noch mal nach, aber es stimmte. Zufrieden legte er den Stift zur Seite.

Simons übliche Runde durch den Wald umfasste sechs Kilometer. Das bedeutete, dass er diesen Weg am Ende zehn Mal in der Woche laufen müsste. Wahrscheinlich würde es ihm schnell langweilig werden, immer dasselbe zu sehen. Er brauchte andere, längere Strecken. Doch wo gab es geeignete Laufwege?

Auf einmal kam ihm seine Welt sehr klein vor. Er kannte seine nähere Umgebung kaum. Sicher, Anna und er ließen gerne mal das Auto stehen und gingen zu Fuß in den nächsten Ort. Aber waren ihre Spazierwege auch fürs Marathontraining geeignet? Simon war schon klar, dass er prinzipiell überall laufen konnte. Aber er wollte nicht einfach nur laufen. Er wollte trainieren. Vielleicht mussten die Wege dafür spezielle Voraussetzungen erfüllen? Je mehr er darüber nachdachte, desto verwirrter wurde er. Nun wusste er wieder, dass er nichts wusste. Im schlimmsten Fall war sogar seine schöne Runde im Wald vollkommen ungeeignet. Er fluchte leise. War die ganze Recherche umsonst gewesen? Simon konnte wieder von vorne anfangen.

Jeder Lauf beginnt mit dem ersten Schritt, sagte er sich und nahm seine neuen Laufschuhe aus dem Schrank. Er wollte zunächst mit dem Training auf seiner gewohnten Strecke starten. Der Rest würde sich mit der Zeit ergeben. In der vergangenen Woche war er extra in die Frankfurter Innenstadt gefahren und hatte sich in einem Sportfachgeschäft beraten lassen. Stolz hatte er es eine knappe Stunde später mit neuen Laufschuhen der Marke Asics verlassen.

Doch nun saß er auf der Treppe vor dem Haus und kämpfte mit der Schnürung.

»Let them rule the world«, murmelte Simon, während er die Schuhbänder einfädelte. »Jetzt bin ich Knecht und die Schnürsenkel sind die Herren. Wenn ich sie nicht zu binden weiß, kann ich nicht trainieren. Wenn ich nicht trainiere, kann ich keinen Marathon laufen. Die Schnürsenkel bestimmen mein Schicksal.«

Es dauerte nicht lange und Simon hatte herausgefunden, wie er die Schuhe so band, dass sie bequem und ohne zu rutschen am Fuß saßen.

»Die neuen Trainer. Eine gute Wahl«, hörte er jemanden sagen.

Simon schaute auf und seufzte leise. Vor ihm stand sein Nachbar Joachim. Er wohnte im selben Haus, eine Etage über ihnen. Immer wenn sie sich auf dem Flur begegneten, hatte Joachim Laufkleidung an, ging gerade zum Training oder kam zurück. Heute trug er ausnahmsweise Jeans und ein T-Shirt. Bei dem jährlichen Grillfest mit den Nachbarn brachte er stets alkoholfreies Weizenbier und Salzstangen mit. Wegen der Elektrolyte, wie er zu sagen pflegte. Auf die Frage, wie es ihm gehe, gab es bei ihm nur zwei Antworten. Entweder hatte er irgendeine Verletzung wie Läuferknie oder Plantarfasziitis oder er war gerade von einem Kurztrip nach Lissabon, Dublin oder Helsinki zurückgekehrt. Jeden seiner Urlaube verband er mit Marathons und so gab es kein Land in Europa, in dem Joachim noch nicht gelaufen war. Alle waren ein wenig neidisch auf die vielen Reisen, aber was Joachim sonst noch machte, wusste niemand. Für die Nachbarn war er ein Kauz, wenn auch ein liebenswürdiger. Und so ließen sie ihn seine

Geschichten erzählen, hörten höflich zu und verabschiedeten sich möglichst schnell.

Simon überlegte, wie er ohne langes Gespräch davonkam. »Die wurden mir empfohlen. Aber die Farbe gefällt mir nicht so.«

»Ich laufe nur noch in Mizuno. Mir passen Asics generell nicht, aber es sind gute Schuhe. Ich wusste gar nicht, dass du läufst, Simon.«

»Ab und zu. Um fit zu bleiben.« Er wollte Joachim nicht von seinem Marathonplan erzählen. Er war ein Anfänger und sein Nachbar ein Vollprofi.

»Welche Strecken läufst du denn so?«

»Meistens nur eine Runde im Eichwald. Zwei- bis dreimal die Woche, je nachdem, wie oft ich es schaffe.«

»Wir können ja mal zusammen laufen.« Auf Joachims Gesicht lag ein freundliches Lächeln. War es der verzweifelte Versuch, so etwas wie eine Freundschaft mit ihm aufzubauen?

»Tja, weißt du, ich laufe meistens spontan. Ich kann mich terminlich schwer festlegen«, versuchte er sich herauszureden.

»Das ist doch nicht schlimm, ich bin flexibel. Warst du schon im Schmiehbachtal? Da kann man ganz gut laufen. Oder an der Roten Mühle? Ich könnte dir mal eine neue Runde zeigen.«

Jetzt wurde Simon hellhörig. Joachim kannte sich mit Laufwegen anscheinend gut aus. Vielleicht würde ein gemeinsames Training doch etwas nützen?

Er fragte seinen Nachbarn, wie lang die Strecken seien, und erfuhr, dass sie mit über zehn Kilometern sein gewohntes Pensum deutlich überschritten. Aber es gab auch diverse Möglichkeiten, die Routen abzukürzen oder durch zusätzliche Schleifen zu verlängern. Simon kannte das Schmiehbachtal und die Gegend um die Rote Mühle, hatte die Gebiete aber bislang nicht für sein Training in Betracht gezogen. Er fragte

Joachim weiter aus, wie seine Runden genau verliefen, und die beiden plauderten so lange über die Beschaffenheit der Wege und die Höhenmeter, bis die Dämmerung sich niedersenkte und die Straßenlaternen angingen.

Simon stellte fest, dass Joachim nicht der kauzige Eigenbrötler war, für den er ihn die letzten Jahre gehalten hatte. Schließlich fasste er sich ein Herz und erzählte von seinem Plan, im Oktober einen Marathon zu laufen. Joachim musterte ihn zuerst erstaunt, fing sich jedoch schnell.

»Ich treffe mich am Montagabend mit meinen Freunden vor der ›Viehweide‹, um eine kleine Runde zu laufen. Am besten kommst du direkt mit. Ihnen kannst du alle Fragen zum Marathon stellen, die du hast.«

Dieses Angebot konnte Simon nicht ablehnen. Als er sich von Joachim verabschiedete, war es bereits zu dunkel, um noch im Wald zu laufen.

Zufrieden ging er die Treppen hinauf. Zwar fiel das Training heute aus, aber die Unterhaltung mit Joachim hatte ihm mehr gebracht, als er erwartet hatte. Von selbst wäre er nicht auf die Idee gekommen, nach einer Laufgruppe zu suchen. Ganz selbstverständlich war er davon ausgegangen, dass er alle Trainingseinheiten alleine absolvieren würde. Auf jeden Fall würde er sich anhören, was Joachims Freunde zu erzählen hatten.

Am Montagnachmittag schloss Anna die Wohnungstür hinter sich zu und legte ihre Sachen ab. Sie sah, dass Simons Schlüssel nicht auf der Kommode lag. Wahrscheinlich war er noch auf der Arbeit.

Als sie in die Küche trat, drang Knoblauchgeruch in ihre Nase. Der letzte Zeuge des Abendessens vom Vortag.

»Du gehörst zur Vergangenheit«, murmelte sie und öffnete das Fenster.

Mit einer heißen Tasse ging sie ins Arbeitszimmer. Im Büro war es ihr heute zu hektisch gewesen. Ständig hatte das Telefon geklingelt oder ein Kollege hatte seinen Kopf durch die Tür gesteckt und nach irgendeiner Kleinigkeit gefragt, die nicht dringend war. Anna hatte beschlossen, dass diese Aufgaben bis morgen Zeit hatten. An ihrem Konzept für die neue Webseite konnte sie besser arbeiten, wenn um sie herum Ruhe herrschte. Und Ruhe hatte sie offensichtlich nur zu Hause.

Herr Hansen hatte ihr am Vormittag über Outlook eine Besprechungsanfrage für morgen früh geschickt. Worum es genau ging, wusste Anna nicht, der Betreff der Einladung war nichtssagend. Sie hatte daher entschieden, die Gelegenheit beim Schopf zu packen und Herrn Hansen ihr Konzept vorzustellen. In den letzten Tagen war er schwer greifbar gewesen. Bei seinem vollen Terminkalender hatte sich für sie keine Möglichkeit ergeben, mit ihm zu sprechen. Sie konnte ihm das Konzept nicht zwischen Tür und Angel zeigen, dafür hatte sie schon zu viel Zeit und Arbeit investiert. Also hatte sie um halb drei ihre Sachen gepackt und war nach Hause gefahren, um ihrer Präsentation dort den letzten Feinschliff zu geben.

Sie machte den Laptop an, öffnete die VPN-Verbindung zum Server ihrer Firma und startete das Mailprogramm. In der kurzen Zeit, seit sie das Büro verlassen hatte, waren vier neue E-Mails in ihrem Postfach gelandet. Schnell überflog sie die Nachrichten. Wieder nichts Dringendes. Sie schnaufte kurz durch, um dem Ärger über die unzähligen Belanglosigkeiten Luft zu machen. Dann öffnete sie ihre Präsentation, in der sie ihr Konzept stichpunktartig notiert hatte.

Sie begann mit der derzeitigen Situation im Unternehmen, zeigte daraufhin den Vergleich zum Wettbewerb auf und leitete daraus ihre Vorschläge ab: Gezielte Online-Werbung, mehr direkte Kundengewinnung und Verkäufe über einen eigenen Shop auf der Homepage. Mit dem Aufbau war Anna zufrieden, aber inhaltlich war die Präsentation noch sehr dünn.

Ihr Problem war, dass sie über die Ausgangslage wenig wusste. Nur das, was sie auf dem kurzen Dienstweg von ihrer Freundin im Vertrieb erfahren hatte. Sie hatte keine offiziellen Informationen, weder Zahlen noch Fakten. Da die Umsatzzahlen vertraulich waren, würde sie diese nicht einfach so bekommen. Nein, dafür bräuchte sie einen ausdrücklichen Projektauftrag ihres Chefs.

Anna wusste, dass sie ihn ohne belastbare Grundlage überzeugen musste. Die Belastbarkeit würde sie erst erarbeiten können, nachdem sie ihn überzeugt hatte. Aber sie wollte das Risiko eingehen. Wenn das Unternehmen tatsächlich an einem Umsatzrückgang litt, dann wusste ihr Vorgesetzter als Mitglied des Führungskreises davon. Anna würde versuchen, ihn mit qualitativen Argumenten zu überreden. Sie glaubte fest daran, dass ein stärkerer Fokus auf den Online-Handel der richtige Weg für Schlied war. Wenn der geringe Anteil an digitaler Vermarktung jetzt noch kein Problem darstellte, dann mit Sicherheit in fünf Jahren. Anna ließ die ersten zwei Charts der Präsentation daher in ihrem Rohzustand. Herr Hansen würde verstehen, dass es dort noch keine Zahlen gab, weil sie keinen Zugriff darauf hatte.

Mit der Wettbewerbsanalyse verhielt es sich jedoch ähnlich. Anna wusste, dass es im Vertrieb Vergleichswerte gab, die der Branchenverband bereitstellte. Sie hatte bereits gegoogelt, aber keine frei zugänglichen Werte gefunden. Das Einzige, worauf sie sich stützen konnte, waren deutschlandweite Zahlen zur Entwicklung des Online-Handels. Hier zeichnete sich ein eindeutiger Trend ab. Der Online-Anteil am Umsatz war in den letzten Jahren stetig angestiegen. Anna nahm an, dass es für die Ledermodenbranche ebenso galt, aber sie musste sich auch in diesem Punkt auf qualitative Argumente beschränken.

Im dritten Teil ihrer Präsentation wollte sie Handlungs-empfehlungen ableiten. Hier bewegte sie sich auf ihrem Kerngebiet. In ihrer Bachelorarbeit hatte sie sich mit Online-Marketing befasst und sie war froh, dass sie das erlernte Wissen nun anwenden konnte. Die Stichpunkte und Fach-begriffe flossen wie von selbst aus ihren Fingern durch die Tastatur auf den Bildschirm. In ihrem Kopf baute sich das Bild der Homepage auf. Sie stellte sich vor, wie der Kunde verschiedene Artikel anklickte, sie in den Warenkorb legte und am Ende die Bestellung auslöste. Im Geiste verschickte sie schon die ersten Newsletter, die automatisiert erzeugt wurden und kundenspezifisch für Angebote warben. Auch das Dash-board sah sie bereits vor ihrem inneren Auge, auf dem die Klickzahlen, Leads und Conversions grafisch dargestellt waren.

Nach zwei Stunden konzentrierter Arbeit war sie endlich mit dem Ergebnis zufrieden. Die kleine Digitaluhr in der rechten unteren Ecke des Bildschirms zeigte kurz vor fünf. Sie trank den letzten Schluck der dritten Tasse Tee und klappte den Laptop zu.

»So kann's jetzt bleiben über Nacht.«

Nachdem sie sich in der Küche einen weiteren Tee gekocht hatte, ging sie ins Wohnzimmer und kuschelte sich mit ihrer Decke auf die Couch. In dieser Position konnte sie durch das Fenster den blauen Himmel sehen. Der Abend war noch lang. Musste sie heute Wäsche waschen? Schon möglich, vielleicht auch nicht. Hatten sie noch genug Brot für das Abendessen? Simon würde sich bestimmt darum kümmern. War sonst etwas zu erledigen? Egal.

Es war Zeit, abzuschalten. Anna stand noch mal auf und holte ihr Smartphone und ihr Buch aus der Handtasche. Zurück auf der Couch, startete sie per App das Soundsystem und wählte die Playliste »ruhig«, die sie sich bei Spotify angelegt hatte. Sie öffnete ihre Tagebuch-App und schrieb unter das heutige Datum das Wort »Dekomplizierung«. Kurz überlegte sie, ob sie bei WhatsApp ihre neuen Nachrichten lesen wollte. Doch dann entschied sie sich dagegen. Die nächsten Minuten sollten ihr alleine gehören.

Sie trank einen Schluck Tee und nahm dabei die Wärme und den Duft des Getränks in sich auf. Die Musik war so leise, dass sie sie gerade noch hören konnte. Von draußen drangen keine Geräusche in die Wohnung. Mit geschlossenen Augen atmete Anna tief durch und genoss die Ruhe, die nun eingekehrt war. Sie fühlte sich im Einklang mit sich selbst und wünschte, diese Empfindung würde noch ein wenig andauern.

Plötzlich kam ihr eine Diskussion mit Herrn Hansen in den Sinn, die sie im vergangenen Herbst geführt hatte. Sie erinnerte sich an seinen Blick, als sie vorgeschlagen hatte, ein Forum im Intranet einzurichten, in dem die Kollegen offen miteinander diskutieren konnten. Dazu sollte es die Möglichkeit einer anonymen Beteiligung geben, falls jemand Angst vor den Konsequenzen haben sollte, wenn er seine Meinung öffentlich äußerte. Doch Angst war vor allem das, was Anna in den Augen ihres Vorgesetzten gesehen hatte.

»Wissen Sie, Frau Gärtner, am Ende des Tages …«, sein Blick war nach unten gerutscht und fixierte nun die Tischkante, »im Grunde genommen entstehen dadurch nur Gerüchte, die weitere Verwirrung stiften und letztlich die Angst schüren.«

Da war es wieder, dieses Wort. Sogar ein halbes Jahr danach ärgerte sich Anna noch so sehr darüber, dass sie beinahe vom Sofa aufgesprungen wäre. Ihr seid doch die Angsthasen, dachte sie. Ihr habt Angst vor euren eigenen Angestellten. Klar, wenn jeder diskutieren darf, besteht die Möglichkeit, dass sich etwas verselbständigt. Deswegen hatte Anna vorgeschlagen, dass die Diskussionen moderiert werden sollten. Am besten von einem Kollegen, der keine Führungsposition innehatte, vielleicht vom Betriebsrat. Aber Herr Hansen hatte das nicht verstanden. Sie fragte sich, ob er überhaupt wusste, was ein Forum war.

Warum erinnerte sie sich gerade jetzt an diesen Vorfall? Wahrscheinlich lag es an Simons Kommentar, als er beim Abendessen in der vergangenen Woche gesagt hatte, ihr Chef sei nicht dafür bekannt, Risiken einzugehen. Das war eine euphemistische Erklärung dafür, dass er ein Angsthase war. Ihr Konzept der Online-Vermarktung barg gewiss Risiken, ja. Aber sie hielt es für alternativlos. Schlied konnte sich nicht dem Strukturwandel verschließen. Doch würde Anna es schaffen, ihrem Chef die Angst zu nehmen? Die Befürchtung, dass sie sich zu wenig mit den Risiken ihres Konzepts auseinandergesetzt hatte, ließ sie unruhig werden. Sollte sie ihre Präsentation nochmals überarbeiten?

Sie seufzte. Wo war ihre Entspannung hin? Nicht mal ein Moment der Ruhe war ihr gegönnt, sofort waren ihre Gedanken wieder bei der Arbeit. Das Gefühl ließ sie nicht los, dass sie ihr Konzept noch verbessern musste. Aber nicht mehr heute. Dafür war sie zu erschöpft. Sie trank noch einen Schluck Tee, nahm ihr Buch und schlug die Seite mit dem Lesezeichen auf. Wenige Augenblicke später war sie komplett in dem Roman gefangen. So konnte sie auch nicht sagen, wie lange sie schon darin gelesen hatte, als Simon zur Tür hineinkam und sie begrüßte.

Anna rief ein kurzes »Hallo« in den Flur und widmete sich wieder ihrer Lektüre. Sie hörte, wie er zuerst ins Bad, dann in die Küche und schließlich ins Schlafzimmer ging. Als er kurze Zeit später wieder im Flur stand, trug er seine Laufsachen. Er streckte seinen Kopf durch die Tür zum Wohnzimmer und erklärte, dass er verabredet sei und sie mit dem Abendessen nicht auf ihn warten solle. Danach zog er Laufschuhe an und verließ die Wohnung.

Abendbrot, gar keine so schlechte Idee. Anna merkte nun, wie hungrig sie war. Mit der Ruhe war es jetzt ohnehin vorbei.

Am Montagabend fuhr Simon zur »Viehweide«, einem Restaurant am Waldrand zwischen Hofheim und Kelkheim. Als er sein Auto auf dem Parkplatz abstellte, wartete Joachim bereits mit zwei Freunden auf ihn. Verwundert schaute Simon auf seine Uhr. Er war drei Minuten vor der vereinbarten Zeit angekommen und trotzdem der Letzte. Diese Läufer waren offenbar sehr pünktliche Menschen.

Joachim trug heute wieder das Outfit, das Simon von ihm gewohnt war: Laufschuhe, eine kurze Hose und ein Shirt aus Polyester mit unzähligen Firmenlogos auf der Brust, dem Rücken und sogar den Ärmeln. Simon hatte einmal mit Anna gescherzt, ihr Nachbar sehe aus wie eine laufende Litfaßsäule.

Der Mann neben Joachim war hager und groß. Simon schätzte ihn auf mindestens einen Meter fünfundachtzig. Seine langen, schlanken Beine steckten in einer jener Radlerhosen, von denen Simon geglaubt hatte, dass sie den Wechsel in das neue Jahrtausend nicht überlebt hätten. Doch Pragmatismus überstieg beim Laufen wohl die modischen Ansprüche. Auch der Hagere trug ein T-Shirt aus Polyester, das in der Anzahl der Firmenlogos zwar nicht mit Joachims Shirt mithalten konnte, dafür aber in einem grellen Neongrün leuchtete.

Joachims zweiter Freund stand mit dem Rücken zu Simon, sodass er dessen Gesicht nicht sehen konnte. Er trug ein langärmeliges Oberteil und dazu eine enge Hose, die zu lang war, um sie als kurz zu bezeichnen, die aber dennoch nicht bis zu den Schuhen reichte. Auf Simon wirkte sie merkwürdig unfertig, als wäre dem Schneider nach drei Vierteln der Länge der Stoff ausgegangen. Er musste jedoch anerkennend zugestehen, dass die engen Hosenbeine die strammen Waden betonten. Auch wenn der Mann einen krummen Rücken hatte und auf den ersten Blick nicht die Figur besaß, die Simon von einem Ausdauersportler erwartet hätte, so ließen seine Waden doch auf eine Zähigkeit schließen, die in seinen Beinen stecken musste. Er stellte vielleicht keine Weltrekorde auf, aber er war verbissen und wahrscheinlich selbst auf langen Strecken nicht kleinzukriegen.

Bevor er ausstieg, warf Simon einen kurzen Blick auf seine eigene Kleidung. Ein altes Baumwollshirt von Hollister und eine kurze Adidas-Hose. Wenigstens seine neuen Laufschuhe konnten mit denen der anderen mithalten. Brauchte er denn Kunststofffasern zum Laufen? Machten richtige Läufer das so?

Er schloss das Auto ab und schlurfte auf die Dreiergruppe zu. Der Hagere musterte ihn mit großen Augen. Der Krumme drehte sich nun ebenfalls um.

»Hi, Simon!« Joachim winkte ihm zu. »Das ist mein Nachbar«, sagte er zu den anderen beiden.

Der Krumme schüttelte Simon die Hand. »Hallo, ich bin Günther.«

Der Hagere strich sich mit dem Handrücken über die Unterseite des Kinns. Er schaute zu Joachim und Günther. »Aber nicht so schnell heute, Jungs. Ich merke den gestrigen Lauf noch.«

»Lass uns erst mal anfangen«, sagte Joachim und trabte sofort los in Richtung Wald, Günther setzte sich ebenfalls in Bewegung. Simon und der Hagere, der schnaubend loslief, bildeten die zweite Reihe.

»Ich bin übrigens Christian«, stellte er sich vor und ließ ein tiefes Grunzen folgen.

Günther lachte und drehte den Kopf halb nach hinten. »Jetzt spiel uns doch nichts vor. Für dich war das gestern ein lockerer Tempolauf.«

»Wenn man einen Viererschnitt als locker bezeichnen kann«, ergänzte Joachim.

Simon erinnerte sich, den Begriff schon irgendwo gelesen zu haben. Es bedeutete, dass Joachim durchschnittlich einen Kilometer in vier Minuten geschafft hatte.

Sie liefen in langsamer Geschwindigkeit und bogen nun auf den Weg in Richtung Gundelhard ein. Es ging sofort bergauf. Den anderen schien das wenig auszumachen, sie unterhielten sich munter weiter. Aber Simon war froh, dass er seine komplette Puste nicht am ersten Anstieg verpulvern musste.

»Das war der Plan«, meinte Christian jetzt. »Aber als ich am Start keinen Schnellen aus meiner Altersklasse gesehen habe, dachte ich, dass ich mir die Gelegenheit nicht entgehen lassen darf.«

»Aber du bist doch nur Dritter in der Altersklasse geworden!«

»Ja, es waren wohl doch ein paar Schnelle da, die ich nicht kannte.« Christian drehte den Kopf zu Simon und grinste ihn an.

Simon erwiderte seinen Blick. »Was habt ihr gestern gemacht?«

»Wir waren beim Volkslauf in Neu-Isenburg«, erklärte Christian. »Zehn Kilometer, flache Strecke, Höhenunterschied nicht mal zehn Meter. Die Runde führt fast ausschließlich durch den Wald, ist aber zu etwa achtzig Prozent asphaltiert und der Rest sind feste Waldwege. Sie ist amtlich vermessen und damit bestenlistenfähig.«

»Und was heißt das?« Simon konnte dem Gespräch nur mit Mühe folgen. Den Viererschnitt hatte er noch verstanden. Auch unter dem Wort »Tempolauf« konnte er sich etwas vorstellen. Doch »bestenlistenfähig« war ein Fachbegriff zu viel.

»Das heißt, dass die Strecke offiziell vermessen ist und die Länge stimmt«, erklärte Christian. »Bei den meisten Läufen ist die Strecke ein bisschen kürzer als angegeben, damit sich die Teilnehmer über ihre guten Zeiten freuen und im nächsten Jahr wiederkommen.«

»Und wie schnell wart ihr gestern?«

»Neununddreißig siebenunddreißig.« Christian machte eine wegwerfende Handbewegung. »Aber ich hatte das, wie gesagt, eher als Tempolauf geplant. Deswegen habe ich die ersten neun Kilometer den Viererschnitt gehalten. Am Ende habe ich noch mal Gas gegeben und den Viertplatzierten meiner Altersklasse überholt.«

»Wow. Neununddreißig Minuten ist schnell. Und was seid ihr gelaufen, Günther und Joachim?«

»Bei mir waren es vierundvierzig Minuten und ein bisschen was«, antwortete Günther. »Es war aber auch nicht mein Wetter.«

In der Entfernung konnte Simon das Ende des Waldes sehen. Dahinter lag die »Gundelhard«, ein beliebtes Ausflugsrestaurant. Dort war er einmal mit Anna nach einer längeren Wanderung eingekehrt.

Seine Lauffreunde bogen links ab, bevor sie den Waldrand erreicht hatten. Simon lief nun neben Joachim und fragte ihn nach seiner Endzeit vom Vortag.

»Ich bin verletzt und deswegen gestern nicht gestartet.«

»Du bist verletzt?«, fragte Simon verdutzt. »Aber du läufst doch jetzt gerade! Was hast du denn?«

»Meine Achillessehne schmerzt, wenn ich zu viel oder zu schnell laufe. Momentan geht es, weil wir nur einen Sechserschnitt laufen …«

»Der immer noch zu schnell ist«, warf Günther ein. »Aber Christian drückt so aufs Tempo, weil er sich gestern nicht verausgabt hat.«

»Deswegen mache ich zurzeit keine Wettkämpfe. Wahrscheinlich ist die Sehne entzündet, aber wenn ich mich lange genug schone, geht es bestimmt wieder weg.«

Simon schaute zu den anderen, doch Christian und Günther schwiegen dazu. Ihm kam das merkwürdig vor. Wenn Joachim Schmerzen hatte, dann sollte er gar nicht laufen, sondern die Füße hochlegen. Oder machten richtige Läufer das so? Dem Schmerz hinterherlaufen?

Wo war er hier hineingeraten? Der Erste lief mit Schmerzen. Der Zweite drückte aufs Tempo, obwohl er am Anfang darum gebeten hatte, die Geschwindigkeit zu drosseln. Und der Dritte war sichtlich unzufrieden mit seiner Zeit von vierundvierzig Minuten über zehn Kilometer. Aber was für Simon unnormal schien, war für die anderen offensichtlich alltäglich.

Günther gesellte sich neben Simon. »Joachim hat erzählt, dass du bald deinen ersten Marathon laufen willst.«

»Ja, das stimmt.«

»Dann kommst du am besten immer mit, wenn wir laufen gehen. Wir treffen uns einmal unter der Woche, meistens dienstags, und sonntags für einen längeren Lauf. Damit hast du schon eine gute Grundlage.«

»Okay. Mein Plan ist, jede Woche möglichst viele Kilometer zu laufen und das Pensum kontinuierlich bis zum Marathon zu steigern. Am Ende sollte ich auf etwa sechzig Kilometer pro Woche kommen. Damit wird der Marathon zu schaffen sein.«

Günther antwortete mit einem kurzen »Hm«, äußerte sich aber nicht weiter.

So liefen sie schweigend nebeneinander her, bis nach einer Weile ein neues Gesprächsthema aufkam: Fußball und das bevorstehende Pokalfinale. Damit kannte Simon sich besser aus. Aber als der Weg kontinuierlich anstieg und Christian das Tempo beinahe konstant hielt, wurde er immer kurzatmiger. Am Ende konnte er nur noch lauschen, was die anderen sagten, ohne selbst zu sprechen. Er konzentrierte sich darauf, möglichst lautlos zu atmen.

Joachim und Christian diskutierten wieder über den gestrigen Wettkampf. Simon hörte fasziniert zu, auch wenn er keinen der erwähnten Teilnehmer kannte. Vielleicht war es der Zauber einer neuen Welt, die sich ihm eröffnete. Er war Günther dankbar, dass er ihn ohne Zögern eingeladen hatte, sich ihrer Laufgruppe anzuschließen. Davon würde er nur profitieren können.

Mit dem Gefühl angenehmer Erschöpfung stieg Simon nach dem Lauf in sein Auto. Er hatte zwar noch nicht alle Antworten auf seine Fragen, aber das war nicht entscheidend. Er hatte heute den nächsten Schritt getan. Auch wenn der Weg bis zum Marathon noch im Diffusen lag, so war er jetzt zuversichtlicher, ihn bewältigen zu können. Er war nun Teil einer Laufgruppe. So anstrengend es auch werden würde, er war zumindest nicht mehr allein.

KILOMETER SECHS

OPERNPLATZ

So hatte ich mir den Anfang nicht vorgestellt. Ich habe sehr
wenig Platz. Richtig frei kann ich nicht laufen, weil immer
jemand vor mir ist, der mich abbremst. Oder ein anderer Läufer rennt quer über die Straße, um zu überholen, und schneidet
mich dabei. Dazu kommen die engen Kurven, zum Beispiel
beim Abbiegen von der Mainzer Landstraße in die Gallus-
anlage kurz nach Kilometer eins. In der Neunzig-Grad-Kurve
staut es sich an der Innenseite und ein Läufer tritt mir beinahe
von hinten in die Hacken.

Als Service für die Teilnehmer gibt es beim Frankfurt
Marathon Pacemaker, die die Strecke in einer vorgegebenen
Zeit laufen. Sie tragen gelbe Westen und haben einen mit
Helium gefüllten Ballon dabei, auf dem die Zielzeit steht. Die
Tempomacher gibt es für unterschiedliche Endzeiten.
Die schnellsten peilen drei Stunden an, von da an geht es in
Viertelstundenschritten nach oben. Ich folge dem Ballon, auf
dem drei Stunden und fünfzehn Minuten steht. Die Pacemaker

laufen normalerweise mit konstanter Geschwindigkeit, die genau zu der vorgegebenen Zeit passt. Bei drei Stunden fünfzehn sind das vier Minuten und siebenunddreißig Sekunden pro Kilometer. Doch meine zwei Tempomacher hatten zu Beginn des Rennens Probleme, die richtige Geschwindigkeit zu finden, und so schwanken die Splits auf den ersten Kilometern zwischen vier Minuten fünfzehn und fünf Minuten.

Hinter den Ballons bildet sich üblicherweise eine Gruppe aus mehreren Teilnehmern, die sich alle an dem gleichmäßigen Tempo orientieren möchten. Vor dem Start habe ich mir vorgestellt, dass es angenehm ist, in dieser Gruppe zu laufen. Zum einen muss ich mir um das Tempo keine Gedanken machen und zum anderen bekomme ich auch ein bisschen Windschatten. Zwar ist bei meiner Geschwindigkeit kein starker Wind zu spüren, aber in den Frankfurter Häuserschluchten kann der Herbstwind durchaus unangenehm werden. Unbestreitbar ist auch der kleine psychologische Vorteil, der darin liegt, durch die Gruppe geschützt zu sein. Das gilt zumindest so lange, wie die Gruppe eine homogene Masse bildet und kein Durcheinander entsteht, wie jetzt gerade.

Das ungleiche Tempo und die dichte Läufermasse erschweren es mir, meinen Rhythmus zu finden. Das hatte ich so nicht vorgesehen. Der Plan war, in der Menge hinter dem Ballon mitzuschwimmen und dabei die Stimmung zu genießen. So wollte ich verhindern, dass ich zu schnell laufe. Letzteres klappt auch, sobald der Ballon gleichmäßig läuft. Aber von der Stimmung bekomme ich wenig mit. Es grenzt an Nahkampf, wie ich meinen Platz in der Gruppe verteidigen muss. Ich verstehe das nicht, wir haben alle das gleiche Ziel.

Ich atme tief durch und besinne mich wieder. Jetzt nicht nervös werden. Nach den ersten Kilometern bin ich nicht zu schnell. Es ist alles in Ordnung. Christian hat gesagt, dass ich möglichst gleichmäßig laufen soll. Deswegen bin ich sehr dankbar, dass es die Pacemaker zur Orientierung gibt und dass sie das Tempo mittlerweile genau getroffen haben. Mein Plan ist, dem Ballon hinterherzulaufen. Wenn ich das über die gesamte Strecke schaffe, dann erreiche ich das Ziel in drei Stunden und fünfzehn Minuten. Ein Marathon ist lang und es kann viel passieren. Und da es mein erster Versuch auf dieser Distanz ist, fehlt mir jegliche Erfahrung. Ich bin für jede Orientierung dankbar.

Ein bisschen habe ich die Hoffnung, dass ich vielleicht sogar schneller sein kann. Im Training habe ich einige Tempodauerläufe im Viererschnitt absolviert. Das kam mir nicht übermäßig anstrengend vor. Ich habe überlegt, ob ich vielleicht ein Tempo von vier Minuten dreißig über eine längere Distanz halten kann. Das würde eine Zielzeit unter drei Stunden und zehn Minuten bedeuten. Damit wäre ich nur fünf Minuten schneller als der Pacemaker, dem ich folge. Das wird doch möglich sein. Ich behalte es im Hinterkopf.

Natürlich verliere ich mit jedem Kilometer, den ich langsamer als vier Minuten dreißig laufe, Sekunden auf den Schnitt, die ich später wieder einholen müsste. Darauf muss ich bei der Halbmarathonmarke achten. Wenn ich merke, dass ich schneller laufen kann, dann muss ich erst ausrechnen, mit welchem Schnitt ich die verlorene Zeit wieder aufholen könnte. Aber das lässt sich im Kopf berechnen. Schließlich habe ich heute genug Zeit. Außer einen Schritt vor den anderen zu setzen, habe ich nichts zu tun.

Wieder rempelt mich jemand von rechts an. Okay, aktuell habe ich noch andere Sorgen. Ich hoffe, das Feld wird sich bald entzerren.

Wenn ich daran denke, dass ich vielleicht schneller laufen kann als geplant, dann habe ich natürlich auch das gegenteilige Szenario im Sinn. Was passiert, wenn ich das Tempo nicht halten kann? Was, wenn ich Krämpfe bekomme, in den

Beinen oder im Magen? Vielleicht sind die Schmerzen so stark, dass ich aufgeben muss. Aber mit diesem Szenario beschäftige ich mich nicht weiter. Wenn es so kommt, dass ich das Rennen vorzeitig beenden muss, dann ist es eben so.

Allerdings habe ich darüber nachgedacht, wie ich damit umgehe, wenn ich langsamer werde und meine Zeitvorgabe nicht einhalte. Das wird vor allem ein mentales Problem. Ich will mich nicht wie ein Verlierer fühlen, wenn ich am Ende ins Ziel krieche. Für manch anderen Teilnehmer wäre das wahrscheinlich in Ordnung. Viele wollen nur durchkommen. Aber ich will stolz auf meine Leistung sein. Ansonsten kann ich auch in den Wald gehen und zweiundvierzig Kilometer wandern. Ich will nicht nur die Distanz bewältigen, es kommt mir auch auf die Zeit an. Ich habe für mich eine Grenze definiert, die ich in jedem Fall unterbieten will. Solange ich unter drei Stunden und dreißig Minuten ins Ziel komme, bin ich zufrieden.

Doch das ist alles Zukunftsmusik. Ich bin jetzt bei Kilometer sechs, noch viele Kilometer liegen vor mir. Ich fange noch nicht an, runterzuzählen. Das deprimiert nur. Jetzt schaue ich darauf, was ich schon geschafft habe. Sechs Kilometer. Bisher keine Probleme, genau im Zeitplan. Die Nervosität habe ich im Griff.

Wir befinden uns auf der Bockenheimer Landstraße und nähern uns dem Opernplatz. Nach einer ersten Schleife durch die Innenstadt sind wir gerade in entgegengesetzter Richtung erneut am Start vorbeigelaufen. Noch immer stehen dort tausende Teilnehmer und warten, während ich bereits eine knappe Viertelstunde unterwegs bin. Natürlich beginnt ihre Zeitmessung erst, wenn sie die Startlinie passieren. Jeder Teilnehmer trägt einen Chip am Fuß, mit dem die individuelle Zeit gestoppt wird. Die meisten von ihnen werden über vier

Stunden brauchen, ich werde hoffentlich deutlich schneller ins Ziel kommen.

Hinter dem Startbereich sind wir durch die Senckenberganlage gelaufen und dann rechts in die Bockenheimer Anlage abgebogen. Dass es dort leicht bergauf ging, habe ich nicht bemerkt, was ich als Zeichen für meinen guten Trainingszustand werte. Und nun laufen wir die Bockenheimer runter und nähern uns wieder der Innenstadt mit ihren engen Straßen und vielen Kurven.

Der Anblick der Alten Oper weckt Erinnerungen in mir. Dort haben Anna und ich uns das erste Mal getroffen. Ich war damals neu in Frankfurt und kannte noch nicht viele Menschen außer meinen Arbeitskollegen. Nach dem Studium in Heidelberg hatte ich einen Job bei einer Versicherung gefunden. Wenn mich jemand vorher gefragt hätte, was ich auf keinen Fall machen wollte, hätte ich geantwortet: Versicherungen verkaufen. Noch immer halte ich es für das Langweiligste, was es gibt. Aber die Chance, in einem großen Konzern zu arbeiten, reizte mich. Die Bezahlung ist gut und ich bin in einem jungen Team, mit dem ich viel Spaß habe. Dass ich außerhalb der Arbeit kaum Freunde hatte, störte mich daher am Anfang wenig.

Als ich nach Frankfurt kam, nahm ich Kontakt zu Robert auf, einem alten Schulfreund, der für sein Biologie-Studium hergezogen war. Wir trafen uns ab und zu auf ein Bier und an einem Abend fragte er mich, ob ich mit ihm und ein paar Freunden in die Alte Oper gehen wollte. Dort gebe es ein Konzert mit Filmmusik. Ich sagte zu.

Die Gruppe bestand aus fünf Personen und eine davon war Anna. Wir saßen nebeneinander und verstanden uns auf Anhieb gut. Für ein bisschen eingebildet hielt ich sie aber, weil sie immer nur von sich erzählte und keine Fragen zu meiner Person stellte. Ich machte ihr ein Kompliment zu ihrem roten

Kleid, doch den Ansatz eines Flirts erstickte sie im Keim, indem sie beiläufig ihren Freund David erwähnte, der in Berlin studierte und den sie so sehr vermisste. Kurz darauf begann das Konzert und unser Gespräch verstummte. Danach unterhielten wir uns kaum miteinander, doch den restlichen Abend erwischte ich mich immer wieder dabei, wie ich sie anstarrte und mich von ihrer Schönheit bezaubern ließ. Mir kam es so vor, als sei ihr das unangenehm, worüber ich mich wunderte. Normalerweise sind es schöne Frauen gewohnt, dass sie angeschaut werden, und genießen es, im Mittelpunkt zu stehen. Doch sie hatte eine Schüchternheit an sich, die meinen ersten Eindruck, sie sei eingebildet, korrigierte.

Nach diesem Abend sah ich Anna fast zwei Jahre lang nicht. Ich kann nicht behaupten, dass ich in dieser Zeit oft an sie gedacht habe. Trotzdem hatte sie etwas in mir bewirkt. Nach unserem zufälligen Aufeinandertreffen in der Oper hatte ich das Gefühl, als wäre ich jetzt erst richtig in Frankfurt angekommen. Von dem Moment an wusste ich, dass diese Stadt mehr zu bieten hat als nur den gut bezahlten Job, der mich hergeführt hatte.

In der Folgezeit kehrte ich gerne an den Platz vor der Alten Oper zurück. Ich setzte mich auf eine Bank und schaute den Menschen zu, die vorübergingen. Hier konnte ich Frankfurt in seiner Vielfalt bestaunen. Vom ersten Tag an übte diese Stadt eine Faszination auf mich aus. Ich komme aus einem kleinen Dorf, bin auf dem Land aufgewachsen. Frankfurt hat nicht die Ausmaße einer Metropole, aber mit den Banken, den Wolkenkratzern und dem Flughafen ist die Stadt so kosmopolitisch wie jede Hauptstadt dieser Welt. Um die Vielfalt der Kulturen zu sehen, muss ich nicht um den Globus reisen. Ich brauche nur durch die B-Ebene an der Hauptwache zu gehen. Oder ich setze mich auf den Opernplatz, das Fenster in die große Welt, und sehe Banker in Schlips und Anzug und daneben Obdachlose, die im Mülleimer nach Pfandflaschen suchen.

Auf eben jenem Platz laufen wir jetzt und die Strecke verengt sich auf eine Breite von ungefähr zehn Metern. Die Läufer neben mir rücken wieder näher an mich heran. Mir erscheint es wie ein Wunder, dass es nicht zu einem Stau kommt. Wir laufen nun auf Kopfsteinpflaster, das ist eine zusätzliche Herausforderung. Ich habe zwar keine Angst, umzuknicken, aber es ist anstrengender. Vor allem mental bin ich gefordert.

Hier stehen noch mal deutlich mehr Menschen am Streckenrand. Manche klatschen, aber die meisten schauen uns mit großen Augen zu. Als wären wir Tiere im Zoo. Einige haben ein Plakat in der Hand, auf dem eine motivierende Nachricht für jemanden steht. Ich frage mich, ob sie den Läufer, den sie erwarten, in der großen Masse überhaupt ausmachen können und ob der Gemeinte bei all dem Gedrängel das Plakat sehen kann. Für mich hat niemand eine Botschaft geschrieben, und das ist auch gut so. Jetzt brauche ich diese Unterstützung nicht. Jegliches Anfeuern würde mich nur dazu verführen, schneller zu laufen.

Vor der Alten Oper steht eine Bühne mit Musik. Aus den Boxen dröhnt »Don't leave me this way« von den Communards. Der Beat ist passend zum Schritt, aber ich weiß jetzt schon, dass mich der Song für die nächsten zehn Kilometer als Ohrwurm begleiten wird. Ein Moderator kommentiert das Geschehen, in der allgemeinen Geräuschkulisse kann ich seine Worte jedoch nicht verstehen. Ich versuche, alles um mich herum auszublenden, und konzentriere mich nur auf das Laufen.

Wir passieren Kilometer sechs nach siebenundzwanzig Minuten und fünfundvierzig Sekunden. Alles gut, ich bin genau im Zeitplan. So kann es weitergehen. Der Läufer neben mir hat ebenfalls auf seine Uhr geschaut. Ich nicke ihm zu und hebe den rechten Daumen.

Er erwidert meine Geste. »Läuft.«

Als wir den Platz verlassen, atme ich tief durch. Es ist schade, dass ich die Atmosphäre dort nicht genießen konnte. Eigentlich gehörte das zu meinem Plan. Am Anfang in der Masse mitschwimmen und mich ablenken lassen. Die Stimmung auf mich wirken lassen, die es nur bei einem City-Marathon gibt. Das war einer der Gründe, warum ich hier in Frankfurt laufen wollte. Es gibt auch Marathons, die durch die Natur führen. Aber da ist weniger los. Der Marathon boomt in Deutschland, und das liegt vor allem an den Laufevents in den Innenstädten.

Neben mir erscheint plötzlich ein Teilnehmer mit einem außergewöhnlichen Laufstil. Seine Arme schwingen nicht parallel zum Oberkörper, vielmehr rotieren die Unterarme vor seiner Brust. Dadurch wackelt sein Oberkörper hin und her. Alleine bei dem Anblick bekomme ich Schmerzen. Wie will er mit diesem Stil die restlichen sechsunddreißig Kilometer schaffen? Wieder laufen wir durch engere Gassen und in einer Kurve rempelt er mich an. Wahrscheinlich unabsichtlich. So wie er mit den Armen rudert, scheint er sie wenig unter Kontrolle zu haben. Ich warte kurz ab, ob er sich entschuldigt, aber er scheint es nicht einmal bemerkt zu haben. Oder es ist ihm egal und ich bin einfach nur ein Kollateralschaden für ihn.

Was für ein Arsch. Wahrscheinlich ist er der Meinung, dass er genug Geld für die Teilnahme hingelegt hat, und glaubt nun, die Strecke gehöre ihm allein. Wie egoistisch und rücksichtslos. Wir anderen haben genau das Gleiche bezahlt.

Ich beschleunige ein wenig und dränge mich an meinem Vordermann vorbei, damit Herr Ruderarm nicht mehr neben mir ist. Natürlich hat die »Eventisierung« des Marathons auch Nachteile. Hinz und Kunz kann hier mitmachen, auch wenn es an jeglichem Respekt fehlt. Wo bleibt die Freiheit des Läufers, wenn ich ständig darauf achten muss, dass ich meinen Schritt nicht zu lang setze, um anderen nicht in die Hacken zu treten? So viel Spaß es auch macht, die Werte, die ich beim Laufen zu schätzen gelernt habe, stoßen hier an ihre Grenzen. Was ist noch von meiner Individualität übrig, wenn ich das Gleiche tue wie zehntausend andere Menschen?

Ich brauche das alles nicht, ich will nur laufen. Aber das Event gehört dazu. Ohne Massenveranstaltung gibt es nun mal keinen Tempomacher mit Ballon. Und er unterstützt mich wiederum. Also beschließe ich, mich nicht mehr darüber aufzuregen. Wenn ich wütend werde, besteht nur die Gefahr, dass ich schneller laufe, um Dampf abzulassen. Das kann ich jetzt nicht gebrauchen. Ich will mit dem geringstmöglichen Kraftaufwand durch die erste Hälfte kommen.

KAPITEL ZWEI

GRUNDLAGENAUSDAUER

Anna durchquerte die große Eingangshalle und öffnete die Eichentür, die in den Flur mit den Büros führte. Hinter der Tür ging der glatte Marmorboden in einen weichen Teppichboden über. Sie atmete die Luft ein, die ihr genauso alt erschien wie das Gebäude selbst. Der Gründer des Unternehmens hatte es Mitte des neunzehnten Jahrhunderts als Zentrale für das »Handelscontor Schlied & Söhne Cie.« erbauen lassen. Selbst die Bomben des Zweiten Weltkriegs hatten der Villa nichts anhaben können.

Seit ihrem ersten Arbeitstag vor etwa zwei Jahren erfreute sich Anna an dem Altbau mit seinen schweren Türen und hohen Decken. Es hatte etwas Erhabenes, hier zu arbeiten, auch wenn die Last der Tradition zeitweise schwer wog. Wie gerne würde sie den ganzen Ballast einfach beiseite werfen. Bei diesem Gedanken schaute sie schuldbewusst auf das Porträt von Adolf Schlied, das am Ende des Flurs hing. Er war der Ururgroßvater des jetzigen Inhabers.

Sie öffnete die Tür zu ihrem Büro. Der Anblick des Mobiliars – es musste mindestens zwanzig Jahre alt sein – war ihr längst vertraut. Der hellgrau lackierte Schreibtisch und der schwarze Drehstuhl mit der durchgescheuerten Sitzfläche standen in krassem Kontrast zu dem Stuck an der Decke und den kunstvoll verzierten Fenstern. Anna seufzte und schaltete den Computer ein. Während er hochfuhr, ging sie sich schnell einen Kaffee holen.

Auf dem Flur war es um kurz nach acht Uhr noch ruhig. Die meisten ihrer Kollegen kamen erst um neun. Diejenigen, die jetzt schon da waren, hatten sich bereits in ihre Büros verzogen und die Türen geschlossen. Anna war nicht enttäuscht, dass sie in der Küche niemandem begegnete. Am frühen Morgen stand ihr der Kopf nicht nach Smalltalk.

Zurück im Büro öffnete sie das Mailprogramm und parallel PowerPoint. Heute würde sie ihrem Chef endlich das Vermarktungskonzept vorstellen, an dem sie so lange gearbeitet hatte. Vor über einem Monat hatte sie ihn erstmals um ein Gespräch gebeten und er hatte ihr sogar kurzfristig ein paar Minuten eingeräumt. Doch daraus war dann nichts geworden. Als sie an jenem Tag in seinem Büro stand und ihm eröffnete, dass sie eine Idee zur digitalen Vermarktung hätte, unterbrach er sie sofort und bat sie darum, einen neuen Termin einzustellen. Ihm sei kurzfristig etwas dazwischengekommen, hatte er gesagt. Gut, die Präsentation war damals ohnehin nicht bis ins Detail ausgearbeitet gewesen, aber einem ersten Blick hätte sie sicher standgehalten.

Anna hatte sich vorgenommen, sich über seine Ignoranz nicht zu ärgern. Dass einer seiner Mitarbeiter Ideen hatte, war für Herrn Hansen offenbar ein Problem, mit dem er schlecht umzugehen wusste. Geduldig hatte sie nach einer Lücke in seinem Kalender gesucht und – nachdem sich eine aufgetan hatte – ebenso geduldig zwei Verschiebungen des Termins akzeptiert. Inzwischen waren fünf Wochen vergangen und Anna hatte die Zeit genutzt, um ihr Konzept zu verfeinern. Sie hatte nach Vergleichswerten für die Umsatzzahlen gesucht, die Zielgruppen beschrieben, welche über Social Media erreicht werden konnten, und schlussendlich die Präsentation immer weiter aufgehübscht.

Mit einigem Stolz klickte sie sich nun durch die Seiten. Seit ihrer Masterarbeit hatte sie nicht mehr so viel Aufwand und Engagement in eine fachliche Arbeit investiert. Sie konnte es kaum erwarten, ihrem Chef das Ergebnis ihrer Bemühungen zu zeigen. Mit Simon war sie die Präsentation schon so häufig durchgegangen, dass es ihr selbst zu viel geworden war. Aber ihr Freund hatte eine Ausdauer an den Tag gelegt, die sie vorher nicht bei ihm gekannt hatte. Vielleicht hatte das Lauftraining auch positive Effekte auf sein alltägliches Leben.

Die kleine Digitaluhr in der unteren rechten Ecke ihres Computerbildschirms zeigte neun Uhr und eine Minute. Es war Zeit, zu Herrn Hansen zu gehen.

Mit dem Laptop unterm Arm blieb sie einen Moment vor seiner Bürotür stehen. Sie klopfte an und wartete kurz. Ob er beschäftigt war? Anna zögerte nicht länger und öffnete.

Ihr Chef saß hinter seinem Bildschirm und drehte den Kopf zur Tür.

»Frau Gärtner. Guten Morgen«, begrüßte er sie.

»Guten Morgen, Herr Hansen.«

Er schaute Anna an, als müsste er überlegen, wieso sie hier war.

»Ach ja, ich hatte Sie ja gebeten, zu kommen. Treten Sie näher.« Er stand auf und deutete auf den kleinen Besprechungstisch.

Anna nahm auf einem der Stühle Platz. Sie legte ihren Laptop auf den Tisch, klappte ihn aber noch nicht auf. Gedanklich ging sie noch einmal durch, wie sie in das Gespräch einsteigen wollte.

Herr Hansen setzte sich ihr gegenüber und rieb seine Handflächen aneinander. Anna wollte gerade mit ihrer Einleitung beginnen, als sie bemerkte, dass seine Augen unruhig von links nach rechts und von oben nach unten sprangen. Als würde er angestrengt nachdenken, was er sagen sollte. Er strich sich durchs Haar und atmete durch den Mund aus.

Anna rückte auf ihrem Stuhl hin und her. Sie schwieg, da sie das Gefühl hatte, dass Herr Hansen zuerst etwas sagen wollte.

Plötzlich fixierte er sie mit seinem Blick.

»Frau Gärtner, ich habe leider schlechte Nachrichten.«

Die untergehende Sonne warf ihr warmes Licht auf das satte Grün der Bäume. Ein leichter Windhauch ließ die frühe Hitze der vergangenen Tage vergessen. Simon kam es so vor, als sei die halbe Stadt auf den Beinen. Er teilte seine Runde durch den Wald mit etlichen Spaziergängern, Joggern und Radfahrern. Bei dem Wetter war das kein Wunder. Außerdem lag das Waldstück nahe an den Orten Bad Soden und Sulzbach, weshalb viele Anwohner hier unterwegs waren. Bereits die prominentesten Gäste der kleinen Kurstadt, darunter Kaiser Wilhelm und Leo Tolstoi, waren auf diesen Wegen flaniert. Goethe wahrscheinlich auch, sinnierte Simon, Goethe war überall.

Simon mochte die Runde durch den Wald, der gemeinhin als Eichwald bekannt war. Sie war mit knapp fünf Kilometern nicht zu lang, aber auch nicht zu kurz. Nicht ganz flach, aber auch nicht bergig. Es gab eine längere Steigung, die er aber bewältigen konnte, ohne aus dem Rhythmus zu kommen. Die Wege befanden sich in gutem Zustand, selbst bei stärkerem Regen hielt sich der Matsch in Grenzen. Das einzige Manko war, dass Simon zweimal die Straße überqueren musste. Aber heute hatte er Glück, denn die Fußgängerampel sprang gerade auf Grün, als er kam.

Simon hatte soeben das Bad Sodener Krankenhaus passiert, das mitten im Wald lag. Rechts öffnete sich nun der Blick auf den Altkönig, der majestätisch über der Rhein-Main-Ebene thronte. Ab hier stieg der Weg kontinuierlich bis zum höchsten Punkt der Strecke an, doch Simon fühlte sich locker. Er spürte, dass das Marathontraining bereits anschlug, und so nahm er die Steigung, als wäre er in flachem Terrain unterwegs.

Heute war der zweiundvierzigste Tag seit Beginn seines Trainings. Er hatte bereits hundertzweiundvierzig Kilometer absolviert und würde, wenn alles nach Plan lief, bis zum Marathon noch neunhundertvier Kilometer laufen. Das waren knapp dreihundert pro Monat beziehungsweise fast fünfundvierzig pro Woche, jedenfalls im Durchschnitt. Er plante, den Umfang kontinuierlich zu steigern, um dann drei Wochen vor dem Marathon die Marke von sechzig Kilometern pro Woche zu knacken.

Simon warf die Zahlen in seinem Kopf hin und her, die er mittlerweile verinnerlicht hatte. Nach jedem Training notierte er die gelaufenen Kilometer in einer Excel-Tabelle und studierte den Fortschritt, den er machte. Heute sollte es eine Strecke von sechs Kilometern werden. Dafür musste er am Reitstall abbiegen und noch eine Extrarunde über Sulzbach drehen. Simon rechnete nach. Bis jetzt hatte er drei Kilometer zurückgelegt, also fünfzig Prozent seines Tagespensums. Von den geplanten Wochenkilometern hatte er somit noch nicht mal zehn Prozent geschafft. Er dachte darüber nach, dass sich der Wert, während er rechnete, bereits verändert hatte, wenn auch nur in einer Nachkommastelle. Würde er jedoch exakt, mit ganz vielen Stellen rechnen, käme er niemals auf das richtige Ergebnis. Es wäre immer veraltet, weil er sich während des Rechnens fortbewegte. Entweder musste er schneller rechnen oder langsamer laufen. Aber selbst das würde nicht helfen, da sich jeder einzelne seiner Schritte bereits auf das Ergebnis auswirkte. Nur ein kompletter Stopp würde eine akkurate Berechnung erlauben, die ein Ergebnis lieferte, das sich nicht bereits selbst überholt hätte.

Simon schmunzelte angesichts dieser Gedankenspiele und spürte, wie der Stress des Arbeitstags von ihm abfiel. Jetzt begann das wahre Laufen für ihn. Er befreite sich von den Ketten, die ihm der Alltag auferlegt hatte. Sein Büro erschien ihm nun ebenso winzig wie weit entfernt. Dieser enge Raum, vielleicht zwanzig Quadratmeter groß, bedeutete von acht bis siebzehn Uhr die Welt für ihn. Alles innerhalb dieser Wände war von höchster Priorität und alles, was außerhalb lag, war nicht existent. Simon genoss es, wenn er während der Arbeitszeit so sehr in seinem Beruf aufging, dass er alle anderen Gefühle und Empfindungen abschalten konnte. Manchmal bemerkte er erst beim Verlassen des Büros, am späten Nachmittag, dass er seit der Mittagspause weder gegessen noch getrunken hatte. Dann meldete sich sein Körper und er spürte, wie sich die Verspannungen lösten, die sich den ganzen Tag über aufgebaut hatten.

An solchen Abenden war er früher stets erschöpft auf die Couch gefallen. Doch das Laufen half ihm, die Anspannung in Energie umzuwandeln. Das regelmäßige Training hatte aber nicht nur positive Effekte auf sein Energielevel. Simon prüfte auch seine Gewohnheiten. Er legte nun öfter kleine Pausen in seinem Arbeitsalltag ein, trank mehr Tee und Wasser, dafür weniger Kaffee. Insgesamt hatte er das Gefühl, dass sein Flüssigkeitshaushalt ausgewogener war. Da er beim Training schwitzte, musste er auch mehr trinken. Es kam ihm vor, als würde er seinen Körper nun besser durchspülen und viele Antistoffe ausschwitzen.

In der Kantine ging er häufiger zum Salatbuffet. Er versuchte nicht, auf Fleisch zu verzichten, im Gegenteil. Nach dem Laufen hatte er öfter Heißhunger, den er mit einem Steak oder einem Wurstbrot stillte. Er versuchte schlichtweg, frischere Zutaten zu nehmen, und das ließ sich in der Kantine mit einem Salat einfacher bewerkstelligen als mit Schnitzel und Pommes.

Nach dem Mittagessen machte er in der Regel einen kurzen Spaziergang an der frischen Luft. Das Smartphone nahm er meistens nicht mit, genau wie beim Laufen. Er hatte festgestellt, dass er zu oft auf sein Handy schaute und dass es ihn stresste. Ließ er es jedoch im Büro oder zu Hause, also außer Reichweite, dann konnte er sich deutlich besser entspannen. Er hatte sich für das Lauftraining eine Digitaluhr gekauft, mit der er seine Zeiten nahm. Sie konnte zwar auch die gelaufenen Kilometer sowie die Herz- und Schrittfrequenz messen, aber diese Funktionen nutzte Simon nicht. Für ihn war wichtig, dass das Handy daheim bleiben konnte.

Er atmete noch mal tief durch und spürte, wie die kühle Luft durch seine Bronchien in die Lunge strömte. Seine Gedanken schweiften zu Anna. Als er heute von der Arbeit gekommen war, saß sie bereits im Wohnzimmer. Offenbar hatte sie früher Feierabend gemacht, denn in der Regel war Simon vor ihr zu Hause. Doch er hatte nicht weiter darüber nachgedacht, sich umgezogen und war laufen gegangen, ohne mit ihr zu sprechen. Nun fiel ihm ein, dass sie heute endlich das Gespräch mit ihrem Chef hatte. Sie wollte ihm ihren Vorschlag für die Onlinevermarktung präsentieren. Der Termin war immer wieder verschoben worden, seit Wochen hatte Herr Hansen sie auf später vertröstet. Wie die Besprechung wohl verlaufen war? Simon wünschte sich, dass er sie danach gefragt hätte, bevor er zum Training gegangen war. Wie auch immer, dachte er und zuckte mit den Schultern, dann würde er sie eben später fragen.

Simon flog durch den Wald und nichts konnte ihn stoppen. Seine Füße berührten kaum den Boden. Er hörte in sich hinein und spürte seine Laufschuhe an den Füßen, seine Shorts an den Beinen, sein Shirt an der Brust und seine Uhr am Handgelenk. Er überließ sich einem glückseligen Zustand der Erschöpfung, von dem er hoffte, er würde niemals enden. Als er zwei Joggerinnen überholte, kam er sich noch schneller vor. Er war der König des Waldes! Simon spürte, wie sich sein Mund zu einem breiten Lächeln verzog. Im Überschwang grüßte er einen entgegenkommenden Läufer. Sein »Hallo« war so laut, dass dieser erschrocken zusammenfuhr. Alle sollten wissen, dass heute sein Tag war.

Eine ungeheure Kraft durchströmte seinen Körper. Simon hatte das Gefühl, dass er ewig laufen könnte. Trotzdem drosselte er seine Geschwindigkeit. Schnelligkeit war heute unwichtig, wichtig waren die Kilometer, die er sammelte. Sie würden ihn seinem Traum näherbringen, das Ziel des Frankfurt Marathons zu erreichen. Vor der heutigen Trainingseinheit war er bereits hundertzweiundvierzig Kilometer gelaufen. Die jetzige Runde erhöhte diesen Wert um weitere sechs. In den letzten sieben Tagen hatte er in Summe vierundzwanzig Kilometer zurückgelegt. Das war zwar keine deutliche Steigerung, aber er hatte schon eine gewisse Regelmäßigkeit in sein Training bekommen. Es waren immer noch mehr als vier Monate bis zum Marathon. Simon blieb noch genug Zeit, das wöchentliche Pensum zu erhöhen.

Er lief nun langsamer als vor ein paar Minuten, aber ebenso bewusst. Sein Brustkorb hob und senkte sich mit jedem Schritt, pumpte verbrauchte Luft aus seinem Körper und sog neue hinein. Seine Arme schwangen wie selbstverständlich neben seinem Oberkörper, als hätten sie nie etwas anderes getan.

Seine Schritte waren kraftvoll. Seine Füße setzten mit kurzem Bodenkontakt parallel nebeneinander auf.

Simon spürte, wie in ihm eine warme, feste Ernsthaftigkeit heranreifte. Er glaubte, dass er nach langer Zeit zu begreifen begann, wer er war. Mehr, als er vorher gewesen war, aber weniger, als er bis dahin gedacht hatte. Er entwickelte sich zu einem echten Läufer. Seine Unzulänglichkeiten verschwanden nicht in diesem Moment, aber sie verloren an Wert gegenüber der Würde, die in ihm reifte.

Als er nach Hause kam, saß Anna nicht mehr im Wohnzimmer. Stattdessen hörte Simon Geräusche aus dem Schlafzimmer. Er zog seine nass geschwitzte Laufkleidung aus und hängte sie zum Ausdünsten auf den Balkon. Unter der Dusche fragte er sich, wie Annas Tag wohl verlaufen war. Warum hatte sie nicht schon angefangen, das Abendessen vorzubereiten? Vielleicht wartete sie ja mit einer Überraschung im Schlafzimmer auf ihn. Er stellte sich vor, wie sie nackt im Bett lag und ihn begrüßte. Als er sich abtrocknete, spürte er, wie die Erregung in ihm wuchs.

Er zog eine Unterhose an und ging ins Schlafzimmer. Doch dort erwartete ihn eine ganz andere Anna als die in seiner Vorstellung. Sie lag unter der Bettdecke und hatte ihr Gesicht der Wand zugekehrt. An ihrem leisen Schniefen erkannte Simon, dass sie geweint hatte.

»Liebste, was ist denn los?«

»Ist doch egal.«

Er setzte sich neben sie und streichelte über ihren Rücken.

»Erzähl. Warum weinst du?«

»Das ist dir doch scheißegal! Du läufst lieber durch den Wald. Ich bin dir total egal.«

»Nein, das stimmt nicht, mein Schatz.«

Sie drehte sich um, aber ihr Blick ging durch ihn hindurch.

»Warum bist du dann eben einfach abgehauen?«

Simon schaute aus dem Fenster und war kurz unschlüssig, was er sagen sollte. Er musste vor dem Abendessen noch sein Training absolvieren, war die ehrliche Antwort.

»Erzähl doch erst mal, was los ist. Jetzt bin ich da.«

»Frau Gärtner, ich habe leider schlechte Nachrichten.«

Sie rutschte nervös auf ihrem Stuhl herum. Ihre Gedanken rasten, ihre Hände krallten sich an den Armlehnen fest. Während Herr Hansen weitersprach, sprang sein Blick wieder unruhig hin und her.

»Wie Sie vielleicht wissen, sehen wir im Unternehmen wirtschaftlich schweren Zeiten entgegen. Die Umsätze stagnieren, deswegen hat die Geschäftsführung sich dazu entschieden, ein Sparprogramm aufzusetzen. Mit schlankeren Strukturen sollen die notwendigen Veränderungen angegangen werden. Die Kosten müssen reduziert werden und deswegen wird sich das Unternehmen auch von einem Teil des Personals trennen müssen. Davon sind alle Abteilungen betroffen.«

Herr Hansen hielt kurz inne und schaute sie an. Anna ahnte noch nicht, worauf ihr Chef hinauswollte. Die schwachen Umsätze waren ihr bekannt, zumindest gerüchteweise, deswegen hatte sie ihr Konzept erstellt.

Sie nahm ihren Mut zusammen und sprach, bevor ihr Chef seine Rede fortsetzen konnte: »Das trifft sich gut, Herr Hansen. Ich habe eine Idee, wie wir die Umsätze steigern können. Meiner Meinung nach setzen wir viel zu wenig auf den Online-Handel.«

Wieder fixierte er sie mit seinem Blick. Auf seiner gerunzelten Stirn erkannte Anna das leichte Schimmern von Schweißtropfen.

»Ich befürchte, Sie missverstehen mich. Es tut mir leid. Ich habe wirklich versucht, das zu verhindern. Ich habe argumentiert, dass ich niemanden abgeben kann, dass es zu viel zu tun gäbe und dass ich sogar einen Mitarbeiter mehr bräuchte. Aber die Geschäftsführung ist hart geblieben. Jeder muss seinen Teil dazu beitragen.«

Jetzt merkte Anna, wie ihr warm wurde. »Aber vielleicht kann mein Konzept helfen. Ich denke, wir könnten Entlassungen verhindern, wenn wir unsere Online-Präsenz ausbauen.« Sie sah in sein regloses, bleiches Gesicht und hatte erneut das Gefühl, dass er gar nicht verstand, wovon sie sprach. »Ich meine, Sie können sich meine Präsentation doch mal anschauen …«

»Es tut mir leid, Frau Gärtner. Die Entscheidung ist bereits gefallen. In Ihrem speziellen Fall tut es mir besonders leid. Ich schätze Sie als gute und fleißige Mitarbeiterin. Aber hier bin ich machtlos.« Er legte seine Hände, die bisher unterhalb der Tischkante ruhten, mit den Handflächen nach oben auf den Tisch. Die kurze Pause, die dadurch entstand, ließ seine folgenden Worte noch wuchtiger erscheinen.

»Wir müssen Ihnen leider die Kündigung aussprechen.«

Er schluckte hörbar, als hätte er einen Kloß im Hals. Für den Bruchteil einer Sekunde hatte Anna Mitleid mit ihm, doch dann gewann die Verweigerung die Oberhand.

»Aber das kann doch nicht sein. Haben Sie mich eben nicht gehört? Haben Sie mir überhaupt vor einem Monat zugehört, als ich sagte, dass ich eine Idee habe? Ich möchte – nein – ich muss Ihnen mein Konzept vorstellen. Ich glaube, dass hier der Schlüssel zu einer erfolgreichen Zukunft von Schlied liegt.«

Herr Hansen schaute zu Boden. »Frau Gärtner, ich kenne die Qualität Ihrer Arbeit. Ich bin überzeugt davon, dass Ihre Idee tragfähig ist. Aber leider hat die Geschäftsführung so entschieden. Wir müssen nach der Sozialauswahl gehen, und da trifft es leider Sie.«

»Das heißt, selbst mit meinem Konzept habe ich keine Chance? Auch wenn ich hier eine Millionen-Euro-Idee in der Tasche hätte?«

»Selbst dann nicht. Die Entscheidung der Geschäftsführung lautet eindeutig, dass zuerst der Personalabbau erfolgen soll und danach neue Potenziale angegangen werden. Außerdem können wir die Sozialauswahl nicht umgehen. Damit machen wir uns arbeitsrechtlich angreifbar.«

Anna konnte nicht glauben, wie viel Feigheit ihr aus diesen Worten entgegensprang. Ihr Chef versteckte sich hinter Paragrafen und Entscheidungen, die auf höheren Ebenen getroffen wurden. Von einer auf die andere Sekunde hatte sie jede Achtung vor ihm verloren.

»Aber wenn Ihr Konzept gut ist, dann können wir es uns gerne anschauen. Vielleicht haben wir dafür noch Verwendung.«

Das war zu viel für Anna. Ihre Person war nicht gewollt, nur ihre Arbeitsergebnisse. Doch selbst diese hatten kein Gewicht, wenn es um den geplanten Stellenabbau ging. Tränen schossen ihr in die Augen. Einen Moment überlegte sie, ob sie ihrem Chef sagen sollte, was sie von ihm und diesem Vorgehen hielt. Unterdessen sprach Herr Hansen weiter. Er erklärte ihr, wie das Prozedere bis zu ihrem Ausscheiden bei Schlied & Söhne geplant war, und bat sie, die Kündigung vorerst für sich zu behalten, da es im Laufe des Vormittags eine allgemeine Information an die Belegschaft gebe. Und während er erneut versuchte, sich in Ausreden und Technokratie zu flüchten, stand Anna auf und verließ den Raum. Sie nahm nicht ihren Laptop mit, sie schloss nicht die Tür hinter sich. Durch die Tränen konnte sie kaum sehen, wohin sie ging. Irgendwann stand sie vor ihrer Bürotür und atmete tief durch. Was war gerade passiert?

Ohne darüber nachzudenken, lief sie zum Aufzug und drückte auf den Rufschalter. Sie fuhr bis zur Tiefgarage im Untergeschoss. Im kalten Neonlicht setzte sie sich auf den Boden, auf den freien Platz zwischen dem Mercedes des Geschäftsführers und dem BMW des Finanzchefs. Den Kopf zwischen ihren Händen schaute sie fünf Minuten ins Leere. Sie versuchte, ihre Gedanken zu ordnen, aber alle bis auf einer entwichen ihr: Nein, das ist es noch nicht gewesen. Es ist noch nicht vorbei.

Anna schniefte, wischte sich die Tränen aus den Augenwinkeln und ging zurück zum Aufzug. Sie suchte direkt den Betriebsratsvorsitzenden auf, der ihr erklärte, dass die Pläne zum Stellenabbau mit ihnen abgesprochen seien. Sie hätten ein umfangreiches Sozialpaket mit der Geschäftsführung geschnürt, das Anna natürlich in vollem Umfang zu Gute kommen würde. Als sie erwidern wollte, dass sie sich das nicht gefallen lassen werde, fiel er ihr ins Wort und meinte, sie sollte am besten allem zustimmen. Eine arbeitsrechtliche Klage habe keine Erfolgsgarantie und würde sehr viele Nerven kosten.

»Erzähl doch erstmal, was los ist. Jetzt bin ich da.«

»Ich habe meinen Job verloren.«

»Was? Einfach so?«

Anna schaute ihn an, als hätte er die dümmste Frage aller Zeiten gestellt. Sie erklärte ihm, dass die schlechte Umsatzentwicklung dazu führte, dass Personal entlassen werden müsse, und dass die Geschäftsführung sie dabei ausgewählt hatte.

»Aber du hast doch dieses Konzept erstellt. Es sollte doch dazu dienen, die Umsätze wieder zu steigern.«

»Ja, das Konzept wollten die Arschlöcher natürlich behalten, aber ich darf gehen. Hauptsache ist erst mal, dass die Kosten sinken. So ein Scheiß!«

Sie nahm ihr Kopfkissen und warf es gegen die Wand.

»Ich verstehe das nicht. Warum kündigen sie ausgerechnet dir? Du hängst dich immer voll rein, machst viele Überstunden und vor zwei Jahren wollten sie dich unbedingt haben.«

»Hörst du mir überhaupt zu? Es interessiert sie nicht, was ich geleistet habe und was ich kann und so. Die wollen einfach nur Leute loswerden.«

Simon wischte ihr eine Träne weg, die ihren Nasenrücken herunterlief. Anna erzählte, wie ihr Chef ihr die Kündigung ausgesprochen hatte und dass sie danach mit dem Betriebsrat gesprochen hatte, der ebenfalls eingeknickt war.

»Mit solchen Leuten will ich nichts mehr zu tun haben.«

»Dann mach das. Vergiss die Arschlöcher. Nimm die Abfindung und such dir einen neuen Job.«

»Simon, du kapierst es einfach nicht.« Anna drehte sich wieder weg und schrie die Wand an: »Ich habe keinen Bock, eine Nummer irgendwo zu sein, die man loswerden kann, wenn es einem gerade passt!«

Sie stand auf und ging in die Küche. Simon folgte ihr.

»Und du behandelst mich genauso. Du rätst mir, das Geld zu nehmen, genau wie dieser Betriebratsfuzzi, und dabei mein letztes bisschen Selbstachtung aufzugeben.« Sie goss sich ein Glas Wasser ein und trank einen Schluck.

Simon wartete, bis sie sich wieder beruhigt hatte. Er wollte ihr sagen, dass sie mit der Abfindung machen könnte, was sie wolle. Sie könnte die Gelegenheit nutzen, etwas ganz anderes zu tun. Das war Freiheit auf dem Silbertablett. Doch Anna war noch nicht fertig.

»Die letzten drei Stunden lag ich im Bett und dachte nach. Ich war mir sicher, du würdest es genauso sehen wie ich. Die Kündigung ist wie ein Arschtritt. So geht man doch nicht mit Menschen um! Zum einen dürfen sie nicht erst heile Welt spielen, ständig Lob verteilen, und dann zählt das gar nicht mehr.

Zum anderen ist es eine fragwürdige Strategie, wenn sie die Leute ganz unabhängig von ihrer Leistungsfähigkeit rausschmeißen. Irgendwann haben die tatsächlichen Leistungsträger auch keinen Bock mehr und kündigen. Das ist keine Unternehmenskultur, das ist Scheiße. Und dieses System funktioniert auch noch, wenn ich das Geld annehme.«

»So läuft das nun mal. Heutzutage ist jeder austauschbar. Sei doch froh, dass es wenigstens eine Abfindung gibt. Nimm das Geld und lass den Laden hinter dir.«

»Dann fühlen die sich nur bestätigt!«, rief sie aus.

»Du kannst ohnehin nichts dagegen tun. Oder glaubst du, die machen für dich eine Ausnahme?«, sagte er nun genauso laut wie sie zuvor.

Anna schaute ihn mit blitzenden Augen an. Als sie antwortete, klang ihre Stimme kalt.

»Natürlich weiß ich, dass es für mich keine Sonderrechte gibt. Aber ich hatte gehofft, dass wenigstens mein Freund zu mir hält.«

»Anna, jetzt reicht es aber. Ich bin nicht dein Feind.«

Sie neigte den Kopf und schaute ihn mit zusammengezogenen Augenbrauen an.

»Du hast mir vor fünf Minuten von deiner Kündigung erzählt. Tut mir leid, dass ich keinen detaillierten Plan für solche Krisen in der Schublade habe.«

»Vor fünf Minuten? Ich wollte schon vor einer Stunde mit dir sprechen. Und wo warst du?«

Das war eine rhetorische Frage. Seit Wochen lief er direkt nach der Arbeit seine Runde. Bislang war das kein Problem gewesen. Außerdem hatte sein Marathontraining nichts mit ihrer Kündigung zu tun.

Anna trank ihr Glas aus und stellte es auf den Küchentisch. Eine Zeit lang schwiegen sie beide. Anna schaute aus dem Fenster und Simon tat es ihr gleich, weil er nicht wusste, wo er sonst hinschauen sollte. Als sie ihn wieder ansah, war ihr Gesichtsausdruck weicher geworden.

»Ich habe das Gefühl, dass es für dich nur noch den Marathon gibt. Bei mir könnte die Welt zusammenbrechen und du würdest es gar nicht merken.«

Simon drehte sich halb weg, öffnete den Kühlschrank und sortierte das Gemüsefach.

»Meine Welt ist heute zusammengebrochen und du warst laufen«, fasste sie zusammen.

Er schloss den Kühlschrank, drehte sich zu ihr, breitete die Arme aus und zog die Schultern hoch.

»Du bist so unsensibel!« Sie stürmte an ihm vorbei ins Wohnzimmer.

Simon folgte ihr.

»Anna, es tut mir leid. Lass uns jetzt miteinander reden. Dir wurde gekündigt, aber das ist doch keine Katastrophe. Mit deinen Qualifikationen findest du ganz schnell eine neue Stelle.«

»Ich bin dein Gequatsche leid. Du denkst nur noch in Plus und Minus. Es gibt für dich nur hoch und runter, links und rechts. Aber es ist nicht alles gelb und blau, Simon.« Sie holte mit ihren Armen weit aus. »Manches ist rosa, violett, anthrazit, türkis.«

Simon wischte mit der flachen Hand vor seinem Gesicht hin und her, um ihr zu zeigen, was er davon hielt.

»In deinem Plan steht: Heute fünf Kilometer und morgen zehn Kilometer. Da fehlt: Und wenn ich keine Lust habe, fällt das Training aus.«

»Wenn das da drinstehen würde, dann wäre es kein Trainingsplan mehr. Du kapierst überhaupt nicht, was ich hier mache.«

»Nein, du kapierst es nicht! Jegliches Gefühl hast du verloren.« Anna ließ die Schultern hängen.

Simon kam sich hilflos vor. Seit sie zum Angriff übergegangen war, hatte er es aufgegeben, sie zu trösten. Trotzdem wollte er ihr inhaltlich widersprechen. Er spielte zwar gerne die Zielscheibe, wenn sie dadurch Dampf ablassen konnte, aber dennoch war er der Meinung, dass er nichts Falsches getan hatte. Ihre Vorhaltung, er sei unsensibel, konnte er nicht verstehen. Er überlegte, ob er sich auf diese Diskussion einlassen wollte. Anna brachte den Vorwurf gerne, um ihn aus dem Konzept zu bringen. Dabei war sie für ihn manchmal einfach nur schwer zu durchschauen – so wie es den meisten Männern mit ihren Frauen gehen dürfte, mutmaßte er. Ihr Handy piepte.

»Das ist Sarah. Wir sind zum Abendessen verabredet.«

Sie gab Simon einen trockenen Kuss auf die Wange und zog sich ihre Schuhe an. Bevor sie aus der Tür ging, drehte sie sich noch mal zu ihm um.

»Deinen Namen trägt mein Schmerz.«

Sarah hatte sofort geantwortet, als Anna ihr am Nachmittag eine Nachricht geschickt hatte, und angeboten, nach der Arbeit direkt zu ihr zu kommen. Doch Anna wollte sich lieber mit ihr in dem kleinen Bistro in der Nähe treffen.

Jetzt wartete sie an einem der kleinen Tische und blickte gedankenverloren ins Leere. Sie fragte sich, warum sie sich mehr auf ihre beste Freundin als auf ihren Partner verlassen konnte. Irgendwann stand Sarah vor ihr und nahm sie so fest in den Arm, dass ihr vor Rührung beinahe die Tränen kamen.

Anna erzählte ausführlich, wie es zu ihrer Kündigung gekommen war, und Sarah hörte zu. Hin und wieder stellte sie eine Verständnisfrage, beschränkte sich aber ansonsten auf Kopfschütteln und gemurmelte Flüche in Richtung von Annas Vorgesetzten.

Annas Bericht endete mit einem Seufzen. »Und jetzt weiß ich nicht, was ich machen soll.« Sie trank einen Schluck von ihrem Rotwein.

»Vorerst musst du gar nichts machen. Du hast noch ein bisschen Zeit, bis die Kündigung wirkt, oder?«

»Klar. Ich habe drei Monate Kündigungsfrist.«

»Na also. Du musst heute nichts entscheiden. Lass es erst mal sacken.«

Anna trank noch einen Schluck. In ihrem Kopf rasten die Gedanken. Musste sie sich sofort arbeitslos melden? Wann würde die Abfindung gezahlt werden? Sie hatte noch Geld auf dem Konto, aber wie lange würde das reichen?

»Mir gehen so viele Sachen durch den Kopf.«

»Beruhige dich doch erst mal, Kleines.« Sarah legte ihre Hand auf Annas. »Was hat Simon denn gesagt?«

Anna zog ihre Hand zurück, presste die Lippen zusammen und atmete laut aus.

»Erst mal gar nichts. Ich lag heulend zu Hause und er ging lieber in den Wald.«

»Warum das denn? Hast du ihm nicht sofort geschrieben?«

»Nein. Ich dachte, ich erzähle ihm alles, wenn ich ihn sehe. Aber bevor er richtig da war, war er schon wieder verschwunden. Als er eine Stunde später zurückkam, war ich bereits sauer auf ihn.«

»Und dann?«

»Er hat gemerkt, dass was nicht stimmt. Aber echter Trost kam auch nicht. Als ich ihm das vorgeworfen habe, hat er sich nur verteidigt. Das war so unsensibel!«

Sarah schaute aus dem Fenster und schwieg. Anna konnte nicht glauben, dass sie ihr nicht zustimmte.

»Willst du ihn jetzt etwa verteidigen?«

Sarah wandte sich wieder Anna zu, ihr Blick war traurig.

»Anna, beruhige dich. Wir sind beide auf deiner Seite. Sicher tut es Simon leid, dass er dich in dem Moment nicht trösten konnte. Wahrscheinlich sitzt er gerade zu Hause und ärgert sich darüber.«

»Ach ja? Ich glaube eher, dass er wieder seinen Marathon im Kopf hat. Mein Vorwurf ist nicht unbegründet. Er denkt nur noch an sich.«

»Ich vermute, er war überrascht. Ich bin auch erschrocken, als du mir heute Mittag geschrieben hast. Damit war ja überhaupt nicht zu rechnen. Rede noch mal mit Simon. Wahrscheinlich bereut er seine Reaktion schon. Und dann hat er auch das Richtige zu sagen.«

Jetzt schaute Anna aus dem Fenster. So wirklich glaubte sie nicht an das, was ihre Freundin sagte. Aber sie gab zu, dass sie Simons Verhalten jetzt nicht überbewerten sollte. Es würde sich schon wieder einrenken.

»Na gut. Ich rede mit ihm.«

»Schön«, sagte Sarah zufrieden. »Lass uns mal das Positive sehen. Wer weiß, wofür die Kündigung gut ist? Jetzt hast du Zeit, dich nach einem besseren Job umzuschauen. Es war deine erste Stelle nach dem Studium. Damals ging es darum, zunächst irgendwo unterzukommen. Inzwischen hast du einiges gesehen und weißt, worauf es ankommt. Und was dir bei einem Job wichtig ist. Mit der Abfindung hast du erst mal den Rücken frei. Schau dich in Ruhe um und nimm nicht direkt das erste Angebot an. Wenn du klug wählst, kannst du dich nur verbessern.«

Wieder hatte Anna das Gefühl, dass Sarah ihr damit nur Mut machen wollte. Sehr unwahrscheinlich kam ihr das alles vor. Aber die ganze Situation war ohnehin so unreal, dass Anna sie noch nicht mit klarem Blick erfassen konnte. Also ließ sie sich auch auf Sarahs zweiten Vorschlag ein. Anna merkte, dass sie sich dadurch schon besser fühlte.

»Das ist verrückt. Vor ein paar Wochen habe ich noch dich getröstet.«

Sarah lachte. »Dafür sind wir doch da. Aber weißt du was? Jetzt traue ich mich gar nicht, die positive Neuigkeit zu erzählen.«

»Was denn? Sag schon. Alles, was mich ablenkt, ist gut.«

»Ich habe die Wohnung bekommen.«

»Echt? Die geile in Sachsenhausen?«

Anna wusste, dass Sarah sich mehrere Wohnungen angeschaut hatte. Sie wohnte immer noch mit Matthias zusammen, wollte aber so schnell wie möglich ausziehen. Der Wohnungsmarkt war jedoch nicht auf ihrer Seite. Über mehrere Ecken hatte sie schließlich von einer Dreizimmerwohnung im Sachsenhausener Brückenviertel erfahren. Siebzig Quadratmeter, Altbau, Hochparterre, ein kleiner Balkon und die Kaltmiete lag nur bei sechshundert Euro.

»Ja, genau die! Der Vermieter hat mich heute angerufen und zugesagt. Er meinte, ich hätte den besten Eindruck gemacht. Ihm gehe es nicht darum, die höchste Miete zu kassieren, sondern er wolle einen unkomplizierten Mieter.«

Anna lachte. Sarah würde sie nicht als unkompliziert charakterisieren. Aber das war egal, sie hatte die Wohnung bekommen.

»Wann kannst zu einziehen?«

»Nächste Woche. Aber ich muss fast alle Wände neu streichen.«

Anna lachte wieder. Das Glück ihrer Freundin erleichterte ihr das Herz. In Anbetracht ihrer eigenen Lage waren ein paar kleine Renovierungsarbeiten das geringste Problem. Hauptsache, es ging bald wieder vorwärts. Und wie es Sarah vorhin ausgedrückt hatte: Wer wusste schon, wofür es gut war.

»Ich kann dir helfen. Ich habe jetzt viel Zeit.«

Simon saß mit einem Proteindrink auf dem Sofa und sah sich die »Tagesschau« an. Während ein Bericht über die aktuelle Krise in der großen Koalition lief, dachte er über den Streit mit Anna nach. Er überlegte, was er hätte anders formulieren können, um ihr Trost zu schenken. Vielleicht hätte er ihr mehr zuhören sollen. Oder sie in den Arm nehmen. Doch er kam zu dem Schluss, dass es keinen Unterschied gemacht hätte. Sie war so wütend, dass die Energie sich entladen musste. Am Ende war er nur das Ersatzziel ihrer Aggressionen gewesen, tatsächlich war Anna sauer auf ihren Chef.

»Deinen Namen trägt mein Schmerz«, hatte sie zum Abschied gesagt. Es war eine Zeile aus einem Lied, das sich auf ihrer gemeinsamen Spotify-Liste befand. Auf dieser Liste sammelten sie Songs, die sie gerne zusammen hörten und mit denen sie gemeinsame Erinnerungen verbanden. Lieder, die ihre gemeinsamen Gefühle aufnahmen, sie speicherten und wieder zurückgaben. Der Song hieß »Verliebt in Dich« von Canze. Simon mochte ihn nicht besonders, aber er gehörte zu Annas Lieblingsliedern. Er stellte den Fernseher auf lautlos, startete den Song und lauschte dem Text.

Anna hatte ihm einen Hinweis geben wollen. Deinen Namen trägt mein Schmerz. Als sie das sagte, hatten ihre Mundwinkel leicht gezuckt. Erst hatte er es als Ausdruck zurückgehaltenen Zorns gedeutet, aber jetzt kam es ihm verschmitzt vor. Es war nicht ihre Art, nachzutreten. Sie mochte keine Konflikte. Am liebsten ging sie ihnen aus dem Weg oder versuchte, das Problem mit sich selbst auszumachen. Häufig zog sie sich dann zurück, und nachdem sie ausreichend gegrübelt hatte, kam sie mit einer Antwort wieder, die Simon meistens überraschte. Ihm gefiel ihre Ausgeglichenheit, die sie selbst in Streitsituationen behielt, indem sie versuchte, auch seine Meinung nachzuvollziehen. Heute fiel es ihr offensichtlich schwer, ihn zu verstehen. Aber mit diesem Satz ließ sie ihm zumindest eine Tür offen. Ihre Welt änderte sich gerade. Seine Freundin wünschte sich, dass er nun bei ihr war.

Natürlich hatte er unglücklich gehandelt, indem er laufen gegangen war, ohne vorher mit ihr zu sprechen. Aber es war keine böse Absicht gewesen, selbst Fahrlässigkeit war ein zu strenges Urteil. Niemals hätte er von ihrer Kündigung wissen können. In diesem Fall schützte seine Unwissenheit vor Strafe. Sicherlich hatte sich Anna mittlerweile beruhigt und sah es genauso. Es brachte sie nicht weiter, wenn sie sich gegenseitig Vorwürfe machten.

Das Handy vibrierte und im Display erschien Christians Name. Simon stoppte den Song und wischte das grüne Telefonhörersymbol nach rechts.

Christian hielt sich nicht lange mit einer Begrüßung auf. Er hatte nachgedacht und fand Simons Trainingsplan zu naiv. Wenn er überhaupt von einem Plan sprechen könne. Jede Woche drei Kilometer mehr zu laufen reiche nicht für einen Marathon. Es fehlten die langen Läufe, also Dauerläufe über dreißig Kilometer. Einer davon genüge nicht, Simon müsse jetzt schon anfangen und mehrere lange Läufe bis zum Marathon absolvieren.

»Das bloße Sammeln von Kilometern wird dich zwar in Frankfurt ins Ziel bringen, aber es geht doch nicht nur ums Ankommen. Du willst mehr, Simon. Es ist die Chance deines Lebens. Dein erster Marathon! Du wirst in einen Club eintreten, der nur wenigen vergönnt ist. Und das wirst du auf die bestmögliche Weise tun.«

»Naja, überhaupt anzukommen finde ich großartig.«

»Nein, falsch! Deinen ersten Marathon läufst du nur einmal. Du wirst dich hinterher ärgern, wenn du nicht alles gegeben hast. Du hast die Wahl. Du kannst hinter der großen Masse ins Ziel schleichen und dir einreden, es wäre der größte Tag deines Lebens. Oder du trainierst richtig und rockst die vollen zweiundvierzig Kilometer. Dann wirst du am Ende nicht nur sagen, dass du einen Marathon geschafft hast. Nein, du bist ihn gelaufen! Du wirst stolz auf dich sein. Und du wirst stolz auf deine Leistung sein. Das willst du doch, oder?«

»Ich glaube schon.«

»Sehr gut, Simon. Ich werde dich dort hinbringen. Da ich selbst nicht in Frankfurt laufen werde, wird meine ganze Unterstützung dir gehören. Fangen wir mit Lektion eins an: das Tempotraining.«

Christian erklärte, es sei uneffektiv, ständig im gleichen Tempo zu trainieren. Der Körper brauche unterschiedliche Reize, um sich zu verbessern. Also sollten neben den kurzen und langen Dauerläufen auch schnelle Einheiten im Trainingsplan vorkommen. Dazu zählten vor allem die Intervallläufe, das heißt, sehr schnelle Phasen im Wechsel mit langsamem Traben. Außerdem sollten ein paar Tempodauerläufe und Temposteigerungsläufe enthalten sein.

Simon wendete ein, dass die Profis doch auch nur fünf bis zehn Prozent Tempotraining absolvierten. Das hatte er so im Web gelesen.

»Ab sofort vergisst du das Internet. Ich bin jetzt dein Trainer.«

Am nächsten Sonntag stand der erste lange Lauf auf dem Programm.

KILOMETER FÜNFZEHN

KENNEDYALLEE

Ich habe auf der Kurt-Schumacher-Straße den Ballon überholt und laufe jetzt vor der Gruppe, die sich um die Pacemaker schart, über die Alte Brücke. Das Gedränge dahinter war zu dicht. Ich will am Anfang vor allem Kräfte sparen, und das geht nicht, wenn ich immer um meine Position kämpfen muss. Wenigstens ist das Tempo gleichmäßiger geworden. Die beiden Pacemaker mit dem Ballon haben jetzt genau die Splits, die wir brauchen, um eine Zeit von drei Stunden und fünfzehn Minuten zu erreichen. Aber der Marathon ist noch lang.

Die Menge nervt mich. Ich will frei laufen, ohne ständige Behinderung. Aus dem Training weiß ich, dass ich ein gleichmäßiges Tempo halten kann, dazu brauche ich die Tempomacher nicht. Noch schöner wäre es, wenn gar keiner da wäre. Wie bei den langen Läufen sonntags morgens, als ich ganz alleine durch den Wald rannte. Es war so ruhig, so friedlich. Ich hörte nur das gleichmäßige Trapp-Trapp-Trapp meiner Schritte. Auf dieses Geräusch konzentriere ich mich jetzt, doch ich nehme es nicht wahr. Zu viele Menschen stehen am Straßenrand, die klatschen und jubeln.

Geht weg, will ich ihnen zurufen. Ich brauche euch jetzt nicht. Kommt in fünfundzwanzig Kilometern wieder, wenn es mir dreckig geht. Spart euch eure Energie, hebt euch das Anfeuern für später auf, wenn ich es nötig habe. Jetzt lasst mich einfach in Ruhe laufen.

Doch Ruhe gibt es hier nicht. Am Sachsenhäuser Ufer stehen die Zuschauer auf der Straße und machen die Strecke eng. Kaum sehen sie den Pulk hinter mir, weichen sie nach außen aus und vergrößern die Gasse. Als wären wir Prominente. Ein bisschen sind wir das auch. Heute sind wir die Könige der Straße. Zweiundvierzig Kilometer in Frankfurts Verkehrsnetz sind nur für uns abgesperrt. Von morgens um neun Uhr bis in den späten Nachmittag ist in der Innenstadt kein Durchkommen, Busse und Straßenbahnen fahren nicht wie gewohnt. Mehrere Hundertschaften Polizei riegeln die Straßen ab. Wer davon nichts hält, bleibt zu Hause oder flüchtet gleich ganz aus der Stadt.

Wir sind jetzt in die Kennedyallee eingebogen, der wir fast zwei Kilometer folgen werden. Danach geht es nach rechts in Richtung Niederrad. Hier in der Gegend habe ich gewohnt, als ich nach Frankfurt gezogen bin. Ich hatte Glück und fand eine kleine Wohnung nicht weit vom Main. Mit dem Fahrrad war ich im Handumdrehen auf der Arbeit oder in der Innenstadt. In dieser Hinsicht ist Frankfurt ein Dorf, alle Wege sind kurz. Nicht weit entfernt liegt Alt-Sachsenhausen, eines der Kneipenviertel in Frankfurt. Neben den traditionellen Schänken gibt es dort trendige und alternative Bars. Hier hatten Anna und ich unser zweites Date, aber nicht an einem Samstagabend, an dem die Rittergasse von Menschen überquillt und man alle zwei Minuten von einem Junggesellenabschied angesprochen wird, sondern an einem Dienstag. Nach unserem ersten Aufeinandertreffen in der Alten Oper hatten wir über ein Jahr keinen Kontakt. Ich hatte mittlerweile ein paar Freunde in Frankfurt und war nicht mehr so oft mit unserem gemeinsamen Freund Robert unterwegs. Anna war in einer Beziehung, also hatte ich nichts unternommen, um sie noch mal zu treffen, obwohl sie bei unserer ersten Begegnung einen bleibenden Eindruck bei mir hinterlassen hatte.

Im April des letzten Jahres jedoch, an einem verregneten Samstagabend – daran erinnere ich mich genau, weil es so sehr schüttete, dass ich erst nicht wusste, wie ich dorthin kommen sollte – trafen wir uns auf Roberts Geburtstagsparty wieder. Er feierte in seiner damaligen WG. Ich ließ das Fahrrad zu Hause und stieg in die U-Bahn am Schweizer Platz, die mich ohne Umsteigen direkt ans Ziel brachte. Anna traf erst später ein, als die Party schon im vollen Gange war, und ich erkannte sie erst nicht wieder. Ich stand mit Robert und ein paar anderen in der Küche und diskutierte mit ihnen, ob wir mehr Tequila trinken konnten, wenn wir vorher Zitronensorbet gegessen hatten, oder ob Salzstangen die bessere Grundlage waren. Es war der Streit über sauer und salzig, der so alt ist wie das Agavendestillat selbst, und währenddessen sah ich durch die Küchentür, wie dieses hübsche Mädchen in einer Traube von Jungs stand und scheinbar zwanglos mit ihnen plauderte. Sie trug ihr Haar ein wenig kürzer als im vorigen Jahr. Ich erkannte sie an ihrem Lächeln, das sie so erstrahlen ließ, als sei sie der leuchtende Mittelpunkt der ganzen Party.

Im Laufe des Abends schaffte ich es, mich der Gruppe anzuschließen, zu der Anna gehörte. Ihre Gespräche langweilten mich jedoch. Die meisten Gäste waren Studenten, so wie Anna und Robert, also sprachen sie häufig von der Uni, Vorlesungen und Professoren. Ich war seit einem guten Jahr fertig mit dem Studium und wollte davon nichts mehr hören. Aber ich dachte mir meinen Teil. Irgendwann würden sie schon merken, dass sich das wahre Leben nicht um Scheine und Noten dreht, sondern erst beginnt, wenn sie anfingen, ihr eigenes Geld zu verdienen und sich eine Existenz aufzubauen.

Nach einiger Zeit gelang es mir, meine Bierflasche so zu leeren, dass ich gleichzeitig mit Anna in die Küche gehen konnte, um Nachschub zu holen. Ich sprach sie an, ob ihr die Feier gefalle.

»Erkennst du mich denn nicht wieder?«

»Das Konzert.«

Sie lächelte und mein Herz machte einen Sprung. Ich nahm zwei Bier aus dem Kühlschrank und hebelte sie mit dem Flaschenöffner auf, der an einer Kordel an der Tür hing. Eine Flasche gab ich ihr und hielt ihr die zweite zum Anstoßen hin.

»Anna, richtig?«

»Meinen Namen kannst du auch heute Abend mitbekommen haben, das bedeutet nicht, dass du dich erinnerst. Ich gehe zu vielen Konzerten.«

Sie schlug mit ihrer Flasche leicht gegen meine und nahm einen Schluck. Ihr Lächeln sah mittlerweile mehr aus wie ein verschwörerisches Grinsen. Ich versuchte, aus meinem Understatement wieder rauszukommen, und überlegte fieberhaft, was ich noch von ihr wusste. Leider fiel mir als Erstes ihr Freund ein.

»Wie geht es deinem Freund in Berlin? Wie hieß er noch mal?«

Sie schlug die Augen nieder. Ihr Lächeln verschwand.

»Wir haben uns getrennt.«

»Das tut mir leid.«

»Ist schon okay. Das hat sowieso nirgendwohin geführt.«

»Nein, ich meine, es tut mir leid, dass dich das traurig macht und du deswegen aufhörst, zu lächeln. Bitte lächle doch wieder, so bist du viel schöner.«

Sie sah mich an und musste lachen. Ich lachte mit, aber ich hatte das ernst gemeint.

»Warum hat es denn nicht funktioniert? Letztes Jahr hast du noch erzählt, dass ihr sehr glücklich wärt.«

Mittlerweile hatte Anna wohl verstanden, dass ich wirklich derjenige war, mit dem sie sich damals in der Alten Oper unterhalten hatte. Sie wollte gerade antworten, als jemand aus dem Nebenraum krähte, wo sie denn bleibe.

»Ich komme gleich!«, rief sie zurück, drehte sich wieder zu mir und musterte mich. Sie schaute mich eine Weile schweigend an und überlegte wohl, ob sie mit mir darüber reden wollte. Ich tat so, als wäre mir das egal, und nahm einen Schluck Bier. Ich lehnte mich an den Herd und hätte am liebsten die Knie ein wenig gebeugt, um noch lässiger zu wirken. Aber ich hatte Angst, dass ich dann umknicken würde, so weich fühlten sie sich an. Gespannt wartete ich ab, was Anna als Nächstes sagen würde. Nach einer Ewigkeit von ein paar Sekunden brach sie ihr Schweigen.

»Wie das halt so ist mit Fernbeziehungen. Es funktioniert nicht.«

»Warum denn nicht? Erklär mir das mal, ich war noch nie in einer Fernbeziehung. Wenn er der Richtige ist, dann ist er der Richtige, oder nicht?«

Sie schnaubte verächtlich durch die Nase, um ihre Missbilligung zu zeigen. Binsenweisheiten brachten mich jetzt nicht weiter, das war mir klar. Aber ich hatte ihr eine Frage gestellt und schaute sie, auf die Antwort wartend, mit großen Augen an.

Aus dem Nebenraum tönten mehrmals Rufe nach ihr und einmal kam sogar jemand vorbei, um sie wegzuzerren. Aber Anna und ich blieben den Rest des Abends am Kühlschrank und diskutierten über ihre Beziehung. Das ist zwar keine klassische Flirttechnik, denn Komplimente tauschten wir nur wenige aus. Dennoch muss es Anna beeindruckt haben, wie ich ihre Partnerschaft analysierte. Ich vermute es zumindest, denn wir haben später nie darüber gesprochen. Heute weiß ich, dass ihr bei der Verarbeitung der Beziehung hauptsächlich ihre beste Freundin Sarah geholfen hat, aber die männliche Perspektive, die ich ihr zeigen konnte, war mit Sicherheit ebenso wertvoll.

Als wir beide müde wurden und nach Hause gehen wollten, verabredeten wir uns für ein Wiedersehen. Ich weiß nicht, ob es für sie ein Date werden sollte, aber ich fasste es so auf. Vielleicht wollte sie aber auch nur das Beziehungsgespräch fortsetzen?

Wir trafen uns an einem Dienstagabend in einem Apfelweinlokal am Affentorplatz. Der Frühling hatte begonnen und wir saßen draußen unter der großen Linde. Anna kam direkt von der Uni. Ich erfuhr, dass sie Kommunikationswissenschaften studierte und hoffte, bald fertig zu werden. Danach wollte sie in einer PR-Abteilung arbeiten. Ursprünglich kam sie aus Nordhessen, aber sie fühlte sich mittlerweile in Frankfurt so wohl, dass sie hierbleiben wollte. Und nun hatte sie auch keinen Grund mehr, wegzuziehen, vor allem nicht nach Berlin.

Damit waren wir wieder beim Thema gelandet. Ich hatte mir eigentlich vorgenommen, über etwas anderes zu sprechen – schließlich war ich der Meinung, dass dieses Treffen ein Date sein sollte, und bei einem Date wollte ich nicht über ihren Ex-Freund reden. Aber jetzt hatte sie das Gespräch in diese Richtung gelenkt und ich merkte, dass sie weiterhin Redebedarf hatte, also schwieg ich erst mal und hörte ihr zu.

Sie erzählte, wie sie David im Urlaub auf Teneriffa kennengelernt hatte. Beide verstanden sich auf Anhieb und führten lange, tiefsinnige Gespräche am Strand mit Blick auf den Sonnenuntergang. Anna war sich der Tatsache bewusst, dass die Romantik im Urlaub leichtes Spiel hat. Unter Palmen finden zwei Menschen schnell zueinander, aber mit der Realität hat es meist wenig zu tun. Da die beiden nicht miteinander schliefen, nahm Anna das Gefühl einer platonischen Verbundenheit mit nach Hause.

Als Anna ein paar Wochen später zu ihm nach Berlin fuhr, entdeckten sie auch die körperliche Seite der Beziehung. Gemeinsam verbrachten sie das gesamte Wochenende im Bett. Nun wollten sie es mit einer Fernbeziehung versuchen. Das klappte besser, als Anna vorher gedacht hatte, da sie sich bei ihren Telefonaten auf die wesentlichen Bedürfnisse konzentrierten und den Smalltalk beiseiteließen. Sie akzeptierten, dass jeder sein eigenes Leben führte, und mussten nicht wissen, was der andere an jenem Tag zum Frühstück gegessen hatte.

Aber Anna war auf der Hut. Ihre vorherigen Beziehungen waren nach einiger Zeit alle an fundamentalen Differenzen gescheitert. Einer ihrer Ex-Freunde wollte eine Familie gründen, was für sie noch zu früh gewesen war. Ein anderer konnte sich nicht zwischen ihr und seiner Mutter entscheiden. So wuchs in Anna die Gewissheit, dass jede Beziehung ein Ablaufdatum hat, an dem beide erkennen, dass sie eigentlich gar nicht zusammenpassen.

Ich widersprach ihr in diesem Punkt. Das war eines der wenigen Male, dass ich ihre Erzählung unterbrach. Zwar war ich auch der Meinung, dass man immer einen Grund finden konnte, warum zwei Menschen nicht zueinander passten, und dass man sich nicht der falschen Hoffnung hingeben sollte, seinen Traumprinzen zu finden. Aber kein Mensch sei ohne Fehler und in einer Beziehung gehe es darum, wie viele Fehler man zulassen konnte.

Aber Anna war ein gebranntes Kind. Sie störte sich nicht an Kleinigkeiten, wie zum Beispiel an der Frage, ob der Klodeckel hoch- oder heruntergeklappt sein sollte. Vielmehr hatte sie Angst, dass wieder ein grundlegender Unterschied zwischen ihren beiden Lebensentwürfen zutage treten würde. Also wartete sie ab, was sich bei ihr und David zeigen würde. Zwei Jahre lang lief alles gut. Die Semesterferien verbrachten sie zusammen und einmal absolvierte Anna ein Praktikum in Berlin und wohnte bei ihm. Rückblickend empfand sie diese Zeit als die glücklichste in ihrer Beziehung.

Ein paar Monate nachdem Anna und ich uns in der Alten Oper gesehen hatten, beendete David sein Studium und begann mit der Jobsuche. Anna fragte ihn, ob er auch in Frankfurt suchen würde, aber er antwortete wie selbstverständlich, dass für ihn nur Berlin infrage käme. Er hätte dort seine Freunde, seine Familie, sein Leben. Berlin sei seine Stadt. Für Anna war es ein Schlag ins Gesicht, denn damit deutete er an, dass sie ihr Leben nach ihm ausrichten musste. Das war zu viel. Es ging ihr nicht um die Frage, ob Frankfurt besser sei als Berlin. Wahrscheinlich ließ es sich in beiden Städten gut leben. Es ging ums Prinzip. Warum war sie es, die ihr Leben umkrempeln sollte? David war in den zwei Jahren dreimal in Frankfurt gewesen, während sie mehr als zehnmal nach Berlin gefahren war. Bisher hatte ihr das nichts ausgemacht, aber jetzt kam es ihr unfair vor. Sie sprach ihn darauf an und fragte ihn noch mal, ob er sich nicht auch ein Leben in Frankfurt vorstellen könnte. Nein, war seine Antwort, so wichtig sei sie ihm dann doch nicht.

Mein Magen zog sich zusammen. Anna sah so traurig aus, als sie mir davon erzählte. Selbst zehn Monate nach der Trennung saß die Enttäuschung noch tief in ihr. Ich weiß nicht mehr, was ich, in dem Versuch sie zu trösten, gesagt habe. Vermutlich hörte sie mich in dem Moment gar nicht. Geistesabwesend schaute sie auf ihren Teller. Ich stand auf und setzte mich neben sie. Sie hatte mir ihr Herz ausgeschüttet und das

Mindeste, was ich in dem Moment tun konnte, war, sie in den Arm zu nehmen. Sie lehnte sich an mich und ich glaube, in diesem Augenblick waren wir uns so nahe, wie sich zwei Menschen nur kommen können.

Wir zahlten und spazierten zusammen zum Main. Anna schob ihr Fahrrad neben sich her, sie wollte auf dem Eisernen Steg den Main überqueren und von dort weiter nach Bockenheim fahren. Wir sprachen kaum, als wollten wir die Bedeutsamkeit des Moments nicht mit Profanem schmälern. Zum Abschied umarmten wir uns, und obwohl wir nichts vereinbarten, wusste ich doch, dass wir uns bald wiedersehen würden.

Wir laufen weiter auf der Kennedyallee und nähern uns der nächsten Verpflegungsstelle. Es wird die erste sein, bei der ich etwas trinke. Neben meinem Zeitplan habe ich mir einen Verpflegungsplan für den Marathon erstellt. Bei Kilometer fünfzehn hole ich mir ein Getränk an den offiziellen Ständen. Am liebsten eines ohne Kohlensäure, denn sonst bekomme ich Seitenstechen. Bei Kilometer fünfundzwanzig und fünfunddreißig wartet Joachim auf mich. Ich habe ihm heute Morgen vor dem Start zwei Flaschen gegeben, in die ich Kamillentee und ein Sportgel gefüllt habe. Normalerweise nimmt man das Gel zu sich und trinkt anschließend ausreichend Flüssigkeit. Aber Joachim gab mir den Tipp, es vorher schon zu mixen. Die Wirkung ist die gleiche und ich muss mich nicht damit beschäftigen, wie ich die Geltube während des Laufens öffne.

In den Flaschen sind jeweils ungefähr zweihundert Milliliter, die ich dann in kleinen Schlucken trinken werde. Dafür habe ich mir zwei Flaschen mit Sportverschluss gekauft. Die kann ich mit dem Mund aufmachen und daran nuckeln, ohne dass mir die Hälfte in die Nase spritzt. Auch das habe ich beim Training geübt, indem ich testete, wie ich trinken muss, ohne mich zu verschlucken. Gleichzeitig habe ich sichergestellt, dass der Kamillentee keine Magenschmerzen hervorruft.

Wir kommen nun am Kilometer fünfzehn vorbei. Das bedeutet, dass wir die Tische mit den Getränken bald erreichen werden. Mittlerweile befinde ich mich wieder in einem kleinen Pulk, der bis eben noch gleichmäßig wie im Formationsflug gelaufen ist, aber jetzt unruhig wird. Jeder um mich herum will etwas trinken, deswegen kämpfen alle um die beste Position, während gleichzeitig keiner das Tempo reduzieren möchte.

Ich will mich eigentlich da heraushalten, aber ich habe ein Problem. Ich will eines dieser isotonischen Sportgetränke ergattern. Kein Wasser, keinen Tee, keine Apfelschorle. Aber ich kenne die Sortierung an der Verpflegungsstelle nicht. Kommt das Sportgetränk weiter vorne oder weiter hinten? Wie war das noch mal bei Kilometer zehn? An der dortigen Verpflegungsstelle habe ich nicht darauf geachtet, weil ich da noch nicht trinken wollte. Aber ich habe gesehen, dass die einzelnen Abschnitte mit großen Schildern gekennzeichnet sind. Auf diesen steht der Name des jeweiligen Getränks.

Ich bewege mich genau in der Mitte der Straße, umgeben von anderen Läufern. Rechts, links, vor und hinter mir ist kaum Platz. Wir laufen alle im gleichen, konstanten Tempo, sodass sich keine Lücken ergeben, durch die ich auf die Seite ausweichen könnte. Aber dorthin muss ich, um an die Tische zu kommen, auf denen die Pappbecher stehen.

Nicht nervös werden. Es wird sich eine Gelegenheit ergeben, da bin ich mir sicher. Doch es passiert nichts. Vorne kann ich schon die ersten Tische sehen. Aber die anderen um mich herum laufen einfach weiter. Vielleicht wollen die gar nicht trinken? Dann hätte ich ein echtes Problem! Wer weiß, wann sich diese Gruppe wieder auflöst. Die nächste Verpflegungsstelle kommt in fünf Kilometern. Das ist zu weit, viel zu weit. Ich muss jetzt etwas trinken.

Sollte ich nett fragen, ob ich mal kurz ausscheren dürfte? Vielleicht sind meine Nebenmänner Ausländer, die gar kein Deutsch verstehen? Was heißt »ausscheren« auf Englisch? Vielleicht so: »Excuse me, can I please shortly scissour out? I want to drink Gatorade ... And while I'm there, can I get you something? Maybe a glass of water?« Nein, das wird nicht funktionieren.

Oder soll ich mir den Weg mit Ellbogeneinsatz frei-kämpfen? Nein, auch das ist keine Option. Und während ich noch grübele, passieren wir die Stresemannallee und laufen direkt auf die Villa Kennedy zu. Plötzlich kommt Bewegung ins Feld. Wie aufgescheuchte Hühner suchen sich nun alle den optimalen Platz, um bequem an die Getränketische zu kom-men. Die meisten weichen einfach seitlich aus und verlang-samen das Tempo ein wenig. Aber manche, die links laufen, sehen die Tische am rechten Straßenrand und ignorieren jene auf ihrer Seite. Und als gäbe es keine anderen Läufer, rennen sie quer über die Straße. Ich werde mehrmals angerempelt, einer entschuldigt sich mit einem atemlosen »Sorry«.

Meine Geduld zahlt sich aus. Am Ende der Verpflegungs-stelle sehe ich das Schild »Energy Drinks«. Da die meisten sich bereits vorher versorgen, kann ich bequem die dortigen Tische ansteuern und einen Becher greifen. Ohne anzuhalten, schnappe ich mir einen und schaffe es, fast nichts zu verschüt-ten. Ich presse die Öffnung des Pappbechers zusammen, sodass nur ein schmaler Schlitz bleibt. Durch diesen Schlitz trinke ich in kleinen Schlucken. Den leeren Becher werfe ich auf die Straße. Es wird nicht der einzige bleiben.

Nach der Verpflegungsstelle führt die Strecke weiter die Kennedyallee hinunter. So laut es eben war, so ruhig ist es auf einmal. Hier stehen nur wenige Zuschauer am Streckenrand und es gibt auch keine Musikgruppe, die uns anheizt. Erst jetzt fällt mir das Schweigen unter den Läufern auf. Natürlich wurde bislang auch nicht viel geredet, aber ein paar Gespräche und Plaudereien habe ich doch gehört. Die Stimmung war locker, aber jetzt, kurz nach Kilometer fünfzehn, ist es mit einem Mal sehr still. Nun scheint jeder zu realisieren, was hier passiert. Wir haben gerade ein Drittel der Strecke hinter uns, und den meisten dämmert, was ihnen noch bevorsteht. Es ist nur der erste von mehreren schweren Abschnitten ohne Unterstützung von außen. Hier ist jeder mit dem Marathon allein und viele erschlägt die Erkenntnis, dass er größer ist als sie. Der Marathon hat mehr Macht, er sitzt am längeren Hebel, er spricht das letzte Wort. Wenn wir nicht aufpassen, dann macht er mit uns, was er will, und im schlimmsten Fall zerquetscht er uns wie eine Fliege.

Bei diesem Gedanken läuft es mir kalt den Rücken hinunter. Vorne hängt das Schild, das den sechzehnten Kilometer markiert. Ich schaue auf die Uhr und sehe, dass der letzte Kilometer ein paar Sekunden schneller war. Ich reduziere ein bisschen das Tempo und lasse zwei Läufer an mir vorbei.

Nur nicht nervös werden, sage ich mir wieder. Es ist noch nichts passiert.

KAPITEL DREI

DAUERLAUF

»Die Arme schwingen parallel neben dem Oberkörper. Die Ellbogen sind im rechten Winkel gebeugt. Lass die Hände dabei locker.«

»Der Typ ist eine echte Legende in der Region. Er hat vor zwanzig Jahren alle Volksläufe gewonnen. Es gab keinen, der ihn schlagen konnte.«

»Die Handgelenke sind mindestens auf Höhe der Ellbogen, so sicherst du den rechten Winkel. Der Oberkörper ist aufrecht, die Brust offen, der Kopf direkt über den Schultern. »

»Es war unglaublich. Er hat sich jedes Mal direkt nach dem Start weit vom restlichen Feld abgesetzt.«

»Dein Blick richtet sich ein paar Meter nach vorn auf den Boden. Dein Fuß setzt mit kurzem Bodenkontakt auf. Aber nicht vor dem Knie. Je kürzer der Schritt, umso besser.«

»Nach einem Kilometer hat ihn der Zweitplatzierte nur noch von Weitem gesehen.«

»Die Bewegung geht von der Körpermitte aus. Die Hüfte ist gestreckt. Machst du genug Stabilisationsübungen für deinen Rumpf?«

»Zwischendurch hat er meistens ein bisschen Tempo rausgenommen. Aber die anderen sind trotzdem nicht rangekommen. Am Ende hat er dann noch mal beschleunigt und ist mit großem Abstand ins Ziel gekommen.«

Simon lief neben Christian, der über den perfekten Laufstil dozierte. Seine Ausführungen vermischten sich mit Joachims Erzählung hinter ihnen. Ihre heutige Laufrunde führte vom Sandplacken in Richtung Saalburg.

»Den perfekten Laufstil gibt es nicht, Simon. Jeder läuft anders. Ich habe dir nur ein paar Kriterien für einen guten Laufstil genannt. Aber Änderungen am eigenen Bewegungsablauf solltest du nur in homöopathischen Dosen vornehmen. Alles hängt zusammen. Dein Körper hat sich an diesen Schritt gewöhnt. Wenn du ihn jetzt radikal änderst, kann das Schmerzen verursachen.«

»Es gab die unterschiedlichsten Theorien, wie er zu besiegen wäre. Am effektivsten schien die Idee, ihn vor dem Start auf dem Klo einzuschließen.«

»Wenn du dich beim Marathon hintenraus darauf konzentrierst, mit einem schönen Stil zu laufen, dann geht es wesentlich einfacher. Und es lenkt von den Schmerzen ab.«

»Irgendwann kam heraus, dass er sich bei jedem Rennen mit seinem Zwillingsbruder abwechselte. Er lief die Hälfte des Rennens, dann übergab er dem Bruder das T-Shirt mit der Startnummer, der mit frischen Beinen ins Ziel rannte. Kein Wunder, dass sein Zwilling mit frischen Beinen das Ziel erreichte.«

»Joachim, die Story ist doch ausgedacht«, meldete sich jetzt Günther zu Wort.

»Sag ich ja. Der Typ war eine Legende.«

Die vier waren an einem Sonntagmorgen auf ihrem langen Lauf unterwegs. Der Weg durch den Wald fiel leicht ab und auf der linken Seite konnten sie zwischen den Bäumen ab und zu einen Blick auf den Hintertaunus erhaschen.

Sie hatten sich am Sandplacken getroffen, einer Kreuzung im Wald unterhalb des Großen Feldbergs. Die dortigen Gaststätten gelten als beliebte Einkehrpunkte für Wanderer auf dem Weg zum Gipfel. Am Höhenkamm liefen sie den Limes entlang bis zur Saalburg, der alten Römerfestung, die zu einem Museum ausgebaut worden war. Dort kehrten sie um und nahmen einen parallelen Weg zurück zum Sandplacken. Nachdem sie erneut an ihren Autos vorbeigelaufen waren, hängten sie noch eine Schleife um den Großen Feldberg an. Den Gipfel umrundeten sie weiträumig, indem sie weiter dem Limes bis zum Roten Kreuz folgten. Von dort ging es ein Stück bergauf, danach wieder bergab bis zum Fuchstanz. Ab hier nahmen sie den kürzesten Weg zurück zum Sandplacken. Am Ende sollten sie auf ungefähr siebenundzwanzig Kilometer kommen, hatte Simon ausgerechnet.

»Wie macht ihr das eigentlich?«, fragte er in die Runde. »Jeden Sonntagmorgen laufen. Meine Freundin ist echt angepisst. Wie setzt ihr das zu Hause durch?«

Christian war Single und Joachim geschieden. Die beiden kannten das Problem nur vom Hörensagen, entsprechend oberflächlich waren ihre Antworten. Günther hingegen war seit zwanzig Jahren verheiratet.

»Bei mir ist das mittlerweile kein Thema mehr. Als ich vor ein paar Jahren mit dem Laufen anfing, also so richtig, hat Annette es sofort akzeptiert. Sie nutzt die Zeit für ihre eigenen Hobbies. Manchmal geht sie auch ein bisschen joggen oder schwimmen. Oder zum Yoga. Wir sind beide froh, dass wir gesund sind und Sport treiben können.«

Günther erzählte, dass er jahrelang Kette geraucht hatte. Ihm hatte das Rauchen gefallen und er bereute es nicht. Der Genuss einer frisch angezündeten Zigarette nach einem langen Arbeitstag war für ihn mit nichts in der Welt zu vergleichen. Bis heute träumte er nachts davon, wie er mit hochgelegten Beinen auf dem Balkon saß und den Rauch in die Abendsonne blies. Eine Schachtel am Tag war normal gewesen. Er hatte damals geglaubt, dass sein Körper ohne die tägliche Nikotinzufuhr auseinanderfallen würde.

Vor zehn Jahren aber hatte er ein einschneidendes Erlebnis. Eines Tages war der Aufzug im Büro blockiert und Günther musste zu Fuß in den sechsten Stock laufen. Im zweiten bekam er einen Hustenanfall und im dritten gab er auf. Erschöpft schlich er zum Kaffeeautomaten und dachte über seinen Lebensstil nach. Er erkannte, dass er etwas ändern musste, sonst würde er früher oder später zum Pflegefall werden. Eher früher.

Zu Hause warf er alle Zigaretten in den Müll. Seine Frau fragte ihn, was passiert sei.

»Der Fahrstuhl!«, rief er atemlos und rannte in den Flur. In der Garderobe wühlte er nach seinen alten Laufschuhen. Vor Jahren hatte er mal ein Paar gekauft, aber der Neujahrsvorsatz war schnell vergessen gewesen. Seine Frau stand hinter ihm und bot ihm eine von ihren Zigaretten an.

»Wo sind die Schuhe?«

»Im Keller.«

Er hastete aus der Tür und ließ sie ratlos im Flur zurück.

Endlich fand er die Schuhe, die noch wie neu waren. Er setzte sich hin und verschnaufte erst mal. Die Suche hatte seine Lunge an ihre Grenzen gebracht. Und wie er da saß und auf die alten Fahrräder schaute, die er und Annette seit Jahren nicht mehr benutzt hatten, wich der Schmerz in seiner Brust einem tiefen Gefühl der Erniedrigung. Günther musste die

Kontrolle über seinen Körper zurückbekommen. So sehr er den Genuss liebte, den ihm das Rauchen verschaffte, so sehr hasste er die Schwäche, die der jahrelange Müßiggang mit sich brachte.

Am folgenden Tag zog er die Laufschuhe an und ging in den Wald. Er wusste, dass er nicht weit kommen würde. Da er es noch nicht mal in den sechsten Stock schaffte, schätzte er seine Reichweite auf weniger als zwei Kilometer. Egal, auch ein Marathon beginnt mit dem ersten Schritt, dachte er sich und lief los. Zunächst fühlte es sich erstaunlich natürlich an. Seine Beine bewegten sich, als hätten sie nie etwas anderes getan, als zu laufen. Günther fühlte sich leicht wie eine Feder.

Nach hundert Metern meldete sich der vom Vortag bekannte Schmerz in der Brust wieder. Günther hielt an. Er stützte seine Arme auf den Knien ab und schnaufte tief durch. Dadurch löste sich die Spannung. Er ging ein paar Schritte und achtete auf seine Atmung. Sein Magen krampfte, als das Gefühl der Erniedrigung wiederkam. Er schaffte noch nicht einmal hundert Meter. Was war er nur für ein Schwächling.

Als sich sein Atem beruhigt hatte, lief er wieder los. Auch diesmal kam er nur hundert Meter weit. In seinem Hals pochte es. Das konnte der Puls sein oder ebenso seine Wut. Auf sich selbst und auf das Rauchen. Er verfluchte das Schnitzel, das er heute in der Kantine gegessen hatte. Er verfluchte den Wein und das Bier, das er zu gerne trank. Er verfluchte Annette, die ihn dazu animierte. Er verfluchte den Wald, die Laufschuhe und die ganze Welt. Aber vor allem verfluchte er seine Ungeduld.

Er blieb stehen und atmete dreimal tief durch. Jetzt war nicht der Moment zum Aufgeben. Noch hatte er gar nichts erreicht. Wenn er jetzt nach Hause ginge, wäre alles verloren. Sein Versuch, fit zu werden, wäre im Ansatz gescheitert. Es würde ihn nur zurückwerfen. Am liebsten hätte er sich jetzt eine Zigarette angezündet und sich in Rauch aufgelöst. Nein, so weit sollte es nicht kommen. An dem winzigen Stück Motivation, das er noch in sich spürte, wollte er festhalten.

Er fasste einen Plan: Wenn er nur hundert Meter am Stück schaffte, dann würde er hundert Meter laufen und dann eine Gehpause machen. Hundert Meter gehen und dann wieder hundert Meter laufen. Und wenn sein Puls sich nicht beruhigte, würde er kurz anhalten. Aber er würde nicht pausieren. Die Bank am Wegesrand war tabu. Das Wichtigste war, immer in Bewegung zu bleiben. Mit diesem Vorsatz quälte er sich durch den Wald bis zu der kleinen Lichtung, auf der er mal mit Annette gepicknickt hatte, drehte um und lief den gleichen Weg zurück. Irgendwann kam er wieder an seiner Haustür an. Er hatte keine Uhr dabei, daher wusste er nicht, wie lange er gebraucht hatte. Aber das war egal. Er hatte es geschafft.

Günther hörte in sich hinein. Seine Lunge und sein Herz protestierten wild. Die Muskeln in den Armen und Beinen waren verhältnismäßig ruhig. In seinem Kopf herrschte Genugtuung. Er hatte es geschafft und morgen würde er es wieder tun.

»Seitdem gibt es keinen Tag, an dem ich nicht gelaufen bin. So habe ich das Rauchen aufgegeben.«

»Und hast es durch eine andere Sucht ersetzt«, ergänzte Joachim. »Statt Nikotin konsumierst du nun Kilometer.« Er konnte ziemlich gehässig sein.

»Der Unterschied ist, dass ich mich heute in meinem Körper wohlfühle. Früher konnte ich die Alltagsprobleme ausblenden, als würden sie durch den Rauch vernebelt und undeutlich. Jetzt werden sie mit dem Schweiß aus meinem Körper gespült.«

Die Gruppe kam an der Saalburg an und machte kehrt. Von jetzt an liefen sie auf dem gekennzeichneten Limeswanderweg zurück Richtung Sandplacken. Der Weg führte stetig bergauf, aber Simon spürte es kaum. Er dachte daran, wie er beim ersten Treffen mit seiner Laufgruppe bei jedem Anstieg außer Atem gekommen war. Das war jetzt nicht mehr so. Sein Atem blieb ruhig und er konnte entspannt Günthers Erzählung lauschen.

»Was ich sagen will, ist, dass Annette die ganze Zeit dabei war. Das hörte sich eben sehr einfach an: Zigarette ausdrücken und Laufschuhe anziehen. Fertig ist der Läufer, besiegt ist die Sucht. Doch so war es nicht. Der körperliche Entzug war schnell vorbei, aber der Kopf braucht ewig, um sich umzustellen. Es war die Hölle. Annette hat gleichzeitig mit dem Rauchen aufgehört, so konnten wir uns gemeinsam motivieren. Das hat unsere Beziehung gestärkt. Wir wissen, worauf es ankommt, und deswegen streiten wir uns nicht, wenn ich sonntagmorgens laufen gehe. Annette weiß, dass es für mich wichtig ist.«

Für Simon klang es fast zu schön, um wahr zu sein. Warum war es bei Anna und ihm nicht so? Sie könnten sich doch auch gegenseitig motivieren, einander antreiben und sich dabei kontinuierlich verbessern. Die Schritte zusammen gehen, die Qualen zusammen durchleiden und die Erfolge zusammen feiern. In der Gemeinsamkeit wäre Simon stärker, dessen war er sich sicher. Doch mit Anna lief es anders. Sie lebten nebeneinander statt miteinander, suchten mehr nach ihren Unterschieden und hoben diese hervor, als dass sie Übereinstimmungen fanden. Seit Annas Kündigung war es schlimmer geworden. Sie lebte in den Tag hinein, während Simon zur Arbeit ging und trainierte. Er merkte, dass er gleichzeitig neidisch und wütend auf sie war. Neidisch, weil sie so wenigen Zwängen unterlag. Wütend, weil sie nicht nach neuen Zwängen suchte. Als würde sie sich absichtlich von ihm und ihrem bisherigen Leben entfernen wollen.

Simon seufzte, während seine Lauffreunde über die beste Sorte Knäckebrot stritten. Er wollte, dass es wieder so wurde wie früher.

Anna wachte auf und sah, dass Simon bereits aufgestanden war. Mittlerweile bekam sie es gar nicht mehr mit, wenn der Wecker klingelte und ihr Freund sich aus dem Bett quälte. Wahrscheinlich hatte er sie wieder zugedeckt und ihr einen Kuss auf die Wange gegeben, wie er es gerne machte, aber selbst das hatte Anna verschlafen. Sie überlegte, welcher Wochentag war. Für sie waren alle gleich, sie kamen und gingen ohne Unterschied. Wenn Simon bereits weg war, war er bestimmt zur Arbeit gegangen. Andererseits gab es keinen Tag mehr, an dem er noch ausschlief. Auch an den Wochenenden stand er früh auf, um laufen zu gehen.

Sie streckte sich und rieb sich die Augen. Die Digitalanzeige am Wecker zeigte acht Uhr dreiundfünfzig. Anna gähnte. Sie fühlte sich immer noch schläfrig. Es gab sicher einen Grund, um noch eine halbe Stunde liegen zu bleiben.

Seit zwei Monaten war sie nun zu Hause. Nach der Kündigung war sie weiterhin ins Büro gegangen, jedoch ohne den kleinsten Funken Motivation. Ihre Kollegen hatten sie gemieden, nur Verena hatte versucht, sie zu trösten. Nach drei Tagen unproduktiver Schockstarre teilte ihr Herr Hansen mit, dass sie freigestellt sei. Laut Sozialplan könne sie ab sofort bei voller Bezahlung zu Hause bleiben. Anna schwankte kurz zwischen dem Gefühl der Erleichterung, dass die Folter der Untätigkeit vorbei war, und dem Ärger über ihren Chef, der drei Tage gewartet hatte, bis er sie nach Hause schickte. Sie brauchte einen halben Tag, um ihre offenen Projekte an die Kollegen zu übergeben und mit der Personalabteilung die weiteren Formalitäten zu klären. Als sie in der Mittagszeit heimfuhr, fiel der ganze Ballast von ihr ab. Wie froh sie war, diese Arschlöcher los zu sein. Sie fragte sich, warum sie eigentlich so viel gearbeitet hatte. Gedankt hatte es ihr am Ende niemand.

In den ersten zwei Wochen fühlte es sich wie Urlaub an. Anna genoss ihre Freiheit und unternahm alles, wofür sie im letzten Jahr keine Zeit gehabt hatte. Sie ging ins Städel Museum, um sich eine Ausstellung zu Picasso anzusehen. Sie las »Anna Karenina« und schaute sich sämtliche Staffeln von »Friends« auf Netflix an. Sie meldete sich im Fitnessstudio an und besuchte alle zwei Tage einen anderen Kurs. Sie stellte die Möbel um, rückte den Esstisch näher ans Fenster und schob das Sofa auf die andere Seite des Wohnzimmers. Sie reinigte die Gardinen, putzte den Backofen und strich die Wand im Flur neu.

Simon ließ sie gewähren. Anna vermutete, dass er froh über ihre Ablenkung war. Er konnte sich damit aus der Verantwortung ziehen. Solange sie beschäftigt war, musste er sich nicht mit ihrer Situation auseinandersetzen. Seiner Ansicht nach steckte hinter ihrem Tatendrang purer Aktionismus. Anna wusste, dass es nicht stimmte. Die Befreiung von Zwang und Fremdbestimmung entfachte eine ungekannte Energie in ihr. Wie gerne hätte sie mit Simon darüber gesprochen. Während sie alleine zu Hause war, flogen ihre Gedanken durch die leere Wohnung wie nächtliche Schatten. Sie wollte sie einfangen, in Worte fassen, um sie dann mit ihrem Partner zu teilen. Doch sie spürte Simons Ablehnung, mit ihrer neuen Freigeistigkeit kam er schwer klar. War es Neid, weil er arbeiten musste und nicht – wie sie – ungehemmt seinen Hobbies nachgehen konnte?

Dabei profitierte er selbst von ihrer neu gefundenen Freiheit. Anna wurde kreativer in Bezug auf ihr Sexleben. Sie überlegte sich Rollenspiele, mit denen sie Simon so heißmachte wie schon lange nicht mehr. Das spornte sie an, noch mehr zu versuchen. Als sie eines Abends erschöpft nebeneinander auf dem

Bett lagen, war Anna kurz davor, mit Simon darüber zu sprechen. Sie wollte gerade etwas sagen, als er aufstand und ins Bad ging. Sie hörte die Toilettenspülung und seine elektrische Zahnbürste. Kurze Zeit später kam er zurück, wünschte ihr eine gute Nacht und legte sich schlafen.

Nach einiger Zeit ließ der Elan im Bett wieder nach. Simon verbrachte mehr Zeit mit Laufen. Wenn Anna unter der Decke zu ihm rückte, sagte er, er sei müde und brauche seinen Schlaf. Überhaupt war er die ganze Zeit erschöpft. Wenn er abends von der Arbeit kam, wollte Anna mit ihm reden. Nach stundenlanger Einsamkeit freute sie sich über Gesellschaft. Aber ihm war das zu viel. Er zog die Laufschuhe an und verschwand wieder.

Verschlafen nahm Anna ihr Smartphone vom Nachttisch. Sie scrollte durch die neuesten Nachrichten und schaute die Instagram-Stories ihrer Freunde an. Danach klickte sie auf den Link zu den lustigsten Twitter-Nachrichten der letzten Woche. Lustlos las sie die Texte durch und fragte sich, was daran witzig sein sollte. Dann klickte sie auf den nächsten Link mit anderen vermeintlich komischen Nachrichten. So ging das ein paar Mal, bis sie entnervt die App schloss. Eine halbe Stunde war vergangen und sie war immer noch müde. Sie legte das Handy zur Seite und schloss die Augen.

Als sie die Augen wieder öffnete, war es kurz vor zehn. Sie hatte noch mal eine halbe Stunde geschlafen. Wenigstens fühlte sie sich nun ein bisschen wacher. Sie stand auf und ging in die Küche. Für den Kaffee nahm sie die letzten Bohnen aus der Tüte und schüttete sie in den Vollautomaten. War Simon so klug, auf dem Weg nach Hause eine neue Packung mitzubringen?

Sie schaute in den Kühlschrank. Der war eigentlich noch gut gefüllt. Es fehlte also nur an Kaffee. Anna wog ab, ob sie den nächsten Morgen ohne die schwarze Droge überleben konnte. Ansonsten müsste sie nur deswegen ihre Kleidung für draußen anziehen.

Anna hatte es sich angewöhnt, vom Schlafanzug direkt in die Jogginghose zu wechseln, wenn sie keine auswärtigen Termine hatte. Sie vermied es aber, damit vor die Tür zu gehen. So bequem die Hose auch war, mit Annas Stilbewusstsein war sie nicht zu verbinden. Wenn die Nachbarn sie so sähen, würden sie wahrscheinlich denken, sie hätte die Kontrolle über sich verloren. Das eine Mal, als sie zum Briefkasten im Erdgeschoss gegangen war, war eine Ausnahme.

Wahrscheinlich würde ihr ein Spaziergang zum Supermarkt guttun. Anna roch an sich. Außer einer anderen Hose wäre auch eine Dusche fällig. Im Bad sah sie in den Spiegel. Sie musste bald einen Termin beim Friseur vereinbaren.

Nachdem sie sich abgetrocknet hatte, zog sie frische Unterwäsche an und fühlte sich zum ersten Mal seit einer Woche wieder lebendig. Ein frisches T-Shirt tat sein Übriges. Sie zog sich eine Hose an und schaute nochmal auf ihr Handy. Nun erst sah sie, dass heute Sonntag war. Die Läden hatten geschlossen.

»Tja. Dann kann ich auch noch zwei Folgen von ›Stranger Things‹ schauen.«

Als sie das Ende der dritten Staffel erreicht hatte, schaute sie, welche Filme bei Netflix neu im Angebot waren. Sie klickte sich durch die Liste, las die Beschreibungen durch und sah sich ein paar Trailer an. Wenn ihr ein Film gefiel, setzte sie ihn auf ihre Merkliste, für später. Manchmal erinnerte sie einer der Schauspieler an einen anderen Film, in dem er ebenfalls mitgespielt hatte. Dann musste sie den Darsteller googeln, anschließend seine Filmografie durchscrollen, um den Film zu finden, den sie meinte, nur um daraufhin festzustellen, dass er nicht bei Netflix verfügbar war, dafür aber bei Amazon Prime. Wie schade, sie hätte den Film gerne noch einmal gesehen. Im

Kino hatte er ihr gut gefallen, aber das war mindestens zehn Jahre her. Wie viel kostete ein Abo bei Amazon Prime? Nein, das lohnte sich nicht, so viel wollte sie gar nicht gucken.

Sie klappte den Laptop zu, denn sie merkte, dass sie Hunger bekam. Kein Wunder, sie hatte seit dem Frühstück nichts mehr gegessen. Auf dem Weg in die Küche machte sie einen Umweg ins Schlafzimmer, um ihr Handy zu holen. Sie hatte drei neue WhatsApp-Nachrichten. Eine war von Sarah, eine weitere von einem Mitglied ihrer Schulfreunde-Gruppe und eine von ihrer Tante. Anna legte sich aufs Bett und sah sich die Fotos an, die Sarah von ihrer Wohnung geschickt hatte. Darauf waren ihre neuen Möbel zu sehen. Anna schrieb ihr, dass sie in den nächsten Tagen vorbeikommen wollte. In der Gruppe hatte jemand ein lustiges Video weitergeleitet, in dem eine Katze mit einer Gurke kämpfte.

Die Nachricht ihrer Tante war sehr lang. Sie hatten eine ganze Weile nicht miteinander gesprochen, daher gab es einiges zu erzählen. Bevor Anna ihre Antwort tippte, ging sie in die Küche, um ihren Hunger zu stillen. Sie schmierte sich ein Brot, aß eine Kiwi und dazu einen Joghurt. Zurück auf dem Bett berichtete sie ihrer Tante von der Kündigung und von Simons Plänen. Danach öffnete sie ihre Tagebuch-App und notierte für den heutigen Tag das Wort »Schwerelosigkeit«.

Jetzt war es halb elf. Zeit für ein Nickerchen. Seit sie nicht mehr arbeitete, war sie tagsüber sehr müde. Sie fragte sich, wie sie das vorher ausgehalten hatte. Offenbar hatte sie ihren Schlafbedarf jahrelang unterschätzt. Sie legte ihr Handy weg und streckte sich auf dem Bett aus.

Sie liefen nun erneut am Limes entlang. Den alten Römerwall konnte Simon selbst nach zweitausend Jahren noch erkennen, auch wenn es ein Hinweisschild brauchte, damit er darauf aufmerksam wurde. Sie sprachen noch immer davon, wie sie das

Laufen mit ihrem restlichen Leben vereinbarten. Günther erzählte, dass seine Frau ihn manchmal aus dem Bett scheuchte, damit sie ihre Ruhe hatte.

»Wisst ihr, was mich aufregt?«, schaltete sich Joachim ein. »Dass wir uns immer rechtfertigen müssen, warum wir laufen. Warum so lange? Warum sonntags, wenn andere noch schlafen? Und wenn wir es dann erklären, verstehen sie uns nicht. Aber wir sind ihnen keine Erklärung schuldig. Wir laufen für uns, nicht für die.«

Der Weg führte nun steil bergauf, deswegen konzentrierte sich Simon auf seine Atmung und schwieg.

»Manchmal steige ich in die Diskussion ein, nur zum Spaß. Die meisten geben dann zu, dass sie sich nicht aufraffen können, regelmäßig zu joggen. Aber sie müssten eigentlich, sagen sie. Und warum? Weil sie glauben, sie müssten Sport machen, um gesund zu bleiben. Aber wofür wollen sie gesund sein? Nicht für sich selbst, sondern damit sie ihre vierzig Stunden in der Woche arbeiten können und ihren Teil für die Gesellschaft leisten.«

Sie überholten eine Wandergruppe und Joachim war kurz ruhig. Sobald sie außer Hörweite waren, legte er wieder los.

»Das ist alles Schwachsinn. Der Mensch ist für Bewegung geschaffen. Wenn einer den ganzen Tag im Büro sitzt, fällt er bald auseinander. Schaut euch die ganzen Krüppel doch an. Bandscheibenvorfall, Meniskusschaden, Burn-out. Wer rastet, der rostet. Uns kann das nicht passieren. Wir laufen.«

»Du bist doch selbst ständig verletzt«, sagte Christian scherzhaft, aber in Simons Ohren hallte der Vorwurf nach.

»Ja, wir haben auch unsere Wehwehchen, aber wir sind schon eine Stufe weiter. Wir sind über die Gesundheit hinaus. Wir laufen nicht nur, weil wir fit sein wollen. Wenn es uns darum ginge, würden wir dasselbe wollen wie alle. Aber wir unterscheiden uns. Wir wollen frei sein. Wir laufen für uns, nicht für die Gesundheit oder die Gesellschaft. Wenn es nicht anders geht, scheißen wir auf unsere Gesundheit. Hauptsache ist, wir laufen. Das ist Freiheit.«

»Ist das nicht sehr pathetisch?«

»Ich muss es in dieser Deutlichkeit sagen. Aber die werden es trotzdem nicht kapieren.«

Simon überlegte kurz, Joachim zu fragen, wen er eigentlich mit »die« meinte. Aber er ließ es auf sich beruhen. Er kannte seinen Nachbarn inzwischen gut genug, um zu wissen, dass man mit ihm nicht diskutieren konnte, wenn er sich bereits eine Meinung gebildet hatte. Die anderen sagten auch nichts, und so redete Joachim weiter, während sie durch den Wald trabten.

»Wir sind zwar nicht gesund, aber wir sind robust. Wir können zweiundvierzig Kilometer am Stück laufen. Die meisten Menschen schaffen nicht einmal zehn. Mir wollten schon viele Leute erzählen, dass es nicht gut sei, den Körper so zu belasten. Ich frage dann immer zurück, was sie denn mit ›gut‹ genau meinen. Einerseits haben sie wahrscheinlich recht – es ist nicht unbedingt gesund und die meisten, die Marathon laufen, sollten es lieber sein lassen. Aber es ist trotzdem gut. Es zeigt uns, dass wir in der Lage sind, es zu tun. Wir wissen, dass es weh tut. Dass wir Schmerzen haben werden und dass wir für den Marathon auf manches andere verzichten. Trotzdem tun wir es. Die Freiheit des Marathons gibt uns so viel, dass uns die Schmerzen egal sind. Ich würde sogar sagen, dass wir es gerade deswegen tun. Die Freiheit ist umso wertvoller, wenn wir sie nicht geschenkt bekommen. Wenn ich ein gesundes Leben wählen könnte – wie auch immer das aussehen mag –, aber dafür das Laufen aufgeben müsste, ich würde es nicht tun.«

Joachim schwieg eine Weile und Simon dachte über seine Worte nach. Er sprach von der Freiheit wie von einer Ware, die er sich erkaufen könnte, indem er Schmerzen und Entbehrungen litt. Je härter die Entbehrungen waren, umso größer war der Zugewinn an Freiheit. Simon missfiel der Gedanke, dass die Freiheit ein Preisschild haben könnte.

Nach einer kurzen Zeit begann Joachim erneut: »Und ich will euch noch was sagen. Wir können uns diese Freiheit erlaufen. Das können andere nicht. Wir wissen auch, wo die Grenzen liegen. Die Grenzen der Freiheit und unsere Grenzen. Wir können nicht ewig laufen, irgendwann geht uns die Luft aus oder die Füße schmerzen. Ich bin schon oft an diese Schranke gestoßen und ihr kennt sie auch. Der Punkt, an dem es nicht mehr weitergeht. Wir wissen um unsere Möglichkeiten, weil wir sie schon oft ausgelotet haben. Die anderen kennen ihre gar nicht. Sie sagen Sätze wie: ›Lebe deinen Traum und träume nicht dein Leben‹. Sie bauen ein Luftschloss nach dem anderen, ohne Bezug zur Realität. Und was passiert am Ende? Sie werden enttäuscht. Das Luftschloss zerplatzt wie eine Seifenblase in Schall und Rauch.«

Günther unterbrach Joachim: »Was willst du uns eigentlich sagen?«

»Weiß ich auch nicht so genau. Aber vielleicht ist das gerade der Punkt. Ich meine, wir vegetieren hier vor uns hin, husten, niesen, kotzen, krepieren und am Ende erfahren wir noch nicht einmal den Grund dafür. Es heißt, jeder muss seine Bestimmung selbst finden. Sagt mir hinterher wenigstens jemand, ob ich richtig lag, oder ist es einfach vorbei? Messer in der Brust, umgefallen, tot und aus. Das wäre echt banal, aber nicht überraschend bei dem ganzen Scheiß, der in der Welt passiert.«

Sie waren jetzt über eine Stunde unterwegs. Wie geplant kamen sie am Sandplacken vorbei, wo sie ihre Autos geparkt hatten. Wer müde war, konnte jetzt vorzeitig aussteigen. Es gäbe auch die Gelegenheit, eine kurze Trinkpause einzulegen.

Simon hatte eine Wasserflasche im Auto, doch er war nicht durstig. Und da keiner etwas sagte, liefen sie einfach weiter. Sie hatten noch mehr als zehn Kilometer vor sich.

»Der Parkplatz ist deutlich voller als vorhin«, sagte Simon, »eine Menge Autos mit Frankfurter Kennzeichen.« Er wusste, dass viele Sonntagsausflügler am Sandplacken starteten.

Joachim schnaubte verächtlich, aber es folgte keine neue Tirade.

Simon ging nicht aus dem Kopf, was Joachim vorhin gesagt hatte. Liefen sie wirklich, um frei zu sein? Das Gefühl hatte er selbst auch schon oft gehabt. Aber wenn er Anna gefragt hätte, dann hätte sie es keineswegs als Freiheit bezeichnet, sonntags früh aufzustehen, um zu trainieren. Simon kam nicht darauf, wer von beiden recht hatte.

Nach zweieinhalb Stunden kamen sie wieder am Sandplacken an. Simon war erschöpft. Dass Christian ihn lobte, wunderte ihn, denn er konnte seine Beine kaum heben. Sobald er stehen blieb, schmerzten auch seine Oberschenkel. Doch Christian beruhigte ihn und sagte, das sei völlig normal. Simon sei heute an seine Grenze gegangen, vielleicht ein bisschen weiter. Aber der Körper lerne daraus.

»Jetzt ist vor allem Ruhe wichtig, damit die Beine sich erholen können und die Superkompensation einsetzt.« Mit diesen Worten überreichte er Simon den Trainingsplan für die kommende Woche.

Seit zwei Monaten war Christian nun schon Simons Trainer. Seine Wochenpläne waren akribisch aufbereitet. Für jeden Tag war exakt vorgegeben, wie viele Kilometer er in welcher Geschwindigkeit laufen sollte. Simon musste Christian vorher melden, welche Termine er in der kommenden Woche hatte, sodass sein Trainer die Einheiten darauf abstimmen konnte. Hauptbestandteil des Plans waren Dauerläufe in gemütlichem

Tempo, dazu kamen ein bis zwei Tempoeinheiten und der lange Lauf wie am heutigen Sonntag.

Nach jeder Einheit musste Simon detailliert Bericht erstatten. Hatte er die Vorgabe erfüllt? Wie schnell war er gewesen? Er sollte ebenfalls notieren, wie das Wetter war. Denn bei Regen lief es sich anders als bei Sonnenschein, sagte Christian. Seine Rückmeldung, wie er sich gefühlt hatte, war seinem Trainer besonders wichtig. Nach den Tempoläufen waren müde Beine am nächsten Tag normal.

Anfangs folgte auf schwere Einheiten immer ein Ruhetag, an dem Simon gar nicht lief. Mittlerweile durfte er lockere Einheiten anschließen, kurze Läufe zwischen fünf und zehn Kilometern. Zuerst dachte Simon, dass es sich nicht lohnte, sich dafür die Schuhe zu schnüren. Aber sein Körper sollte sich daran gewöhnen, fast jeden Tag zu laufen, dabei halfen auch kurze Distanzen. Und wenn er am Ende der Woche auf sein Kilometerpensum schaute, war Simon erstaunt, welche Strecke er zurückgelegt hatte. Bevor Christian anfing, ihn zu trainieren, hatte er seine Wochenkilometer auf dreißig gesteigert. Christian schraubte den Umfang schnell auf sechzig Kilometer hoch, was hauptsächlich an den langen Läufen lag. Von da an nahmen sie kontinuierlich zu.

Simon stellte sich täglich auf die Waage und Christian verglich sein Gewicht mit dem Trainingsfortschritt. Das Gewicht sei nicht alles, aber jedes Kilogramm mehr bedeutete höheren Kraftaufwand. An den Ruhetagen unternahm er nach Möglichkeit gar nichts außer seinem täglichen Gymnastikprogramm, das aus Dehnen und Übungen zur Rumpfstabilisierung bestand. Christian ermunterte ihn dazu, wenigstens noch einen Spaziergang zu machen, da die Bewegung die Muskeln mit Sauerstoff versorge und dem Muskelkater vorbeuge. Aber Simon reichten die üblichen Strecken, die er sonst auch zu Fuß zurücklegte, wenn er zur Arbeit oder zum Einkaufen ging.

Sein Trainer schlug zudem ein Alternativtraining als Ausgleich vor. Statt eines lockeren Laufs sollte Simon eine Einheit auf dem Fahrrad machen oder ein paar Bahnen im Schwimmbad ziehen. Christian wollte ihn überreden, einen Tag in der Woche mit dem Fahrrad zur Arbeit zu fahren, statt mit der Bahn. Eine Strecke umfasste fünfzehn Kilometer, das fand Christian geradezu perfekt. Simon könnte damit das Nützliche mit dem Praktischen verbinden.

Allerdings nahm Simon gerne die Bahn, da er eine gute Anbindung hatte. Er genoss es, vor der Arbeit noch mal kurz die Augen zu schließen und die Gedanken fließen zu lassen. Nur wenn es Verspätungen gab oder der Frankfurter S-Bahn-Tunnel gesperrt war, fragte er sich, warum er nicht mit dem Auto zur Arbeit fuhr. Oder eben mit dem Fahrrad. Am Ende verwarf er das Vorhaben jedoch aus logistischen Gründen. In seinem Büro gab es nur wenige Duschen, die ihre besten Tage schon gesehen hatten. Er hätte sich nicht wohl gefühlt, ungeduscht zur Arbeit zu kommen, auch wenn er vielleicht nur leicht geschwitzt hätte.

Christian favorisierte das Schwimmen, denn die Belastung für die Knochen sei im Wasser minimal. Beim Laufen würden die Gelenke mit jedem Schritt einen Schlag bekommen und selbst beim Radfahren wirkten mit jedem Tritt Kräfte auf Sehnen und Bänder. Schwimmen stärke zudem die Muskulatur in Armen und Rücken, die beim Laufen zwar benutzt, aber zu wenig trainiert wurden. Simon konnte Christians Argumente nachvollziehen, aber ihm war der Aufwand zu groß. Für eine halbe Stunde Schwimmen musste er eine Viertelstunde Anfahrt rechnen, dazu eine Viertelstunde Umziehen. Nach dem Schwimmen nochmals das Gleiche, das ergab in Summe eine Stunde. Das Schwimmbad lag nicht auf dem Weg, sodass er es nicht mit etwas anderem verbinden konnte. Simon verbrachte ohnehin schon viel Zeit mit dem Training und wusste nicht, wo er das Schwimmen unterbringen sollte.

»Okay, dann vergiss das mit dem Schwimmen erst mal. Morgen machst du einen lockeren Lauf über fünf Kilometer. Am Dienstag treffen wir uns zu einem Steigerungslauf. Fünfzehn Kilometer, und wir laufen jeden Kilometer ein bisschen schneller. Ich komme mit, um dich notfalls zu bremsen. Wir wollen erst am Ende das Marathontempo erreichen, nicht vorher. Am Mittwoch legst du einen Ruhetag ein. Am Donnerstag, Freitag und Samstag folgen lockere Läufe, die du dir selbst einteilen kannst. Aber denk daran: nicht zu schnell. Zwischen fünfeinhalb und sechs Minuten ist gut. In Summe sollten es zwischen fünfundzwanzig und dreißig Kilometer sein. Mit dem langen Lauf am nächsten Sonntag kommst du dann auf fünfundsiebzig bis achtzig Kilometer.«

Christian drehte sich kurz um. »Günther, wo laufen wir nächste Woche? Ach so, der ist gerade pinkeln.« Er wandte sich wieder Simon zu: »Okay, das sehen wir noch. Willst du, dass ich am Samstag mit dir laufe? Donnerstag und Freitag kann ich nicht.«

Simon verneinte, das musste nicht sein.

»Okay. Aber mach am Samstag nicht zu viele Kilometer, damit du einigermaßen ausgeruht bist am Sonntag. Der Lauf wird ungefähr so wie heute sein. Jede Woche ein bisschen mehr. Und am Ende läufst du die zweiundvierzig auf einem Bein.«

Christian klopfte ihm auf die Schulter und verabschiedete sich. Er winkte Günther zu, der gerade aus dem Gebüsch kam, und stieg in sein Auto.

Joachim hatte sich bereits verabschiedet und so blieben noch Günther und Simon auf dem Parkplatz zurück.

»Simon, ich finde es gut, dass du dir Rat holst. Den Marathon solltest du nicht unterschätzen«, sagte Günther und schaute ihn ernst an. »Trotzdem: Pass auf dich auf, Christian schießt manchmal über das Ziel hinaus.«

»Aber Christian hat doch früher schon Läufer trainiert. Er weiß, worauf es ankommt.«

»Ja, das stimmt. Es gibt jedoch einen Grund, warum er nicht mehr Trainer ist. Damals sind einige Jugendliche beim Training vor Erschöpfung zusammengebrochen. Dann hat ihn der Verein rausgeschmissen. Christian ist sehr ehrgeizig und vergisst manchmal, dass die Gesundheit das Wichtigste ist. Wie gesagt, pass auf dich auf. Du willst doch im Oktober in die Festhalle einlaufen und nicht vorher einen Ermüdungsbruch haben.«

Anna erwachte von dem Geräusch der sich öffnenden Wohnungstür. Sie hatte tief und fest geschlafen. Während sie ihre Augen rieb, erinnerte sie sich an ihren Traum. Simon war zu ihrem ehemaligen Chef gegangen und hatte ihn darum gebeten, seine Freundin wieder einzustellen. Zuerst hatte er mit ihren fachlichen Kompetenzen argumentiert, doch als Herr Hansen stur blieb, lobte er auch ihre persönlichen Vorzüge und betonte, wie sehr er sie liebte. Als Simon angefangen hatte, sie zu küssen und auszuziehen, war Anna aufgewacht.

Kopfschüttelnd stand sie auf und ging in den Flur. Simon zog sich gerade seine Laufschuhe aus.

»Da bist du ja endlich.«.

Er kam zu ihr und sie erwiderte zaghaft seinen Kuss.

»Du hast dich ja umgezogen«, sagte er mit Blick auf ihre Jeans. Dann ließ er sie stehen und verschwand in der Küche. Sie hörte, wie Simon ein Glas mit Leitungswasser füllte. Er rief über den Flur.

»Du wolltest deinen Lebenslauf aktualisieren.«

»Mache ich morgen.«

»Hast du dich für das Replacement-Coaching angemeldet?«

Annas Firma hatte angeboten, sie bei der Jobsuche zu unterstützen. Doch sie hatte bisher nicht geantwortet. Simon kam ins Wohnzimmer und sah sie vorwurfsvoll an.

»Du musst jetzt mal anfangen, dich zu bewerben. So üppig war deine Abfindung auch nicht.«

Nerv mich nicht, dachte Anna. Doch Simon ließ nicht locker.

»Du überlegst jetzt schon drei Monate, wohin du willst.«

»Das dauert halt.«

»Nein, du verschleppst es absichtlich. Du hast dich an die Faulenzerei gewöhnt.«

»Ja, und? Wo ist das Problem?«

Anna sprang auf und verschwand im Bad. Sie hatte keine Lust auf Simons kluge Sprüche. In Wahrheit sprach daraus nur sein Neid, dass sie nicht arbeiten musste. Als sie ins Wohnzimmer zurückkam, saß er auf der Couch.

»Du bist vollkommen antriebslos geworden.«

Anna setzte sich neben ihn, nahm ihr Rätselheft und starrte wieder auf das Sudoku. Sie versuchte, seine Anwesenheit so gut wie möglich auszublenden. Aber Simon ließ sich nicht irritieren.

»Es ist okay. Wir haben genug gespart und zur Not kann ich die Miete ein paar Monate alleine bezahlen.«

»Simon, lass mich doch einfach in Ruhe. Okay? Geh laufen mit deinen neuen Freunden. Ich bin lieber antriebslos, als dass ich mit Vollspeed zum Arschloch werde.«

Simon stand auf und ging. Anna versuchte nicht, ihn aufzuhalten. Das hatte er davon, wenn er sie unter Druck setzte. Natürlich hatte er recht, wenn er sagte, dass sie wieder Geld verdienen müsste. Sie brauchte Geld zum Leben, alleine mit Faulenzen ließ sich das nicht finanzieren. Aber es nervte sie, dass er es so vehement forderte. Er wollte nicht verstehen, dass sie Abstand von allem brauchte, insbesondere auf die Arbeitswelt. Um Distanz zu gewinnen, musste sie sich aktiv davon distanzieren.

Sie war nicht antriebslos geworden. Das spürte sie, wenn sie tief in sich hineinhorchte. Wie wollte nicht wieder erleben, wie sie sich in für ihren Arbeitgeber, für ihren Chef oder für ihr Team abrackerte, um am Ende die Kündigung in der Hand zu halten. Sie wollte nicht wieder in das Hamsterrad, in dem sie sich aufrieb, ohne dass es ihr am Ende gedankt wurde. Daher versuchte sie, ihre Bestrebungen nach Erwerbseinkommen ins Gegenteil zu verkehren und übte sich in vollkommener Arbeitslosigkeit. Sie konnte verstehen, dass es für Simon von außen betrachtet wie Antriebslosigkeit wirkte. Es ärgerte sie, dass er nicht den Versuch unternahm, sie besser zu verstehen, und es betrübte sie, dass sie nicht in der Lage war, es ihm besser zu erklären.

Simon sprach ständig von einem Ziel. Warum brauchte es überhaupt ein Ziel? War das der Sinn des Lebens? Ein Ziel, auf das man hinarbeitete? Warum musste sie dieses Ziel dann erst suchen? Warum wurde es ihr am Anfang nicht mitgeteilt? Das wäre doch viel einfacher gewesen. Zusammen mit der Geburtsurkunde eine Aufgabe, wie in einem Brettspiel: »Versuche, die Welt zu erobern« oder »beende den Hunger auf der Welt« oder »gründe eine Familie«. Nein, das passierte nicht. Oder Anna hatte es damals nicht mitbekommen. Das legte die Vermutung nahe, dass es nicht wichtig war, ein Ziel zu haben. Man konnte sich selbst eines aussuchen oder eben nicht. Und wenn man es nicht tat, dann konnte einen keiner dafür anklagen.

HALBMARATHON

GOLDSTEIN

Wir laufen am Schwanheimer Ufer entlang und passieren die Halbmarathonmarke. Dort liegt eine rote Messmatte und es ertönt ein Piepsen, als ich sie überquere. Meine Uhr zeigt eine Stunde, fünfunddreißig Minuten und zehn Sekunden. Damit befinde ich mich in dem Bereich, den ich mir vorgenommen habe. Ich drehe mich kurz um. Von dem Ballon ist nichts zu sehen. Das heißt, ich bewege mich noch auf einem Kurs, der unter drei Stunden und fünfzehn Minuten liegt.

Im Frankfurter Stadtteil Schwanheim ist viel los. Manche Anwohner machen aus dem Marathon ein Grillfest und verkaufen Würstchen aus ihrer Garage heraus. Zum Glück steht der Wind günstig, sodass ich den Geruch nicht mitbekomme. Es hätte sonst sein können, dass ich stehen bleibe und selbst eine Wurst esse. Es ist nicht so, dass ich hungrig bin, aber ich spüre mittlerweile die Distanz in meinen Beinen. Wahrscheinlich ist es kein gutes Zeichen, jetzt schon erschöpft zu sein. Also verwerfe ich diesen Gedanken wieder und schaue mich weiter um. Am rechten Straßenrand steht ein Mann mit einem Keyboard. Daneben verrenkt sich eine Frau zu der Musik, die er spielt. Bevor ich erkennen kann, ob es wirklich ein Tanz ist, bin ich vorbeigelaufen.

Vor mir läuft eine Frau, ungefähr in meinem Alter. Sie hat ihre blonden Haare zu einem langen Zopf gebunden und trägt ein enganliegendes, grünes Trikot und kurze Laufshorts. Mit ihren schönen, austrainierten Beinen tritt sie gazellengleich auf, sodass ihr Zopf bei jedem Schritt hin und her wackelt. Der Anblick gibt mir Kraft. Wenn sie nach zweiundzwanzig Kilometern noch so locker läuft, dann kann ich das auch.

Ich überlege kurz, zu ihr aufzuschließen und mit ihr zu flirten. Von hinten ist sie hübsch und mir gefällt ihr knackiger Po. Aber vielleicht sollte ich sie mir erst einmal von vorne anschauen? Ich könnte kurz beschleunigen und einen Seitenblick auf sie werfen. Und wenn sie mir gefällt, könnte ich direkt etwas Nettes sagen. »Na, läufst du auch Marathon?«, wäre zu dämlich. Eher etwas Aufmunterndes. Aber wie soll es danach weitergehen? Sie wird wohl kaum ein Gespräch mit mir führen wollen. Flirts beim Laufen sind ohnehin nicht erfolgversprechend. Beide schwitzen und hecheln, das Haar sitzt schief und man kann sich nicht in die Augen schauen. Das ist nicht die richtige Atmosphäre.

Flirten war ohnehin nie meine Stärke. Es liegt wahrscheinlich daran, dass ich familiär vorbelastet bin. Meinen Vorfahren und Verwandten hat beim Flirten noch keiner etwas vorgemacht. Sie haben es darin zur Meisterschaft gebracht, denn der perfekte Flirt mündet gewöhnlich in einen Heiratsantrag. Unglücklicherweise war damit der Zenit bereits überschritten, denn danach ging es für alle steil bergab. In meiner Verwandtschaft endete jede Ehe in einer Katastrophe. Die Heiratsurkunde war ein sicheres Zeichen dafür, dass die Beziehung bald in die Brüche gehen sollte.

Meine Eltern haben sich scheiden lassen, als ich fünfzehn Jahre alt war. Sie hatten es immerhin lange genug miteinander ausgehalten, um mich großzuziehen, aber irgendwann war die Luft raus. Deren Geschwister waren ebenfalls alle entweder geschieden oder neu verheiratet. Ungeschlagen ist mein Onkel Karl, der aktuell in seiner vierten Ehe lebt. Einen weiteren traurigen Rekord hält meine Tante Natascha. Nach über zehn Jahren glücklicher Beziehung ging sie mit ihrem Partner zum Standesamt, kein volles Jahr später waren die beiden getrennt.

In den vielen unglücklichen Ehen wurden zahlreiche Kinder gezeugt, sodass mein Stammbaum vor Halb- und Stiefcousins nur so wimmelt. Dabei verschwimmen die Generationen, denn die Ehepartner sind nicht immer im gleichen Alter. So hat meine dreißigjährige Cousine Anja den fünfzehn Jahre älteren Jürgen geheiratet. Der wiederum hatte zu dem Zeitpunkt bereits einen vierwundzwanzigjährigen Sohn aus erster Ehe. Anjas Halbschwester Julia war damals dreiundzwanzig und ihr Halbstiefneffe somit ein Jahr älter als sie. Ich gebe zu, dass ich manchmal selbst verwirrt bin.

Ein weiterer Effekt der vielen Scheidungen ist die Zerrüttung innerhalb der Familie. Es gibt immer mindestens zwei Familienmitglieder, die zerstritten sind und nicht mehr miteinander reden. Natürlich will keiner einer verfeindeten Person auf einer Familienfeier begegnen, weshalb stets nur ein Teil der Sippe erscheint. Manche bleiben auch fern, weil die Feste häufig eine Keimzelle für neue Streitereien bilden.

Meistens zwingen meine Verwandten mich, Stellung zu beziehen. Das ist eine undankbare Situation, da ich es mir dann nicht nur mit einem der Streithähne verscherze, sondern auch mit all denjenigen, die auf seiner Seite sind. Oft geht es um persönliche Eitelkeiten, denn der Drang, Recht zu haben, ist bei uns stark ausgeprägt. Am Ende ist es wichtig, als Sieger vom Platz zu gehen – und gewonnen hat, wer länger stur bleibt. Dass davon keiner profitiert, aber viele als Verlierer vom Platz gehen, haben nur wenige in meiner Familie kapiert.

Als ich merkte, dass die Fehden nur Machtspiele waren, suchte ich das Weite. Ich schrieb mich an einer Universität ein, die über dreihundert Kilometer von meiner Heimatstadt entfernt lag. Ich wollte nicht jedes Wochenende nach Hause kommen und mir von meinen Eltern anhören, wer sie diesmal geärgert hatte. Mit Beginn meines Studiums fühlte ich mich so, als wäre ich in einer anderen Welt.

Bereits vorher hatte ich den Beschluss gefasst, dass ich nicht auch so enden wollte. Es war in der neunten Klasse und ich war hoffnungslos in Leni Kraus verknallt. Sie ging in die Parallelklasse und stand in den Pausen meist bei den Jungs der höheren Jahrgänge. Sie wirkte unnahbar, aber mir gefiel ihre souveräne Art, mit der sie nicht nur die älteren Mitschüler sondern auch die Lehrer um den Finger wickelte. Ich stellte mir vor, dass ihre hellrot geschminkten Lippen besonders gut zum Küssen geeignet waren. Aber ich traute mich nie, sie anzusprechen, in der Angst, etwas Falsches zu sagen und dabei alle Chancen zu verspielen. Ich starb fast vor Sehnsucht, mit ihr allein zu sprechen, ohne die missbilligenden Blicke der anderen Jungs, ohne das argwöhnische Getuschel der anderen Mädchen.

Nach einem halben Jahr ergab sich endlich eine Gelegenheit. Es war nach der letzten Stunde. Die Schule hatte sich bereits weitgehend geleert, als es anfing, in Strömen zu regnen. Die meisten Schüler, die in Gruppen im Foyer standen, warteten darauf, dass es nachließ. Da sah ich Leni, wie sie alleine an der Wand lehnte und in ihr Handy schaute. Mein Herzschlag beschleunigte sich und meine Hände wurden schwitzig. Ich ging auf sie zu.

»Hallo, Leni.«

Sie schaute nur kurz auf und widmete sich wieder ihren Nachrichten.

»Wie kommst du nach Hause? Bis der Regen aufhört, ist der Bus bestimmt längst weg.«

Sie reagierte nicht, sondern tippte weiter auf ihrem Handy rum. Ich wollte mich schon umdrehen, als sie aufsah. An ihrem Blick merkte ich, dass sie kurz versuchte, mich einzuordnen. Sie erkannte mich nicht mal wieder. Doch ich schluckte die Demütigung herunter und wiederholte meine Frage.

»Ich hab dich schon verstanden. Tut mir leid, ich habe gerade eine SMS an meine Mutter geschrieben, ob sie mich abholen kann. Sollen wir dich mitnehmen?«

Kurz war ich versucht, auf das Angebot einzugehen. So eine Gelegenheit würde nie wiederkommen. Zu meinem Pech wohnte Leni jedoch genau in der entgegengesetzten Richtung. Wie hätte ich das erklären können?

»Das ist wirklich nett, aber ich wohne in Kelkheim. Es wäre bestimmt ein riesiger Umweg für euch.«

»Bist du sicher? Wann fährt denn dein nächster Bus?«

Ich war irritiert. Dass sie tatsächlich so freundlich sein konnte, versetzte meinem Herz einen Stich. Bisher hatte ich sie immer für hochnäsig und eingebildet gehalten. Ich schalt mich für meine Vorurteile.

»Der kommt bald. Das ist kein Problem.«

»Na gut, wie du meinst.«

Ihr Handy piepste. Sie las die Nachricht und schaute auf die Uhr. »Meine Mutter kann mich doch nicht abholen. Dann müssen wir wohl die Zeit zusammen totschlagen.«

Kurz befürchtete ich, gleich in Ohnmacht zu fallen. Rechtzeitig besann ich mich und schlug ihr vor, dass wir uns in die Schulkantine setzen könnten. Damals hatten hauptsächlich die Oberstufenschüler Nachmittagsunterricht, dennoch gab es eine kleine Mensa, die zur Mittagszeit geöffnet war.

Wir suchten uns einen freien Tisch und ich kaufte uns Vanillepudding, den Nachtisch des Tages. Sie sagte, der Geschmack erinnere sie an ihre Kindheit, und so kamen wir ins Gespräch. Ihre Familie stammte ursprünglich aus München und sie war überzeugter Bayernfan. Ich zog sie damit auf und wir lachten gemeinsam über das verlorene Champions-League-Finale, bei dem die Münchener Elf in den letzten zwei Minuten der Nachspielzeit den Pokal verspielt hatte. Ich erzählte ihr, dass ich gerne mit Freunden auf dem Bolzplatz kickte. Sie bestärkte mich darin, in einen Verein einzutreten, wozu ich nie Lust gehabt hatte. Um sie zu weiteren Aussagen zu provozieren, verweigerte ich mich leidenschaftlich dagegen. Es wirkte. Ich hatte großen Spaß und verliebte mich jede Minute neu in sie, bis Leni aus dem Fenster schaute und verkündete, dass es aufgehört hatte, zu regnen. Wir nahmen unsere Rucksäcke und gingen zur Bushaltestelle.

Mein Bus kam zuerst. Schnell fragte ich sie, ob sie Lust hätte, am kommenden Wochenende zusammen Fußball zu schauen. Bayern spielte gegen 1860. Das Münchner Stadtderby versprach Spannung. Sie war begeistert und so verabredeten wir uns für Samstag, fünfzehn Uhr, in einer Sportkneipe in der Innenstadt. Ich überlegte, ob es angebracht war, sie zum Abschied zu umarmen oder zu küssen, aber der Bus hielt und ich musste einsteigen. Ich winkte ihr durch das Fenster zu und sie lächelte zurück.

Den Rest der Woche schwebte ich auf einer rosaroten Wolke, obwohl in den Pausen alles war wie immer. Leni stand bei den älteren Jungs und ich bei meinen Freunden. Einmal traf ich sie am Pausenende beim Betreten des Schulgebäudes. Ich fragte sie, ob unsere Verabredung noch galt, worauf sie mit einem klaren »Ja« antwortete.

Am Samstag wartete ich um kurz vor drei vor der Kneipe und überlegte angestrengt, was ich ihr zur Begrüßung sagen sollte. Kurze Zeit später bog Leni um die Ecke, doch sie war nicht allein. Hand in Hand neben ihr ging Max aus der Zehn B. Ausgerechnet dieser fiese Kerl, der dafür bekannt war, jüngere Schüler zu piesacken.

»Hi, Simon«, sagte Leni und blieb mit Max direkt vor mir stehen. »Du kennst doch Max, meinen Freund?«

Ich schaute die beiden an, ohne ein Wort herauszubringen.

»Na klar kennen wir uns. Alles Roger in Kambodscha, Simon?« Max schlug mir freundschaftlich auf die Schulter.

Ich wollte mir nicht anmerken lassen, wie schmerzhaft das war. Aber ich war ohnehin zu beschäftigt, die neue Konstellation zu verarbeiten. Ich schaute abwechselnd von Leni zu Max, auf der Suche nach den richtigen Worten. Max wirkte zunehmend genervt.

»Naja«, sagte er, drehte sich zur Tür und betrat das Lokal. Leni sah mich noch kurz an und folgte ihm dann. Mir blieb nichts anderes übrig, als mich den beiden anzuschließen.

Bayern verlor durch ein kurioses Eigentor von Jens Jeremies und ich durfte mir zwei Stunden lang anschauen, wie Leni und Max turtelten. Ich saß mit meiner Cola schweigend daneben und die beiden schienen mich gar nicht wahrzunehmen. Als das Spiel vorbei war, legte ich zehn Mark auf den Tisch und ging, ohne mich zu verabschieden. Leni und Max küssten sich gerade und bemerkten meinen Aufbruch nicht. Auf dem Weg nach Hause fragte ich mich, womit ich das verdient hatte.

Zwei Wochen darauf verkündeten meine Eltern, dass sie sich scheiden lassen, und ich stellte mir diese Frage noch einmal. Traurig war ich aber nicht mehr. Leni war mir mittlerweile egal. Wenn sie mich in der Schule angesprochen hätte, dann hätte ich ihr meine Meinung ins Gesicht geschrien, aber sie war so klug, sich von mir fernzuhalten. Ich war sauer. Auf mich, weil ich so dumm gewesen war, mich einer Illusion hinzugeben. Auf Leni, weil sie mich wie Dreck behandelt hatte.

Aber vor allem auf meine Eltern, weil sie zu schwach waren, um für ihre Ehe zu kämpfen. Jetzt hatte es sie auch erwischt. Onkel Karl, der Bruder meiner Mutter, meinte dazu nur: »Ich habe es doch gesagt.« Der Rest der Familie reagierte wie immer. Es wurde gelästert und beleidigt, Gräben wurden ausgehoben und Mauern hochgezogen. Und jeder versuchte, mich auf seine Seite zu ziehen. Sehr bald reagierte ich genervt auf jeglichen Anruf meiner Verwandten.

Eines Tages steigerte sich meine Wut ins Unermessliche. Meine Eltern stritten sich darum, wer welche Möbel behalten durfte, und ich brüllte ihnen ein lautes »Ihr könnt mich alle mal!« um die Ohren. Darauf verschloss ich meine Zimmertür, packte ein paar Sachen in einen Rucksack und stieg aus dem Fenster.

Zuerst lief ich wahllos durch die Stadt. Irgendwie schaffte ich es, in ein Hotel einzuchecken, und verbrachte dort eine Nacht. Ich beruhigte mich so weit, dass ich mich wieder mit mir beschäftigen konnte. Bei der Scheidung hatten zu sehr meine Eltern im Mittelpunkt gestanden, aber niemand hatte gefragt, wie ich mich fühlte.

Ich hielt mich nicht lange damit auf, über mein Schicksal zu jammern. Offensichtlich konnten sich meine Eltern jenem Prozess nicht entziehen, durch den alle Familienmitglieder unweigerlich gingen. Auf einen leidenschaftlichen Beginn folgte die Konsolidierungsphase und danach die unabwendbare Trennung. Wenn ich mir die Beziehung meiner Eltern anschaute und sie neben den Verlauf aller Ehen in meiner Verwandtschaft legte, dann sah ich die Blaupause für mein späteres Leben. Doch ich wollte das nicht ohne Weiteres akzeptieren. Mein Schicksal war nicht in Stein gemeißelt, ich konnte es noch beeinflussen. Ich wusste, dass meine Eltern sich nicht ausreichend auf die Ehe vorbereitet hatten. Sie hatten sich in der Schule kennengelernt. Bevor sie sich mit der Frage beschäftigen konnten, ob sie ihr ganzes Leben miteinander verbringen wollten, war meine Mutter mit mir schwanger. Sie war Anfang zwanzig und hatte gerade ihre Ausbildung abgeschlossen. Mein Vater arbeitete bereits bei einer Bank. Ich will nicht sagen, dass sie unvorsichtig waren. Meine Eltern haben mir immer versichert, dass ich ihr Leben zum Guten verändert habe und dass meine Geburt ihr glücklichster Moment gewesen sei. Ich glaube es ihnen auch. Aber ein gemeinsames Kind konnte sie nicht über die fundamentalen Schwachstellen in ihrer Beziehung hinwegtäuschen. Je älter ich wurde, desto stärker traten die Unterschiede in ihren Lebensentwürfen zutage, die sie vorher unterschwellig ignoriert hatten. Doch zu meinem Wohl und zum Wohle der Familie sprachen sie nicht an, was sie bedrückte. Sie ließen die Probleme weiter brodeln und bauten erst genug Druck im Topf auf, der sich dann mit Gewalt Bahn brechen musste. Mit Mitte dreißig merkten sie, dass sie nicht mehr jung waren, aber auch noch nicht alt. Es wurde Zeit, das Verpasste nachzuholen, und dabei war die Familie ein Hindernis.

Ich weiß nicht, ob ich das alles damals im Hotelzimmer bereits begriffen hatte. Zumindest war mir klar, dass ich selbst nicht so übereilt in eine Beziehung oder gar in eine Ehe gehen wollte. Aber ich hatte keine Ahnung, wie ich mich schützen konnte. Ein Leben als Single kam jedenfalls nicht infrage.

Als ich am nächsten Tag nach Hause kam, traf ich auf meine aufgelösten Eltern. Sie hatten schon gestern bemerkt, dass ich abgehauen war. Nach vergeblichen Anrufen bei meinen Freunden und bei Verwandten hatten sie die Suche jedoch aufgegeben. Keiner der beiden fand Schlaf in dieser Nacht, weniger aus Angst, dass mir etwas passieren könnte, sondern wegen ihres schlechten Gewissens. Sie gaben mir gegenüber kleinlaut zu, dass sie es übertrieben hatten. Es war ungerecht von ihnen, mich mit der Scheidung so zu belasten.

Von da an führten sie ihren Rosenkrieg hinter verschlossenen Türen und schützten mich auch vor Vereinnahmungen durch Verwandte. Ich fühlte mich in meiner Einstellung bestätigt, dass sich das Schicksal beeinflussen ließ. Wenn ich meine Eltern zähmen konnte, dann würde ich es auch schaffen, dem Familienfluch zu entkommen.

Aber ich brauchte Abstand. Also suchte ich mir nach dem Abitur einen Studienplatz in einer fremden Stadt, in der keine Verwandten wohnten. Da meine Großfamilie über ganz Deutschland verteilt war, fielen viele Großstädte durch das Raster, aber schließlich identifizierte ich Heidelberg als familienfreie Zone. Ich schrieb mich in BWL ein und freute mich auf die neue Freiheit. Es war nun an der Zeit, zu sehen, ob ich zu einer stabilen Beziehung fähig war.

Merve lernte ich während einer Vorlesung zum Produktmanagement kennen. Sie wohnte bei ihren Eltern, nur zwei Straßenbahnhaltestellen von mir entfernt. Daher verabredeten wir uns häufig, die gleiche Straßenbahn zur Uni zu nehmen. Ich verliebte mich in ihre schönen Augen und ihre wohlklingende Ausdrucksweise, mit der sie, trotz ihrer poetisierenden Worte, immer den Nagel auf den Kopf traf. Es war der schönste Sommer meines bisherigen Lebens. Ich fiel aus allen Wolken, als sie plötzlich Schluss machte. Wir hatten uns wie immer bei mir getroffen und miteinander geschlafen. Danach brach sie in Tränen aus und beichtete mir, dass wir uns trennen mussten. Sie hatte unsere Beziehung vor ihrer Familie geheim gehalten, da sie wusste, dass ihre türkischen Eltern niemals einen nicht muslimischen Freund akzeptieren würden.

Beim Anblick des Zopfs, den die Läuferin vor mir trägt, frage ich mich, was Merve wohl gerade macht.

Die weiteren Beziehungen, Liebschaften, Affären – oder wie man sie nennen mag – während meines Studiums verliefen nach dem gleichen Schema. Ich verguckte mich in ein

Mädchen, konnte ihre Aufmerksamkeit gewinnen, traf sie zu unzähligen Dates, küsste sie und zuweilen kam es auch zum Sex. Doch es endete jedes Mal abrupt, jedes Mal ging die Trennung von ihr aus und jedes Mal ohne Vorwarnung. So blieben meine Beziehungen kurz. Mit dem Diplom in der Tasche warf ich mich voller Enthusiasmus in meine neue Arbeit, die mich in Frankfurt erwartete, aber die Hoffnung auf eine stabile Partnerschaft hatte ich aufgegeben. Bis ich Anna traf.

Ich schaue wieder auf den Zopf, der immer noch vor mir herwackelt. Wahrscheinlich ist es besser, wenn ich hinter ihr bleibe und einfach nur den Anblick genieße.

Wir laufen jetzt parallel zum Main, der rechts von mir dahinfließt. Vor uns führt die Straße unter einer Brücke hindurch. Ich sehe, wie die Läufer dahinter links abbiegen. Das muss die Schwanheimer Brücke sein, die uns wieder an das nördliche Mainufer leitet. Ich wappne mich für die einzige größere Steigung des Marathons. Dass es bald bergauf geht, ist normalerweise ein Ausdruck von Optimismus. Nur für Läufer ist es eine schlechte Nachricht. Alleine daran ist zu erkennen, dass Marathon mit Irrsinn gleichzusetzen ist.

KAPITEL VIER

WETTKAMPF

Ein wichtiger Meilenstein in Christians Trainingsplan war der Wettkampf, den Simon vier Wochen vor dem Marathon bestreiten sollte. Daher hatte er sich bei einem Halbmarathon im Frankfurter Stadtwald angemeldet, der am Vormittag des ersten Sonntags im Oktober stattfand.

An diesem Tag ging es ihm darum, das Tempo unter Wettkampfbedingungen zu testen. Simon hatte schon einige Trainingsläufe im angestrebten Marathonschnitt absolviert, aber eine offizielle Veranstaltung mit vermessener Strecke, Startnummer und Kontrahenten war etwas anderes. Simon spürte seit Tagen eine Nervosität in sich, die er vorher nicht gekannt hatte.

Als er am frühen Morgen das Haus verließ, schlief Anna noch. Etwa eine Stunde vor dem Start erreichte er die Sporthalle und fand schnell einen Parkplatz. Seine Tasche ließ er im Auto. Die Laufkleidung trug er bereits, außerdem eine Trainingsjacke, um sich warm zu halten. Da er längst vorangemeldet war, musste er nur noch seine Nummer abholen und das Startgeld bezahlen.

Simon betrat die kleine Halle und schaute sich in dem fast menschenleeren Raum um. In der Mitte waren Reihen von Tischen und Stühlen aufgebaut. Links stand ein großer Tisch, auf dem die Pokale für die Sieger präsentiert wurden. Daneben sah er ein aus Holz gezimmertes Podest. Auf der gegenüberliegenden Seite der Halle standen ebenfalls Tische, hinter denen Helfer des ausrichtenden Vereins saßen. Über ihnen hingen Schilder mit den Beschriftungen »Voranmeldungen« und »Nachmeldungen«. Simon ging zu der Frau unter dem Schild »Voranmeldungen« und nannte seinen Namen. Nach kurzer Suche gab sie ihm ein rechteckiges Blatt aus verstärktem und beschichtetem Papier, auf dem die Nummer Hundertneunundvierzig stand. Auf die Rückseite hatte jemand mit Kugelschreiber seinen Namen geschrieben. Außerdem bekam er vier Sicherheitsnadeln.

Simon zahlte das Startgeld von ein paar Euro und ging zurück zu seinem Auto, um ein paar Schlucke Wasser zu trinken. Dort angekommen befestigte er mit den Sicherheitsnadeln jede Ecke seiner Startnummer an seinem Shirt. Er brauchte zwei Versuche, bis das Papier gerade hing, ohne dass das Shirt Falten warf.

Danach beobachtete er das Treiben um sich herum. Mittlerweile befanden sich viele Läufer auf dem Gelände. Es waren Junge und Alte, Männer und Frauen, Schnelle und Langsame. Ein fast perfekter Querschnitt durch die Gesellschaft. Hier konnten der Vorstandschef und der Hausmeister aufeinandertreffen, ohne dass sie auseinanderzuhalten wären. Ein älterer Mann kam vorbei und Simon nickte ihm lächelnd zu, als er ihm einen guten Morgen wünschte.

Er schloss sein Auto ab und trabte ein wenig herum, um seine Muskeln zu lockern und aufzuwärmen. Es dauerte noch ungefähr eine halbe Stunde bis zum Start. Simon wollte keine Kraft vergeuden, deswegen lief er ganz langsam. Währenddessen sah er sich um, ob Christian mittlerweile angekommen war. Er sollte heute Simons Tempomacher sein.

Simon lief vom Parkplatz zurück zur Sporthalle und sah seinen Trainer vor dem Eingang mit einem Mann sprechen. Er war zwischen fünfzig und sechzig Jahre alt und trug eine blaue Trainingsanzugjacke mit Jeans. Als Christian seinen Schützling entdeckte, winkte er ihn zu sich. Simon trat näher, während Christian zu Ende sprach.

»... habe ich das Tempo bei den langen Läufen reduziert und schon geht es besser. Trotzdem laufen wir den Halbmarathon heute mehr oder weniger aus dem Training heraus. Da kommt er übrigens, das ist Simon.«

Simon nahm die Hand, die ihm der Mann entgegenstreckte.

»Hallo, ich bin Kurt. Dann wünsche ich dir viel Erfolg bei deinem Marathon. Entschuldigt, ich muss schauen, ob sich meine Athleten auch ordentlich warmlaufen.« Kurt drehte sich um und verschwand.

Simon fragte seinen Trainer, wer das war.

»Kurt Salzner. Er ist den Halbmarathon in zweiundsechzig Minuten gelaufen.«

Simon rechnete im Kopf nach. Zweiundsechzig Minuten für den Halbmarathon, das entspräche beim Marathon etwa zwei Stunden und fünfzehn Minuten. Das war schnell, unglaublich schnell. Er musste in der deutschen Bestenliste unter den ersten zwanzig sein. Kaum zu glauben, dass er hier war und sich ganz normal mit ihnen unterhalten hatte. Simon sah auf seine Hand, die Kurt Salzner soeben geschüttelt hatte. Vielleicht war ja ein bisschen Geschwindigkeit haften geblieben. Er blickte auf und schaute zu Christian.

Sein Trainer hob entschuldigend die Hände. »Ich war ein bisschen spät dran. Aber die Nachmeldung hat noch geklappt. Bist du schon warmgelaufen?«

»Ja, alles erledigt. Ich ziehe schnell meine Jacke aus und dann kann es losgehen.«

Es war ein warmer Oktobermorgen. Daher hatte Simon beschlossen, in »kurz-kurz« zu laufen, also im T-Shirt und kurzer Laufhose. In diesem Fall war es eine Tight, die ihm bis zu den Knien reichte. Simon verriegelte das Auto und steckte den Schlüssel in die kleine Tasche, die auf der Innenseite des Hosenbunds eingenäht war. Weil er immer ein bisschen Angst hatte, dass er seinen Schlüssel während des Laufens verlor, verschloss er die Tasche zusätzlich mit einer Sicherheitsnadel. Vielleicht war diese Angst mehr ein Tick oder sogar eine ausgewachsene Neurose. Jedenfalls reichte die Nadel in der Regel nicht aus, um ihn zu beruhigen. Während der Trainingsläufe musste er sich daher mehrmals an den Hosenbund fassen, um zu kontrollieren, ob der Schlüssel noch da war. Natürlich war er jedes Mal da.

Simon prüfte die Schnürung seiner Schuhe. Der Doppelknoten saß fest. In diesem Fall steckte aber keine Neurose dahinter. Es gab keinen schlimmeren Anfängerfehler, als während des Wettkampfs anhalten zu müssen, um die Schuhe zu binden.

An der Startlinie hatten sich bereits einige Läufer eingefunden, Simon und Christian sortierten sich ungefähr in der Mitte des Feldes ein. Kurze Zeit später fiel der Startschuss.

Anna wachte auf und merkte, dass Simon nicht da war. Seine Seite des Bettes war leer und kalt. Ach ja, er lief heute seinen Halbmarathon.

Der Wecker zeigte kurz nach elf, durch die Schlitze in den Rollläden drangen einzelne Sonnenstrahlen ins Schlafzimmer.

Anna sah keinen Anlass, aufzustehen. Bei dem Versuch, sich vom Bauch auf die Seite zu drehen, durchfuhr ihren Kopf ein dumpfer Schmerz. Sie fluchte stumm über die Wirkung des Alkohols und blieb so liegen, wie sie war. Ihre Augenlider wurden so schwer, dass sie sie wieder schließen musste.

Die Welt drehte sich. Zwei helle Kreise zirkulierten gegenläufig, entfernten sich erst voneinander, um im nächsten Moment aufeinander zuzustürzen, überlappten sich, verschmolzen, wuchsen an und explodierten in einem hellen Feuerball. Annas Kopf dröhnte. Wenn sie sich nicht bewegte, war alles in Ordnung. Aber sie musste auf die Toilette.

Sie lag noch immer auf dem Bauch und hatte alle viere von sich gestreckt. Zuerst zog sie Arme und Beine an sich heran, stemmte sich dann in eine tiefe Liegestützposition hoch, um sich sofort nach links auf den Rücken zu rollen. An der Bettkante drehte sie die Beine so, dass sie aus dem Bett auf den Boden fielen. Mit einem letzten Schwung stemmte sie ihren Oberkörper hoch und richtete sich auf.

Wieder drehte sich die Welt. Ihr ganzer Körper war taub und schwer. Mit beiden Händen an die Wand gestützt wankte sie ins Bad. Nachdem sie ihre Blase entleert hatte, prüfte sie kurz, ob sie sich übergeben musste. Aber ihr war nicht übel, ihr Magen rebellierte nicht. Sie war nur müde und hatte eine große Menge Restalkohol im Blut. Sie rieb sich die Augen und schaute in den Spiegel.

»Das war aber auch eine Party.« Ihr Spiegelbild stimmte ihr zu. »Muss ja, so scheiße, wie du aussiehst.«

Sie konnte noch nicht klar denken, also versuchte sie, die Gedanken vom gestrigen Abend abzulenken. Zum Glück war Simon nicht hier. Er würde sie jetzt sicher vollquatschen. Sie ließ kaltes Wasser über ihre Hände laufen und befeuchtete sich damit die Stirn und den Nacken. Ihre Kopfschmerzen ließen sich davon nicht beeindrucken.

Anna schlurfte zurück ins Schlafzimmer und ließ sich aufs Bett fallen. Mit letzter Mühe krabbelte sie unter die Decke und schloss die Augen. Sie ergab sich der Betäubung. Wenn sie sich nicht bewegte und an nichts dachte, spürte sie die Kopfschmerzen nicht mehr. Als wäre sie ein Stein ohne Bewusstsein, ohne Leben, ohne Empfindungen. Mit einem Lächeln auf den Lippen schlief sie ein.

Eine Stunde später wachte sie wieder auf und ihr Kopf dröhnte noch immer. Aber sie fühlte sich soweit ausgeschlafen, dass sie in die Küche gehen und sich eine Tasse Tee zubereiten konnte. Sie nahm eine Kopfschmerztablette und setzte sich an den Küchentisch. Mit angezogenen Beinen saß sie ein paar Minuten da und starrte ins Leere.

Sie versuchte sich daran zu erinnern, was sie eben geträumt hatte. Beim Aufwachen waren die Bilder noch klar gewesen, aber jetzt waren sie weg. Sie konnte der Erinnerung dabei zusehen, wie sie verschwand, so wie Sand durch die Finger rann. Am Ende wusste sie nur noch, dass sie Simon eine Frage hatte stellen wollen, aber sie fiel ihr nicht mehr ein. Wo war er überhaupt? Ach ja, der Halbmarathon.

Nach einer Weile war ihr Tee abgekühlt. Sie nahm die Tasse in beide Hände und nippte. Trotzdem wäre es besser, wenn er jetzt hier wäre. Was sollte das überhaupt? Am Sonntagmittag nach einer Party woanders zu sein als zu Hause. Das war krank, Simon war krank. Aber er hatte es sich so ausgesucht.

Anna schüttelte den Kopf und streckte sich. Ihre Kopfschmerzen besserten sich langsam. Trotzdem ärgerte sie sich, dass sie sich so schlecht fühlte. Wann war sie zu Hause gewesen? Es musste gegen halb vier gewesen sein. So spät war das nicht. Früher war sie oft erst heimgekommen, als es hell wurde; sie hatte sich kurz geduscht und war dann zur Uni gegangen, den Geschmack vom Frühstücksdöner noch im Mund. Sie wurde alt. Das ließ sich nicht verleugnen. Wie hatte ihr Arbeitskollegin Verena gesagt? In jungen Jahren musste sie sich bei der Arbeit vom Wochenende erholen, aber mit zunehmendem Alter musste sie sich am Wochenende von der Arbeit erholen. Da Anna keine Arbeit mehr hatte, musste sie sich die ganze Zeit erholen, wahlweise von einer Party oder vom Nichtstun.

Und Simon rannte irgendwo durch den Wald! Sie knallte die Tasse auf den Küchentisch und sprang auf. Wie konnte er nur? Anna öffnete den Mund, um zu schreien, doch sie merkte, wie ihr die Magensäure den Hals hochkroch. Sie hastete ins Bad, aber es kam nichts. Erschöpft ließ sie sich vor der Kloschüssel auf den Boden sinken. Simon war so ein Arschloch. Was gestern passiert war, hatte er nur verdient.

Der Gedanke an den Vortag ließ Anna aufschrecken. Sarah! Sie musste unbedingt mit ihr sprechen. Anna lief ins Schlafzimmer, um ihr Handy zu holen, aber es lag nicht auf dem Nachttisch. Sie ging ins Wohnzimmer und warf einen Blick auf den Couchtisch. Danach schaute sie im Arbeitszimmer nach, aber hier hatte sie es sowieso nicht erwartet. Sie hatte das Handy gestern Abend auf Sebastians Party mitgenommen, also konnte es nur an einem Ort sein, an dem … Anna ging zurück in den Flur und sah in ihre Handtasche. Dort fand sie es.

Sie prüfte WhatsApp. Eine Nachricht von Simon, er wünschte ihr einen guten Morgen und fragte, ob sie ausgeschlafen hatte. Dazu ein kleines Herz.

»Ja, habe ich. Danke.« Sie schloss den Chat, ohne zu antworten.

Sarah hatte ihr nicht geschrieben, also tippte Anna sofort eine Nachricht. Sie fragte, ob Sarah gut nach Hause gekommen war, und setzte einen Zwinker-Smilie dahinter. Außerdem bat sie um einen schnellstmöglichen Anruf. Sie musste unbedingt mit ihr über letzte Nacht sprechen. Anna schüttelte den Kopf.

Nun war sie nüchtern und konnte nicht glauben, was sie getan hatte.

Sie wartete kurz, bis das zweite Häkchen zu sehen war. Sarah hatte die Nachricht bekommen. Anna streckte sich und gähnte herzhaft. Es gab keinen Grund, weiter im Flur zu stehen, also nahm sie ihr Handy mit ins Bett, öffnete ihre Spiele-App und versuchte, die Welt um sich herum zu vergessen.

Lange hielt sie es nicht durch. Sie legte das Handy auf den Nachttisch, streckte sich auf dem Bett aus und starrte an die Zimmerdecke. Das war kein Leben. Seit Monaten machte sie nichts anderes, als morgens aufzustehen, in den Tag hineinzuleben und abends wieder ins Bett zu gehen. Dazwischen Simons Genörgel, dass sie sich wieder Arbeit suchen sollte. Anna kam sich nutzlos und ungewollt vor. Wenn sie nichts zu tun hatte, geriet sie ins Grübeln. Es war kein zielgerichtetes Nachdenken, sondern mehr eine grüblerische Langeweile in Form gelangweilter Grübelei. Außerdem bekam sie vom Nichtstun Blasen auf den Zähnen und Haare auf den Handflächen.

Anna nahm ihr Tagebuch und notierte das Wort »Irrlichterkette«.

Trotz allem wusste, sie dass es nötig war. Sie befand sich in einem Prozess der Reinigung, in dem sie alles hinterfragen musste. Vor allen Dingen brauchte sie Abstand von der Berufswelt. Nach der Kündigung hatte sie intuitiv entschieden, sich nie wieder darauf einzulassen. Aber war es richtig? Das hatte sie bislang nicht neutral bewerten können, da die zeitliche Distanz gefehlt hatte. Die Zeit heile alle Wunden, sagte man, und langsam spürte sie, wie der Schmerz und die Enttäuschung nachließen.

Wie passte die Party von letzter Nacht in dieses Bild? Das Tanzen hatte sie vom repetitiven Alltag abgelenkt. Doch eine Erkenntnis des Vortags nagte in ihr: Sie musste mehr als nur ihre berufliche Zukunft hinterfragen. Was fehlte ihr zu ihrem Glück? Das Leben bestand nicht nur aus der Arbeit. Die Freizeit musste ebenfalls im Lot sein, sonst konnte sie keinen Ausgleich zur Arbeit bilden. Wenn eine der beiden Säulen ins Wanken geriet, dann wirkte es sich negativ auf die andere aus.

So sehr sie das Tanzen genossen hatte, alle weiteren Begleiterscheinungen des gestrigen Abends hatten sie angestrengt. Als wäre ein Drache über sie hinweggeflogen, der unentwegt gerufen hatte: »Du sollst Spaß haben! Du sollst die Party genießen! Du sollst tanzen!« Das erwarteten der Gastgeber und die anderen Gäste. Keiner durfte miesgelaunt erscheinen und den ganzen Abend mit einem alkoholfreien Getränk und saurer Miene in der Ecke stehen. Damit seine Kosten sich rentierten, zwang der Gastgeber seine Gäste, sich zu amüsieren.

Bei diesem Wort schreckte Anna auf. Warum musste sie sich einem Zwang unterwerfen? Um glücklich zu sein, war die naheliegende Antwort. Aber war es so?

Ihr klares Denkvermögen hatte merklich abgenommen. Früher hatte es zu ihren Stärken gehört, schnell, präzise und analytisch zu denken. Das funktionierte nicht mehr. Die einst ausgetretenen Pfade in ihrem Gehirn waren mehr und mehr überwuchert. Im Gegenzug wuchs jedoch ihre Intuition. Antworten auf bestimmte Fragen waren bereits da, bevor sie sie erdacht hatte. Aber wie konnte sie sicher sein, dass die Antworten stimmten? Eine Lösung zu einem spezifischen Problem musste jedes Mal neu hergeleitet werden, sonst konnte man nicht wissen, ob sie richtig oder falsch war. Die Antwort, die sich auf dem Präsentierteller anbot, die so verlockend naheliegend daherkam, mochte auf den ersten Blick verblüffend einfach erscheinen. Doch Anna wusste aus Erfahrung, dass die einfachen Antworten in einer komplexer werdenden Welt zwar einstweilen einen ersten Anhaltspunkt lieferten, am

Ende stellten sie sich aber als falsch oder genauer gesagt als unpräzise heraus.

Anna wählte neuerdings gerne einfache Lösungsmethoden, indem sie ähnliche Probleme zu Clustern zusammenfasste und für jedes dieser Cluster eine Antwort suchte. Im Durchschnitt brachte diese Strategie gute Ergebnisse und sie kam sehr weit, wenn sie diese Antworten für sich abspeicherte. Auf einen speziellen Fall angewandt war das Verfahren jedoch unpräzise, da es nur die Schnittstelle aller ähnlichen Probleme betrachtete. Um Einzelfälle zu beurteilen, müsste sie die spezifischen Gegebenheiten und Voraussetzungen analysieren. Sie müsste die Fakten nehmen und daraus Ableitungen treffen. Sie durfte nicht aus ähnlichen Problemen Schlussfolgerungen ziehen. Ähnliche Fälle war eben nur ähnlich und nicht exakt gleich. Sie musste genau aufpassen, um nicht in diese Ähnlichkeitsfalle zu tappen. Dafür war präzises, analytisches Denken nötig.

Anna schüttelte den Kopf. Wie war sie noch mal darauf gekommen? Ach ja, ihre Intuition. Die Intuition gaukelte ihr Antworten vor, aber Anna wusste nicht, ob sie ihr vertrauen durfte.

Ihr Handy vibrierte. Das war bestimmt Sarah. Anna nahm das Gerät vom Nachttisch und entsperrte es mit ihrem Fingerabdruck. Doch es war nur eine Push-Mitteilung einer News-App. In Südostasien hatte es einen Tsunami mit über hundert Toten gegeben. Wie tragisch, dachte Anna und legte das Handy wieder zurück. Warum schrieb Sarah nicht? Anna schaute noch mal nach und öffnete WhatsApp. Nein, keine Antwort. Kopfschüttelnd schob sie das Handy auf den Nachttisch.

Sie wusste, dass sie nur deshalb von Simon genervt war, weil sie seine Lauferei hasste. Ja, sie hasste es, das war ihr in den letzten Wochen klar geworden. Simon befand sich auf einem Egotrip. Natürlich konnte er mit seiner Freizeit machen, was er wollte, aber er kannte nichts anderes mehr. Und das hasste sie. Zuerst war sie über die Intensität ihres Gefühls erschrocken, aber sie hatte gelernt, es zu akzeptieren. Sie versuchte, Simon weiterhin zu lieben, aber sein jetziger Lebensstil missfiel ihr. Seine Freizeit verbrachte er zum größten Teil mit dem Training, und wenn er nicht lief, dann plante er seine Läufe oder informierte sich in Onlineforen zu Trainingsmethoden, Wettkampftaktiken, Sportlerernährung und Laufausrüstung. Das war eine neue Seite an ihm. Sie war sich sicher, dass sie sich nicht in ihn verliebt hätte, wenn er von Anfang an so gewesen wäre.

Anna seufzte und schloss die Augen. Waren sie zusammen noch glücklich? Sie wusste gar nicht mehr, was Glück bedeutete. Und wenn sie das nicht wusste, dann konnte sie nicht glücklich sein. Dieser Gedanke machte sie unglücklich.

Ihr Handy vibrierte. Dieses Mal war es eine Nachricht von Sarah.

Simon war fast ein bisschen sauer, weil Christian ihn dauernd bremste. Er wollte doch zeigen, was er drauf hatte. Heute hätte er die Möglichkeit, eine richtig gute Zeit hinzulegen.

»Wir sind schnell genug, Simon. Lass dir noch ein wenig Luft für die weiteren zwanzig Kilometer.«

Mittlerweile hatte sich das Feld auseinandergezogen und die beiden konnten nebeneinanderlaufen. Dann kam die Markierung für den ersten Kilometer, ein kleines Schild mit einer Eins. Simon schaute auf die Uhr und traute seinen Augen kaum: Vier Minuten und dreizehn Sekunden. Ihm kam es viel langsamer vor. Das Training hatte offenbar angeschlagen. Ursprünglich wollten sie ein Tempo von viereinhalb Minuten pro Kilometer laufen.

»Nicht nervös werden, Simon«, bremste ihn Christian erneut. Er hatte sogar noch Luft übrig, um Simon ein paar

Kommandos zu geben. Aber inzwischen hatte Simon die Pace verinnerlicht und so liefen sie die nächsten zwei Kilometer nahezu konstant im gleichen Schnitt.

Die folgenden zehn absolvierten sie jeweils in den angestrebten vier Minuten und dreißig Sekunden. In dem Tempo wollte Simon auch den Marathon laufen. Er fühlte sich gut, und als die Markierung für Kilometer fünfzehn kam, fragte er Christian, ob sie ein wenig beschleunigen könnten.

»Meine Beine sind locker, ich atme noch ganz ruhig. Das kann heute eine richtig gute Zeit werden.« Die langen Läufe machten sich bezahlt. Sie hatten an jedem der vergangenen Wochenenden eine Strecke von mindestens fünfundzwanzig Kilometern zurückgelegt. Simons Körper war die Distanz inzwischen gewohnt.

Doch Christian hob beschwichtigend die Arme. »Unsere langen Läufe waren deutlich langsamer. Jetzt sind wir in deinem Marathontempo unterwegs. Stell dir vor, dass du in vier Wochen dieses Tempo noch siebenundzwanzig Kilometer durchhalten musst. Willst du dann auch beschleunigen? Dann wird das dein Untergang sein. Zu einem Marathon gehört vor allem Geduld. Die üben wir heute, indem wir genau in diesem Tempo ins Ziel laufen werden. Keine Sekunde schneller.«

Zähneknirschend akzeptierte Simon. Auf den nächsten Kilometern versuchte er, in den Kurven unmerklich zu beschleunigen. Mit jedem anderen hätte das geklappt, aber Christian lief nicht an seinem Limit. Er holte Simon jedes Mal mühelos ein und bremste ihn ab. Irgendwann gab Simon auf. Wahrscheinlich hatte sein Trainer recht. Wie würde das wohl bei der Halbmarathonmarke beim Marathon werden? Was würde Simon mit seiner Energie dann anfangen?

Von einem Moment auf den anderen schmerzte Simons Knie. Jedenfalls spürte er es sehr plötzlich. Wahrscheinlich hatte das Knie schon längere Zeit gezwickt, aber er hatte es durch die Anstrengung und den Adrenalinrausch nicht bemerkt. Wie auch immer, nun war der Schmerz da. Es fühlte sich an, als schabte etwas vorne unter der rechten Kniescheibe – der Patella, wie Simon sich der medizinischen Bezeichnung erinnerte. So, als riebe sie auf einem harten Untergrund.

Die Schmerzen nahmen zu. Zum Ignorieren war es nun zu spät. Simon musste etwas tun. Wie sollte er so die letzten fünf Kilometer schaffen? Als er Christian darauf ansprach, meinte sein Begleiter, er solle die Zähne zusammenbeißen. Ein paar Schmerzen seien normal, da müsste er jetzt durch. »No pain, no gain« und so weiter. Simon versuchte, sich von dem flachen Spruch motivieren zu lassen. Er änderte seinen Schritt ein wenig, um das Knie zu entlasten. Indem er die Schrittlänge verkürzte und gleichzeitig das Bein beim Fußauftritt stärker durchstreckte, erreichte er, dass die Kniescheibe nicht mehr schmerzte.

Er lief ein paar Meter auf diese Weise, merkte aber schnell, dass der neue Stil enorme Kraft kostete. Durch den verkürzten Schritt landete er mehr auf dem Hinterfuß und konnte sich weniger gut abdrücken. Dadurch verlor er jedes Mal ein kleines Stückchen auf Christian. Damit er aber nicht zurückfiel, erhöhte Simon die Schrittfrequenz. So konnte er insgesamt das Tempo halten, aber letzten Endes war es ein anderer Laufstil. Es war nicht mehr Simons Stil, den er sich über viele Trainingskilometer erarbeitet hatte und mit dem er schwerelos laufen konnte. Er kam sich wie ein Auto vor, bei dem eines der vier Räder ein kleines bisschen größer war als die anderen drei. Statt rund zu laufen, holperte und eierte er. Er kam zwar vorwärts, aber effizient und ergonomisch war es nicht, und wahrscheinlich sah es auch dilettantisch aus.

Hinzu kam, dass Simon bei jedem Schritt seine Achillessehne am linken Fuß spürte. Er hatte zwar zuvor nur Schmerzen am rechten Knie, aber die Umstellung wirkte sich auch auf das linke Bein aus. Beide Beine bildeten ein System, jede Änderung hatte immer Auswirkungen auf alle Bestandteile. An der Ferse hatte Simon bislang noch nie Schmerzen verspürt, aber er nahm es ernst. Wenn sich die Ferse nach einer Umstellung so schnell bemerkbar machte, dann konnte das nicht gut sein.

Simon versuchte ein paar Schritte in seinem normalen Laufstil und sofort kehrte der Schmerz im rechten Knie zurück. Von der Intensität des Schmerzes überrascht stöhnte er leise auf und bremste ab, sodass er fast stehen blieb.

Christian lief im gleichen Tempo weiter, nach ein paar Metern drehte er den Kopf zu Simon um und feuerte ihn an: »Auf geht's! Nicht schlappmachen. Nur noch fünf Kilometer!«

Aber es ging nicht. Simon konnte nur noch humpeln. Das reichte nicht, um in dem Tempo weiterzulaufen. Er blieb stehen und hielt die Hände vor die geschlossenen Augen. Als er sie wieder öffnete, war sein Trainer um die nächste Kurve gebogen.

Anna betrat das Bistro »Piacere«. So früh am Abend war dort wenig los. Lediglich ein Pärchen saß an einem Zweiertisch am Fenster und ein älterer Mann hockte an der Bar. Er hatte ein Bier vor sich und las in der Zeitung.

Sie suchte sich einen leeren Tisch und schaute auf die Uhr. Es war kurz vor halb, Sarah würde jeden Moment kommen. Anna seufzte und schlug die Getränkekarte auf, obwohl sie diese längst auswendig kannte. In den letzten eineinhalb Jahren war sie unzählige Male hier gewesen. Wäre sie heute nicht so verkatert, hätte sie sich einen Gin Tonic bestellt. Der Barkeeper hatte eine Vorliebe für Gin, daher waren auf der Karte acht verschiedene Ginsorten zu finden, zwei aus der Region, drei weitere aus Deutschland und der Rest kam aus dem

Ausland. Zudem gab es ebenso viele Tonic Water, sodass jeder Gast sich sein Getränk individuell zusammenstellen konnte.

Obwohl sie heute keinen Alkohol trinken wollte, studierte sie die Karte aufmerksam. Welche Gins hatte sie schon probiert? Anna kannte sich wenig mit den Geschmacksrichtungen der einzelnen Sorten aus. Sie wusste nur, dass sie Gin Tonic im Allgemeinen mochte. Hier hatte sie auch schon einen oder zwei getrunken, die ihr hervorragend geschmeckt hatten. Welche waren es doch gleich?

Anna stützte ihren Ellbogen auf den Tisch, um ihren schweren Kopf zu entlasten. Gerne hätte sie behauptet, dass sie mit der Zeit eine Präferenz für einen Gin entwickelt hatte und selbst urteilen konnte, welche Sorte ihr am meisten zusagte. Aber sie vergaß immer, welchen Gin sie zuletzt getrunken hatte. Am Ende schmeckten sie alle annähernd gleich und so entschied sie meist nach dem Namen. Doch heute ging es beim besten Willen nicht. Ihr Magen würde keinen einzigen Tropfen Alkohol aufnehmen, ohne sich dagegen zu wehren. Vielleicht sollte sie den Gin weglassen und nur das Tonic Water trinken? Nein, das schmeckte bestimmt scheußlich. Der Gin Tonic war erfunden worden, um das Tonic Water genießbar zu machen. So hatte es Anna mal in einem Food Blog im Internet gelesen. Damals, als sie noch nüchtern war. Es musste eine Ewigkeit zurückliegen.

Endlich betrat Sarah das Bistro. Sie sah völlig zerstört aus. Ihre Augen waren von dunklen Schatten umgeben, so als hätte sie drei Tage lang nicht geschlafen, sondern nur kurz auf der Couch gelegen. Scheinbar hatte sie nicht mal in den Spiegel geschaut, bevor sie das Haus verließ, denn ihre Haare flatterten wirr hin und her. Mit anderen Worten: Sie sah richtig scheiße aus.

Anna stand auf und begrüßte sie mit einer Umarmung.

»Ich brauche erst mal 'nen Kaffee.« Sarah ließ sich auf einen Stuhl fallen und legte ihren Kopf auf die Tischplatte, sodass ein dumpfes Pfomp zu hören war.

»Ein Tee wäre besser. Davon geht der Kater weg.«

»Ja, klar. Woher willst du das denn wissen?« Sarah hob ihren Kopf und schaute Anna an. Die Ringe unter ihren Augen trugen ein tiefdunkles Lila. »Warum bist du eigentlich so fit?«

»Ich habe zu Hause geschlafen.«

Sarah ließ ein kurzes, trockenes Husten vernehmen. Das war ihre Art, humorlos zu lachen. »Das hätte ich auch mal tun sollen.«

»War nicht so besonders?«

»Hab mir mehr versprochen.«

Anna ging nicht darauf ein. Es war verblüffend, wie leicht ihre Freundin die Männer um den Finger wickeln konnte. Gestern hatte sie mit mehreren getanzt und geknutscht, alles hatte sehr vielversprechend ausgesehen. Aber letztendlich war viel Alkohol im Spiel gewesen. Wer konnte da schon alle Versprechungen erfüllen, die sich im Laufe des Abends aufgetürmt hatten?

Anna winkte den Kellner herbei. »Zwei Kamillentee, bitte.«

Er nickte, sah kurz auf Sarah und mit einem Lächeln wieder zu Anna. Dann verschwand er in Richtung Theke.

»Ich sehe fitter aus, als ich bin«, sagte Anna. »Alles Schein, wenig Sein.«

Sie erzählte, wie ihr Tag bisher abgelaufen war. Natürlich hatte sich nichts Besonderes ereignet. Ihr Bericht stand stellvertretend für die letzten Monate des Nichtstuns, in denen sie zu Hause saß und versuchte, die Zeit beim Vergehen zu beschleunigen.

Sarah hustete wieder. »Ich sehe schon. In Wirklichkeit geht es dir viel dreckiger als mir.«

Der Tee kam und Sarah setzte die Tasse begierig an ihre Lippen. »Scheiße! Das ist ja viel zu heiß!« Sie drehte sich um und rief nach Eiswürfeln. Und Rum. »Da fehlt bestimmt der Rum im Tee. Wenn wir schon hier sitzen und unser Leben den Bach runtergeht, dann können wir uns wenigstens die Kante geben.«

»Dir geht es doch gut.« Anna fand, dass Sarah ein ziemliches Theater aufführte.

»Das mache ich aus Solidarität.« Sarah probierte ein weiteres Mal, am Tee zu nippen, aber er war immer noch zu heiß. »Ich will dir zeigen, dass es auch in den guten Zeiten mal scheiße ist, genauso wie es in den Scheißzeiten zuweilen gut sein kann.«

»Klingt toll, Sarah. Aber Weisheiten helfen mir nicht weiter. Ich drehe mich im Kreis.«

»Du brauchst mal 'ne Pause, Anna.«

»Nein! Was bringt mir eine Pause, wenn es nichts gibt, von dem ich pausieren muss?«

Anna hielt inne. Jetzt, wo sie es aussprach, wurde es ihr erst bewusst. Ihr Leben war leer, da war nichts. Sie hatte das Gefühl, im freien Fall zu sein. Einen kurzen Moment war sie von der Heftigkeit dieses Gefühls schockiert. Sie bereitete sich darauf vor, laut loszuheulen. Doch bevor sie der Schmerz übermannte, ärgerte sie sich. Das Ganze kam ihr geradezu kitschig vor. Klar, sie war seit ein paar Monaten arbeitslos, aber sie hatte selbst entschieden, nicht sofort wieder einen Job zu suchen. Sie wollte nicht direkt zurück in das Hamsterrad. Aber warum musste sie deswegen in den Abgrund stürzen? Das war wie in einem schlechten Film.

»Das meine ich nicht.« Sarah streckte sich und rieb sich die Augen. »Du brauchst eine Pause vom Nachdenken. Du hast dir 'ne Pause vom Arbeiten genommen, um über das Leben nachzudenken. Inzwischen hast du nachgedacht und jetzt brauchst du davon eine Pause.«

»Das ist doch scheiße, Sarah. Eine Pause von der Pause von der Pause, oder was? Heißt das, ich soll wieder arbeiten? Vielen Dank auch. Für diesen Rat hätte ich auch Simon fragen können.«

Anna hielt sich an ihrer Tasse fest und nahm einen Schluck. Sarah schaute ihr zu, wartete ab, ob eine Reaktion kam, und als diese ausblieb, trank sie ebenfalls. Sie saßen eine Weile stumm da und ließen den Tee auf sich wirken. Anna war diejenige, die das Schweigen brach.

»Ich wollte so viel machen, aber ich komme zu nichts, obwohl ich alle Zeit der Welt habe. Ich bin träge geworden. Nebenbei rede ich mir ein, dass ich auf der Suche nach der Lösung bin. Ich sage mir: Ich stehe ganz kurz davor, nicht mehr lange und das Tal ist durchschritten, auf Regen folgt Sonnenschein und am dunkelsten ist die Nacht kurz vor dem Morgengrauen. Wenn ich es mir oft genug vorsage, dann glaube ich irgendwann sogar daran. Ich verpasse mir selbst eine Gehirnwäsche. Gleichzeitig ist mir klar, dass es Unsinn ist, und dann weiß ich gar nicht mehr, was ich weiß. »

Anna ruderte theatralisch mit ihren Armen in der Luft. »Am Anfang klang es fantastisch, den Tag so gestalten zu können, wie ich es will. Niemand redet mir rein, ich bin die Herrin meines Lebens. Aber dann wurde es zur Bürde. Das Gebot anderer kann auch eine Erleichterung sein. Doch da war niemand, der mich steuerte. Keine Befehle, keine Weisungen. Alles musste ich selbst entscheiden. Simon träumt derweil sein Marathonleben und lässt mich links liegen. Meine Freiheit, die zunächst klang wie das Paradies auf Erden, war in Wirklichkeit der Vorhof zur Hölle. Mir wurde klar, dass am Ende alles, was ich tue, einen Sinn ergeben muss. Ein paar Tage ohne Halt durchs Leben zu driften, ist in Ordnung, aber irgendwann braucht es einen Zweck. Und dieser Zweck schränkt die Freiheit ein. Es herrscht keine Willkür mehr, wenn es ein Ziel gibt. Entweder arbeite ich mit meinen Handlungen für den Zweck oder dagegen. Will ich ein Ziel erreichen, dann fallen alle Handlungen weg, die mich davon entfernen, und damit sind meine Möglichkeiten bereits eingeschränkt.«

Sie hielt ihre Hände vor ihre Brust, als versuchte sie, etwas mit ihnen zu greifen, das nicht da war. »Natürlich ist Muße trotzdem erlaubt, ein bisschen Faulenzerei sollte gestattet sein. Doch schnell meldet sich das schlechte Gewissen und fordert Disziplin. Hier liegt das Problem des selbstbestimmten Lebens: Du musst eigene Disziplin aufbringen, um dein Ziel zu erreichen. Niemand zwingt dich, alles erwächst aus Eigenmotivation. Wenn du einen Bürojob hast und von neun bis fünf arbeitest, dann gehst du abends nach Hause und kannst beruhigt deine Freizeit genießen. Das ist echte Freizeit, wahre Freiheit. Doch wenn es diesen Job nicht gibt, verschwimmen die Grenzen.«

Anna richtete sich auf und streckte den Rücken durch. Doch die Körperspannung hielt nur wenige Augenblicke. Danach sackte sie wieder zusammen.

Sarah schüttelte den Kopf. »Du redest immer von Zielen. Das ist gefährlich. Ziele sind gefährlich, denn auf dem Weg zu ihnen verpasst du leicht die schönen Dinge, die abseits der Route liegen.«

»Ja, da hast du recht.« Anna trank den letzten Rest ihres Tees und schaute auf den Boden der Tasse. »Aber das ist gar nicht das Problem. Der Clou der Geschichte kommt ja noch. In diesem ganzen Konglomerat aus Freizeit, Müßiggang und Nachdenken … Nein, ich sollte es Strudel nennen, denn so fühle ich mich gerade. Ein Ziel würde mir die Orientierung geben, die mich aus diesem Labyrinth, es ist ein strudelförmiger Irrgarten, herausführt. Aber ich habe gar kein Ziel. Ich dachte, ich könnte mich selbst verwirklichen. Aber so langsam weiß ich nicht mehr, wer ich bin.«

»Oh je, Anna. Das klingt echt schlimm. Ich sehe einen ganz schweren Fall von Grübleritis. Dagegen gibt es nur ein Mittel.« Sie drehte sich um und winkte den Kellner herbei. »Manchmal musst du das Leben schneller leben, als du darüber nachdenken kannst. Das wollen wir den Rest des Tages versuchen.«

Der Kellner kam und Sarah bestellte zwei Bier und zwei Schnäpse.

Simon und Christian saßen nach dem Halbmarathon in der Sporthalle. Auf dem Anmeldetisch stand jetzt ein Buffet bereit. Die beiden hatten sich Kuchen und alkoholfreies Weizen gekauft. Eine Weile saßen sie schweigend da, und während Simon den trockenen Streuselkuchen kaute, dachte er an den Wettkampf zurück.

Als die Schmerzen in seinem rechten Knie so stark geworden waren, dass er stehen bleiben musste, war Christian einfach weitergelaufen. Nach einer kurzen Pause hatte Simon einen Laufschritt gefunden, eine Mischung aus Hinken und Humpeln, mit dem er unter einigermaßen erträglichen Schmerzen die letzten fünf Kilometer zurücklegen konnte. Im Ziel wartete Christian schon auf ihn, in seinem Gesichtsausdruck konnte Simon mehr Verwunderung als Besorgnis lesen. Mit skeptischem Blick schaute er auf die Uhr. Offenbar hatte er gar nicht mitbekommen, warum Simon den Wettkampf abbrechen musste.

Natürlich war er am Ende viel langsamer gewesen, als sie beide vorher besprochen hatten. Bis zum Einsetzen der Schmerzen, kurz nach Kilometer fünfzehn, waren sie nach Plan gelaufen. Sie hatten den Kilometerschnitt von viereinhalb Minuten eingehalten. Doch für die letzten fünf Kilometer hatte Simon humpelnd mehr als eine halbe Stunde gebraucht. Somit war er erst nach einer Stunde und fünfundvierzig Minuten, also zehn Minuten später als geplant, ins Ziel gekommen. Doch statt sich dazu zu äußern, hatte Christian ihm nur gesagt, dass sie sofort unter die Dusche gehen sollten, um sich nicht zu erkälten. Simon hätte sich gewünscht, dass Christian etwas zu dem Lauf sagen würde. Über seine Leistung und darüber, was sie für den Marathon bedeutete. Ob er auf dem richtigen Weg war, ob sein Leistungsstand passte oder ob er sich noch intensiver vorbereiten müsste. Es waren nur noch vier Wochen und Simon legte großen Wert auf die fundierte Meinung seines Trainers.

Jetzt, eine halbe Stunde später, pochte sein Knie immer noch vor Schmerzen. Er fragte sich, warum Christian sich nicht danach erkundigte. Simon hatte geschwiegen, aber es war offensichtlich gewesen, dass etwas nicht stimmte. Christian musste gesehen haben, dass er nur noch humpeln konnte. Und glücklich hatte er bestimmt nicht ausgesehen, mit seinem schmerzverzerrten Gesicht. Da fragte man doch nach, dachte Simon. Nicht nur als Trainer, sondern auch als Freund.

»Wie fühlst du dich, Simon?«

Christians Worte rissen Simon aus seinen Gedanken. Er schaute ihn fragend an.

»Du musst sicher enttäuscht sein, weil du das Tempo heute nicht bis ins Ziel halten konntest. Aber mach dir keine Sorgen, bis zum Marathon kriegen wir das hin. Es sind noch vier Wochen, wir haben genug Zeit.«

Simon kratzte an seinem Knie, als könnte er die Schmerzen damit vertreiben. Er überlegte, Christian zu sagen, woran es in Wirklichkeit gelegen hatte. Doch er schwieg, während sein Trainer weiter dozierte.

»Wichtig ist, dass du dich jetzt fokussierst. Lass dich nicht von deinem großen Ziel ablenken. Für die nächsten vier Wochen muss der Marathon im Vordergrund stehen.«

Simon musste an Günthers Warnung denken. Während Christians Trainerzeit gab es einige Athleten, die Überlastungsschäden davontrugen. Hatte es ihn jetzt auch erwischt? Vielleicht war es das gewesen? Vielleicht war heute der Tag, an dem er seinen Traum vom Zieleinlauf in der Festhalle begraben musste?

»Am Ende war es ein Fünferschnitt«, resümierte Christian. »Eigentlich wollten wir einen Vier-Dreißiger-Schnitt laufen. Das hat bis Kilometer fünfzehn geklappt, sogar ein bisschen darüber hinaus. Der Rest war ungefähr ein Sechs-Dreißiger-Schnitt. Du hast heute gelernt, dass du noch sechs dreißig laufen kannst, wenn du vollkommen k.o. bist. Im Marathon wirst du irgendwann müde, da kann dir dieses Wissen Sicherheit geben. Solange du weiterläufst, kommst du ins Ziel.«

Simon rieb sich mit beiden Handflächen die Augen. Er wusste nicht, ob er lachen oder weinen sollte. Offenbar lebte sein Trainer in einer anderen Welt als er. Vor ein paar Wochen hatte er Christian gefragt, wie er zum Laufen gekommen war. Christian hatte ihm erzählt, dass er bereits als Jugendlicher Leistungssport betrieben hatte. Mit sechzehn Jahren war er in einen Leichtathletikverein in Frankfurt eingetreten und hatte in einer Gruppe von vier bis sechs Gleichaltrigen trainiert. Da sie alle ungefähr dasselbe Leistungsniveau besaßen, spornten sie sich im Training gegenseitig an. Der Trainer schickte sie zu Bezirks- und Landesmeisterschaften, bei denen sie zumeist im Mittelfeld ins Ziel kamen. Christian war der Meinung, dass sie bei den Staffelläufen eine bessere Chance hatten, da es in Hessen nicht so viele Vereine gab, die genug Jugendliche hatten, um eine Staffel aufzustellen. Daher trainierten sie in einem Jahr gezielt für den auserkorenen Saisonhöhepunkt, die Langstaffelmeisterschaften im nordhessischen Heringen. Dort wollten sie über drei Mal tausend Meter antreten. Christian sollte der Startläufer sein. Danach würde er das Staffelholz an

Ludwig übergeben und ihr Teamkollege Samuel sollte es ins Ziel bringen. Alle drei konnten die tausend Meter unter zwei Minuten fünfzig zurücklegen. Sie rechneten sich keine Chancen auf den Sieg aus, dafür waren die Staffeln aus Kassel und Hanau zu gut. Dort gab es Läufer, die eine Zeit von annähernd zwei Minuten dreißig laufen konnten. Ihr Trainer versicherte ihnen jedoch, dass die Ausgeglichenheit ihre Stärke sei, da ihr Team nicht von der Form eines Einzelnen abhänge.

Der Wettkampf fand an einem warmen Tag Anfang Mai statt. Neben den beiden Favoriten aus Kassel und Hanau, die den Sieg unter sich ausmachen sollten, waren noch zwei weitere Staffeln am Start. Ein Team aus Pfungstadt, das Christian schwer einschätzen konnte, sowie eines aus Wiesbaden. Christian wusste aber, dass die drei Wiesbadener langsamer waren oder höchstens gleich stark wie sie selbst. Ein dritter Platz war also möglich, rechnete Christian aus, je nachdem, wie schnell die Jungs aus Pfungstadt waren.

Vor dem Lauf war Christian dementsprechend aufgeregt. Seine Rituale vor dem Start halfen ihm, die Nervosität zu kanalisieren und in eine positive Anspannung umzuwandeln. Beim Warmlaufen merkte er, wie die Energie in seinem Körper darauf wartete, freigelassen zu werden.

Der Stadionsprecher rief den Lauf auf und Christian stellte sich mit seinen vier Kontrahenten an die Startlinie. Sein Teamkollege Ludwig stand auf der gegenüberliegenden Seite des Fußballfeldes an der ersten Wechselmarke, während Samuel ein paar Meter entfernt von Christian auf seinen Einsatz wartete.

Der Startschuss fiel und Christian setzte sich sofort an die Spitze des Feldes. Damit hatte er gerechnet, denn häufig lief der langsamste Läufer am Anfang und der schnellste am Ende der Staffel. Christian konnte also gut mithalten, und genau das tat er auch. Kraftvoll flog er durch die erste Runde. Als er an den Wechselzonen vorbeilief, hörte er, wie sein Trainer ihn aufgeregt antrieb. Er war immer noch ganz vorne, hörte hinter sich aber mindestens einen Läufer. Er wagte es nicht, sich umzudrehen, da es Schwäche signalisierte und ihn außerdem abbremste. Nach anderthalb Runden lief er erneut an Ludwig vorbei, dem er gleich das Staffelholz übergeben sollte. Ludwig sah ihn mit großen Augen an und sein Mund war weit geöffnet. Offenbar rief er ihm etwas zu, aber Christian konnte es nicht hören. Er war wie im Rausch. Jetzt merkte er, dass zwei Kontrahenten gerade an ihm vorbeizogen. Es waren das Regenbogentrikot aus Hanau und das grüne Leibchen aus Kassel. Christian wollte beschleunigen, etwas dagegensetzen, aber es gelang ihm nicht. Er musste die anderen ziehen lassen. Noch vor der letzten Kurve hatte er bereits ein paar Meter Rückstand. Jetzt nicht langsamer werden, sagte er sich. Er schaute zur Seite, um zu sehen, ob Samuel ihn anfeuerte, aber dieser tippelte nervös herum und hatte ihm den Rücken zugewandt.

Christian kam auf die Zielgerade und konzentrierte sich darauf, möglichst aufrecht und leicht zu laufen, was beinahe unmöglich war. Das Laktat hatte seine Beine längst übersäuert. Doch in ihm herrschte nur ein Gedanke: Er lag tatsächlich auf der dritten Position. Diese Platzierung hatte er sich vorher ausgerechnet. Ludwig nahm das Staffelholz entgegen und Christian wollte ihm noch zurufen, dass er es jetzt gefälligst nach Hause bringen sollte, fiel aber erschöpft auf die rote Tartanbahn.

Als er sich wieder aufrichtete, hatte Ludwig bereits zweihundert Meter zurückgelegt und lief nun auf der anderen Seite des Stadions. Die beiden Staffelläufer aus Kassel und Hanau waren etwa fünfzig Meter vor ihm. Der Läufer aus Pfungstadt im gelben Trikot lag ungefähr zehn Meter hinter Ludwig, während das blaue Trikot aus Wiesbaden weit abgeschlagen war. Ludwig holte alles aus sich heraus. Christian sah ihm an, dass er ebenfalls die Chance erkannt hatte, heute die Bronzemedaille zu gewinnen. Doch als er nach einer Runde wieder am Ziel vorbeilief, konnte Christian die einsetzende Erschöpfung bei seinem Teamkollegen sehen. Es waren noch anderthalb Runden und Ludwig war offenbar schon an seiner Grenze. Trotzdem hatte er den Abstand zu dem Pfungstädter bisher konstant gehalten. Eine halbe Runde ging es noch so weiter, doch dann sackte Ludwig richtiggehend zusammen. Von einem Moment auf den anderen, so als hätte jemand den Stecker gezogen. Alle Kraft wich aus seinen Bewegungen und er fing an, wild mit den Armen zu rudern. Er kam immer noch vorwärts, aber nicht mehr besonders schnell. Der Läufer im gelben Trikot rückte immer näher. Als Ludwig das letzte Mal an Christian vorbeilief, setzte der Pfungstädter bereits zum Überholvorgang an. Ludwig konnte nicht kontern und so ließ ihn der andere einfach hinter sich. So musste es bei ihm mit den Hanauern und Kasselern auch ausgesehen haben, dachte Christian. Er wollte seinem Teamkollegen helfen, musste aber tatenlos zusehen, wie dieser Meter um Meter verlor. Als er das Staffelholz an Samuel übergab, war der Rückstand auf Pfungstadt und den dritten Platz auf etwa zwanzig Meter gewachsen.

Das ist nicht viel, dachte Christian. Es war noch alles drin. Samuel begann seinen Lauf mit großen, raumgreifenden Schritten. Elegant flog er über die Bahn und richtete den Blick starr nach vorne, als könnte er den Pfungstädter Läufer damit langsamer machen. Christian kam er unglaublich rasant vor, aber zu seinem Unmut war der Pfungstädter nicht minder schnell unterwegs. Nach einer Runde war der Vorsprung unverändert. Als sie wieder an Christian vorbeiliefen und damit die letzte Etappe des Wettkampfs in Angriff nahmen, schaute Christian zu dem Startläufer der Pfungstädter, der in seiner Nähe stand. Mit weit aufgerissenen Augen und ein wenig

Speichel im Mundwinkel feuerte er seinen Teamkameraden an. Wie sehr sich die Bilder und Emotionen gleichen, dachte Christian. Für die Pfungstädter war der dritte Platz sicherlich auch ein großer Erfolg. Christian schaute wieder zu den Läufern und sah nun etwas, was er vor ein paar Minuten bereits beobachtet hatte. Der Pfungstädter Schlussläufer schien müde zu werden. Auf den ersten Blick war es nicht offensichtlich, aber sein Schritt wurde flacher. Seine Augen schauten hilfesuchend zu seinem Teamkollegen, der ihn immer noch lautstark anfeuerte. In diesen Augen sah Christian die Angst, dass er es nicht schaffen würde. Er würde langsamer werden und dieses Mal würden sie den Spieß umdrehen. Samuel würde ihn überholen und in Jubelpose durchs Ziel laufen.

Der Pfungstädter Läufer flog vorbei und Christian richtete seine Aufmerksamkeit auf Samuel. Er rief ihm zu, was er eben beobachtet hatte. Dass der Gelbe kaputt sei und er ihn gleich einholen würde. Samuel schien ihn nicht zu hören, denn er hatte seinen Blick starr nach vorne gerichtet. Er lief immer noch mit der gleichen Eleganz wie am Anfang, leichtfüßig und mühelos. Aber wo die letzte Anstrengung fehlte, da mangelte es auch an Biss. Samuel musste jetzt an die Schmerzgrenze gehen, um seinen Vordermann einzuholen. Dieser würde nicht freiwillig den Platz räumen. Auf der letzten Runde begann ein Kampf, den derjenige gewann, der sich mehr quälen konnte.

Christian lief auf der Zielgeraden entgegen der eigentlichen Laufrichtung. Er wollte Samuel auf den letzten hundert Metern anfeuern. Während der Hanauer und der Kassler an ihm vorbeiliefen und um den hessischen Meistertitel spurteten, achtete Christian nur darauf, ob der Rückstand auf das gelbe Trikot abnahm. Nein, da war keine Veränderung. Das konnte doch nicht sein! Warum lief Samuel nicht schneller?

Auf der letzten halben Runde holte Samuel noch ein bisschen auf, aber es reichte nicht. Sie verpassten die Bronzemedaille um etwa zwei Sekunden. Zwei mickrige Sekunden, dachte Christian. Er klatschte sich mit seinen Freunden ab, verbarg aber seinen Ärger. Wenn du gewollt hättest, Samuel, dann wären wir auf dem dritten Platz, dachte Christian, ohne dass er es aussprach.

Am Tag nach dem Wettkampf war Christians Wut noch immer nicht verraucht. Er ging in den Wald, um eine lockere Runde zu laufen, aber der Ärger über Samuels fehlenden Siegeswillen ließ ihn immer schneller werden. Am Ende kam er so erschöpft zu Hause an, dass er kaum die Treppe hinaufsteigen konnte. Dafür hatte er einen Beschluss gefasst. Er würde sich nie wieder von anderen abhängig machen.

Fortan trainierte er noch härter als seine Teamkollegen. Neben den üblichen zwei Trainingseinheiten pro Woche lief er fast jeden Tag. Das Laufen wurde zu seinem Lebensinhalt. Außer Laufen gab es nichts. So war er dann auch bald der Schnellste im Training. Wenn sie jedoch zu Meisterschaften fuhren, dann war Christian jedes Mal weit vom Podest entfernt. Woran lag das? Sein Trainer sagte ihm, er laufe nicht mit Köpfchen. Und er käme nicht ausgeruht zum Wettkampf. Doch Christian glaubte ihm nicht und trainierte noch härter. Es half nichts, die Ergebnisse blieben die gleichen. Als er mehrere Monate mit einer hartnäckigen Entzündung im Knie ausfiel, kam er ins Grübeln. Worin lag der Sinn, immer mehr zu trainieren, wenn es am Ende jemanden gab, der schneller war? Selbst wenn er alle Läufer in Hessen besiegen würde, gäbe es in ganz Deutschland noch Schnellere. Und wenn er alle Deutschen hinter sich ließe, dann würde es auf europäischer Ebene Schnellere geben. Von den Afrikanern ganz zu schweigen. Nein, ein einfaches »Schneller, höher, weiter« war keine Antwort.

»Das war der Punkt, an dem ich aufhörte, zu laufen.« So hatte Christian es Simon erzählt, als sie im Juli eine Runde durch den Eichwald gelaufen waren.

Mit neunzehn Jahren, kurz nach dem Abitur, erklärte Christian seine Leichtathletikkarriere für gescheitert. Er absolvierte seinen Wehrdienst und in diesen neun Monaten lief er genau drei Mal. Jedes Mal auf Befehl, nie aus freien Stücken. Während des Studiums merkte er, dass die Entwicklung seiner sozialen Fähigkeiten durch das ständige Training gelitten hatte. Er versuchte, Mädchen kennenzulernen, wollte mit ihnen ausgehen, sich verlieben und alles, was dazugehörte. Aber er wusste nicht, wie er mit ihnen sprechen sollte. Diese Welt blieb ihm verschlossen. Am Ende war es bei den Frauen wie beim Laufen. Je härter er es versuchte, desto erfolgloser war er. Schließlich gab er auch dieses Ziel auf und lebte von da an als Junggeselle.

Er widmete sich intensiver seinem Ingenieurstudium und verbrachte die freie Zeit mit Online-Spielen und LAN-Partys. In der virtuellen Welt konnte er abtauchen und alles um sich herum vergessen. Doch jedes Mal, wenn er den PC ausschaltete, spürte er Leere. Nachdem er wieder eine Nacht durchgezockt hatte, zog er sich, statt ins Bett zu gehen, die Laufschuhe an. In der Morgendämmerung lief er durch den grauen Herbstwald. Er wurde schneller und immer schneller, wie damals, am Tag nach dem Staffellauf. Als er zu Hause ankam, sank er erschöpft zu Boden. Die Leere war gefüllt.

Christian ging zurück zu seinem alten Verein und wurde Jugendtrainer. Anfangs tat er sich schwer, zu verstehen, dass die Teenager andere Sachen im Sinn haben könnten, als zu trainieren. Doch Christian entdeckte in sich die Fähigkeit, in ihnen Begeisterung zu wecken. Sie sollten stolz auf sich und ihre Leistung sein. Und wie die Begeisterung seiner Athleten zunahm, umso mehr stieg auch seine Begeisterung für ihre

Leistungen. Neben dem Training, bei dem er die Jugendlichen stets begleitete, lief er nahezu jeden Tag. Laufen war wieder ein Teil seines Lebens.

Simon hatte ihn damals gefragt, ob er immer noch Jugendtrainer war. Christian hatte ausweichend geantwortet. Günthers Version, dass er rausgeworfen worden war, hatte er nicht bestätigt. Als sie nun in der Halle nebeneinandersaßen, war Simon kurz davor, ihn direkt darauf anzusprechen. Christian interessierte es nicht einmal, wieso er beim Lauf plötzlich eingebrochen war. Am liebsten würde er ihm sagen, dass die Schmerzen in seinem Knie kaum auszuhalten waren, und dann wutentbrannt rufen, dass er es nun geschafft hatte, ihn auch mit seinen Trainingsmethoden zu zerstören. Seinen Traum und seinen Körper zu ruinieren, wie er es bereits mit so vielen hoffnungsvollen Talenten gemacht hatte.

»Christian, du hier!«, ertönte es plötzlich neben ihm.

Ein Läufer mit einer blauen Trainingsjacke kam an den Tisch und schlug auf Christians Schulter. Christian begrüßte ihn und stellte ihn als Peter vor.

»Und das ist Simon, ich habe ihn beim Halbmarathon begleitet.« Christian zeigte auf sein Gegenüber.

»Ihr seid auch gelaufen?«, fragte Peter überrascht. »Ich habe euch gar nicht gesehen. Na gut, ich bin auch ein bisschen schnell los, ich wollte unbedingt die eins zwanzig knacken, aber so richtig hat es nicht geklappt. War zu warm heute. Naja, ich habe die Strecke hier sowieso nie gemocht. Im Wald geht es ein wenig hoch, und das genau dann, wenn es hart wird. Dazu die engen Kurven. Das ist keine Strecke für eine Bestzeit. Aber gut, ich lasse euch mal wieder alleine. Wir sehen uns später bei der Siegerehrung.«

So schnell wie Peter gekommen war, verschwand er wieder. Christian schaute ihm kurz hinterher, aber sagte nichts. Simon trank noch einen Schluck alkoholfreies Weizen.

»Simon, hör mir mal zu. Du hast heute den ersten Abschnitt des Marathons zurückgelegt. So wie es sich heute angefühlt hat, wird es beim Marathon bis Kilometer dreißig sein, wenn alles gut läuft. Damit meine ich: wenn du geduldig bist. Danach betrittst du Neuland. Im Training bist du ein paar Mal mehr als dreißig Kilometer gelaufen, aber niemals so schnell. Glaub nicht, dass du dich darauf vorbereiten kannst. Nein, wenn ich ehrlich bin, gibt es nur eine Möglichkeit, sich für den zweiten Abschnitt des Marathons zu wappnen: Du musst vorher schon einen Marathon gelaufen sein. Und selbst das ist keine Garantie. Alles kann passieren. Deswegen ist es am Anfang wichtig, dass du nicht zu schnell bist. Du holst zwar ein paar Sekunden, vielleicht sogar Minuten raus, aber das verlierst du gegen Ende doppelt. Denn dann wird es hart, härter als du dir vorstellen kannst. Du wirst noch reumütig an meine Worte denken, wenn du das zweite Mal an der Alten Oper vorbeiläufst. Halt dich an das Motto: Nicht nervös werden. Lass die anderen rennen. Auf der ersten Hälfte gewinnst du mit Geduld, auf der zweiten mit Demut. Und am Ende wird dich dein Wille ins Ziel bringen.«

Simon versuchte, den Schmerz in seinem Knie zu ignorieren, denn Christians Worte hatten ihn gefesselt. Und er hatte recht. Er brauchte einen eisernen Willen, um das Projekt »Marathon« zu vollenden. Ein paar kleine Schmerzen im Knie durften ihn nicht aufhalten. Der Marathon war sein Traum. Er sollte nicht daran zerplatzen. Sein Ziel würde er nur mit Christians Unterstützung erreichen können. Es stimmte ja, Simon hatte keine Ahnung, was ihn erwartete. Christian hatte ihm eine Menge Erfahrung voraus, da er selbst schon Marathon gelaufen war. Das verlieh ihm Autorität. Simon beschloss, sich an die Worte seines Trainers zu halten.

Als er später erneut darüber nachdachte, überlegte er, ob Christian nicht doch nur leere Phrasen von sich gab. Aber er kam zu der Erkenntnis, dass das im Moment keine Rolle spielte. Der Marathon übte eine Faszination auf ihn aus, allein die Erwähnung des Wortes ließ ihn in Ehrfurcht innehalten. Sein Training und die Qualen, die er dabei durchlebte, verstärkten dieses Gefühl noch. Es gab Läufer, die bereits zehn oder mehr Marathons absolviert hatten, und sie redeten mit einer Selbstverständlichkeit davon, die ihn verblüffte. Dass das Training und die Schmerzen hinzugehörten, war für sie ebenso selbstverständlich. Simon konnte nur schweigend zuhören, wenn er zufällig auf einen dieser Superläufer traf. Niemals könnte er so unbefangen mit ihnen plaudern wie Christian mit Kurt Salzner. Stattdessen stand er bewundernd daneben und hoffte, dass vielleicht ein bisschen Selbstverständlichkeit auf ihn herabfiele.

Erfahrung war zwar ein wichtiger Bestandteil des Erfolgs, aber es musste die eigene sein. Den Geist konnte er durch Gespräche vorbereiten, aber der Körper hörte nicht zu. Der Körper musste es erleben. Nichts anderes hatte Christian gemeint. Simon hatte stumm genickt, aber er war noch weit davon entfernt, die wahre Bedeutung seiner Worte zu erfassen.

Für den Moment blieben Simon nur die Schmerzen im Knie und die Hoffnung, dass sie sich wieder legen würden und er in vier Wochen beim Marathon an den Start gehen konnte.

KILOMETER SIEBENUNDZWANZIG

BOLONGAROSTRAßE

Der Zopf ist verschwunden. Beim letzten Getränkestand hat
sie kurz angehalten, um zu trinken, und schon war ich an ihr
vorbeigezogen. Es war eine kurze Bekanntschaft, aber schön.

Jetzt kommt die schwerste Steigung der gesamten Strecke.
Wir laufen über die Schwanheimer Brücke, um wieder auf die
nördliche Mainseite zu gelangen. Zum Glück ist der Anstieg
gleichmäßig und nicht besonders steil. Für mich ist das kein
Problem, da ich viele Trainingsläufe im Taunus gemacht habe.
Dort ist jeder Berg steiler als diese Brücke. Aber neben mir
stöhnt einer lauter als beim Sex. Als wir oben auf der Brücke
dem Wind ausgesetzt sind und an einer Ein-Mann-Disco vorbeilaufen, ist er immer noch neben mir. Oh je, wenn es ihm hier
schon so schlecht geht, wie will er dann noch die letzten achtzehn Kilometer schaffen?

Achtzehn Kilometer – das klingt nicht mehr nach viel. Das
bin ich im Training oft gelaufen und mehrmals in einem
schnelleren Tempo als heute. Es sollte also kein Problem sein.

Mir geht es gut und ich muss mich nicht quälen wie so viele hier. Was ich mir anfangs noch eingeredet habe, wird nun zur Gewissheit. Ich habe mehr als die Hälfte geschafft und verstehe die Aufregung nicht mehr, die ich vor dem Start gespürt habe. Heute ist ein guter Tag und jetzt weiß ich, dass ich den Marathon beenden werde. Und wie es aussieht, wird es auch eine gute Zeit. Das heißt nicht, dass ich beschleunige. Nein, das bloß nicht! Nicht nervös werden, das gilt jetzt noch genauso wie zu Beginn des Rennens. Ich muss weiterhin mit meinen Kräften haushalten.

Ich fühle mich ein bisschen wie Forrest Gump. Nicht wie in der Szene, in der er vor dem Auto davonrennt. Ich denke an den Teil des Films, in dem er von seinem Schaukelstuhl aufsteht und losläuft. Er läuft so weit und so lange, bis er an einen Ozean kommt, dreht dann um und läuft weiter. Menschen fragen ihn, warum er läuft. Und seine Antwort ist lapidar: »Ich hatte einfach Lust, zu laufen.« Ja, so geht es mir jetzt auch. Hier auf der Schwanheimer Brücke, auf dem höchsten Punkt der Strecke, könnte ich ewig weiterlaufen. Nur noch achtzehn Kilometer? Schade eigentlich, dass es bald vorbei sein soll.

Wieder ist der Stöhner neben mir. Ob er auch denkt, dass er ewig so weiterlaufen könnte? Wahrscheinlich nicht, da machen vorher die Stimmbänder schlapp. Mögen seine Beine das auch aushalten, die Kehle hat ihre Belastungsgrenze. Vielleicht kann ich ihn motivieren. Mal sehen. Wir sind hier auf einer Brücke, die für ihn ein großes Hindernis zu sein scheint. Eigentlich ist das ziemlich paradox. Brücken sind doch etwas Gutes. Sie sind keine Hindernisse, sondern helfen dabei, diese zu überwinden. Gräben und Flüsse überspannen sie, um Menschen zu verbinden. Und uns hilft die Brücke heute, den Main zu überqueren. Ohne sie müssten wir schwimmen, und das wäre sicherlich deutlich anstrengender als diese Steigung.

Da würde Stöhner sich noch mehr beschweren und dabei ganz viel Wasser schlucken.

Schlucken und Stöhnen. Warum muss ich bei diesen Begriffen an mein zweites Date mit Anna denken? Das Gehirn spielt mir manchmal Streiche. Da gibt es Verknüpfungen, die rational betrachtet gar keinen Sinn ergeben. Manchmal, wenn ich die Spülmaschine ausräume, muss ich an einen Professor denken, bei dem ich an der Uni ein Seminar hatte. Warum das so ist, weiß ich zwar, aber jedes Mal, wenn es passiert, bereitet es mir seelische Schmerzen. Also versuche ich, diese Gefühle zu verdrängen. Gesund ist das wahrscheinlich nicht. Da schlummert etwas in mir, das noch nicht verarbeitet ist. Aber das ist egal. Ich muss diesen Professor sowieso nicht mehr sehen. Jedenfalls muss ich bei Stöhnen und Schlucken an Anna denken. Wenn ich es so sage, dann klingt es nach einem perversen Erlebnis, dabei hat es nur zum Teil mit Sex zu tun.

Schon eine Woche nach unserem Treffen in Sachsenhausen sahen wir uns wieder. Ich grübelte immer noch, ob es ein Date gewesen war, kam aber zu keinem Ergebnis. In den Straßen zwischen Hauptbahnhof und Innenstadt gibt es viele gemütliche Kneipen, daher verabredeten wir uns an diesem Mittwochabend in einem Irish Pub im Bahnhofsviertel. Wir versuchten unser Bestes beim Pub Quiz und überraschten uns gegenseitig mit unserem Wissen. Am Ende hatten wir keine Chance auf den Sieg, aber großen Spaß.

Wir tranken mehrere Guinness und rückten immer dichter aneinander. Nach einiger Zeit saßen wir uns so nahe, dass unsere Oberschenkel und unsere Arme sich berührten. Als Anna mir das Gesicht zuwendete, wartete ich nicht ab, sondern küsste sie auf den Mund. Sie erwiderte den Kuss und legte ihre Hand auf meine. Wir zahlten und gingen zu mir.

Wir waren beide sehr betrunken und entsprechend launig war der Sex. Vielleicht wollte sie es nicht so sehr wie ich. Seit unserer ersten Begegnung hatte ich überlegt, wie sich ihre Haut wohl anfühlt, wie es ist, ihre Brüste zu streicheln und in sie einzudringen. Aber zwischen Wollen und Können lag an diesem Abend ein tiefer Graben. Meine sexuellen Fähigkeiten waren im Alkohol ersoffen und so konnte ich meine Bewegungen nicht mit meiner Lust in Einklang bringen.

Als wir am nächsten Morgen aufwachten, fragte ich mich, ob wir nun ein Paar waren. Ich schaute Anna zu, wie sie verkatert ihre Sachen zusammensuchte. Vielleicht war sie nur mit mir mitgegangen, weil sie betrunken war. Das bedeutete zwar, dass sie mich attraktiv fand, aber vielleicht schämte sie sich jetzt in ihrer Nüchternheit für ihre Gefühle. Ich half ihr, ihre Socken zu finden, und bot ihr Kaffee an. Doch sie meinte, dass sie zur Uni müsste, und verschwand.

Im Bad quetschte ich die Zahnpastatube und drückte den letzten Rest auf meine Zahnbürste. Ich fragte mein Spiegelbild, was ich überhaupt für Anna empfand. Sie war überaus attraktiv und wir hatten gestern Abend viel Spaß gehabt. Davor hatten wir sehr tiefgründige Gespräche geführt, erst bei der Geburtstagsfeier und dann in der Kneipe. Es gab eine Ebene, auf der wir uns gut verstanden. Ich beugte mich über das Waschbecken, um die Zahnpasta auszuspucken und den Mund auszuspülen. Als ich wieder aufschaute, sagte mir mein Spiegelbild, dass ich sie nicht lieben konnte, weil ich sie kaum kannte. Diese Frage nach den Gefühlen kam viel zu früh. Na gut, antwortete ich, dann lernen wir uns eben kennen.

Ich hatte Angst, alles zu zerstören, indem ich zu früh darüber redete. Also gingen wir zusammen ins Kino. In der Dunkelheit konnten wir uns nahe sein, ohne miteinander sprechen zu müssen. Eine Woche später trafen wir uns wieder in einer Bar. Wir unterhielten uns über allgemeine Dinge, ich erzählte von meinem Job und Anna von ihrem Studium. Am Ende verabschiedeten wir uns mit einer Umarmung. Mir war klar, dass es so nicht weitergehen konnte. Ich schrieb ihr, dass ich sie gerne wiedersehen wollte, doch sie antwortete nicht.

Nach einigen Tagen schrieb ich ihr erneut. Ich fragte, wie es ihr ging und ob sie in den nächsten Tagen Zeit hätte. Wieder kam keine Antwort. Ich erwischte mich dabei, wie ich bei jedem Vibrieren meines Handys hoffte, dass es eine Nachricht von Anna war. Je öfter ich enttäuscht wurde, desto wütender wurde ich. Nach einer Woche sagte ich mir, dass alles in Ordnung sei. Wahrscheinlich hatte sie einfach viel um die Ohren und keine Zeit, mir zu schreiben.

Ich wartete eine weitere Woche. Wollte sie mir nur Unnahbarkeit vorspielen? Dafür kam mir der Zeitraum doch zu lange vor. Noch eine Nachricht wollte ich ihr nicht schicken, also ging ich nach der Arbeit direkt zu ihr nach Hause. Sie wohnte in einer WG in Bockenheim, zusammen mit Becki, die auch die Tür öffnete. Sie schaute mich fragend an.

»Hallo. Ist Anna da?«

Becki zog an ihrer Zigarette und blickte skeptisch. »Nee. Wer bist'n du?«

»Simon. Wann kommt sie denn wieder?«

Als ich meinen Namen nannte, meinte ich, ein kurzes Zucken ihrer Augenbrauen zu erkennen.

»Die müsste gleich hier sein. Willst du warten?«

Ich hatte mir vorher nicht überlegt, was ich in diesem Fall tun würde. Mein spontaner Impuls war, sofort wieder zu gehen. Während ich zögerte, zog Becki noch mal an ihrer Zigarette. Sie blies den Rauch seitlich an mir vorbei ins Treppenhaus. Das könnte peinlich werden, wenn Anna nach Hause kam und ich mit Becki in ihrem Wohnzimmer saß. Ich musste mir unbedingt überlegen, was ich ihr sagen wollte. Dafür würde ich die Wartezeit nutzen.

Becki schaute mich immer noch an. »Was'n nun?«

Ich nickte. »Ja, das wäre gut. Wird ja nicht lange dauern.«

»Dann komm ma mit.«

Ich folgte ihr durch den Flur in die Küche. Sie setzte sich auf einen der vier Stühle, die an dem Tisch am Fenster standen. Hinter ihr trocknete Geschirr, das sie offenbar vor Kurzem gespült hatte. Die Arbeitsfläche rechts daneben lag voller Einkäufe, die darauf warteten, eingeräumt zu werden. Auf der anderen Seite der Küche standen mehrere Regale sowie ein großer Kühlschrank, an dessen Tür Fotos, Notizzettel und Postkarten mit Magneten befestigt waren.

Becki schnippte an ihrer Zigarette über dem Aschenbecher. Vor ihr auf dem Tisch lagen einige ausgedruckte Seiten und ein aufgeschlagenes Buch. Anna hatte mir erzählt, dass ihre Mitbewohnerin Soziologie studierte.

Sie schnippte noch mal und endlich fiel die Asche herunter. Mit der anderen Hand zeigte sie auf den Kühlschrank. »Willste 'nen Bier?«

Bevor ich die Kühlschranktür öffnete, schaute ich kurz auf die Fotos von Anna und Becki. Ich schnappte auch den Text einer Postkarte auf, die verkündete, dass das Leben manchmal »ginlos« sei.

Im unteren Fach lagen mehrere Bierflaschen geordnet nebeneinander.

»Pils oder Radler?«

»Radler«, antwortete Becki hinter meinem Rücken.

Ich nahm ein Oettinger Radler und ein Germania Pils heraus.

Becki bemerkte meinen suchenden Blick und sagte: »Gib mal her.« Sie griff nach ihrem Feuerzeug und streckte ihre Hand zu mir aus.

Ich schüttelte den Kopf und zog meinen Schlüsselbund aus der Hosentasche. Mein Schlüsselanhänger war eine kleine Zange. Damit hebelte ich die beiden Bierflaschen auf. Die

Kronkorken legte ich auf den Tisch, stellte das Radler daneben und setzte mich mit meinem Pils Becki gegenüber.

Sie drückte ihre Kippe aus und prostete mir mit ihrem Radler leicht zu.

»Simon?« Sie nahm einen Schluck.

Ich trank ebenfalls und schaute sie über die Flasche fragend an.

»So heißt du doch, oder?«

»Ja, habe ich doch vorhin gesagt.«

»Sorry, hier kommen so viele Kerle vorbei und fragen nach Anna. Ich hab den Überblick verloren.«

Sollte das ein Test sein? Sie kam sich wohl sehr witzig vor.

»Tatsächlich, Becki?« Ich stellte mein Bier auf den Tisch und lehnte mich vor. »Ja, ich kenne deinen Namen, obwohl ich dich heute zum ersten Mal treffe. Du studierst Soziologie im siebten Semester, kommst ursprünglich aus Thüringen und bist Single. Anna hat mir erzählt, wie sie dich letzten Monat aus dem Langener Waldsee gezogen hat, weil du zu besoffen zum Schwimmen warst.«

Becki lachte laut auf. »Das war aber auch ein cooler Abend.« Sie nahm sich eine Zigarette aus ihrer Schachtel und zündete sie an. »Okay, Simon. Alles klar, kein Stress.«

Ich lehnte mich zurück und trank noch einen Schluck. Wann würde Anna nach Hause kommen? Was könnte ich ihr sagen? Wollte sie mich überhaupt sehen?

Becki nahm mir die nächste Frage ab. »Warum bist du hier, Simon? Was denkst du, warum Anna dir nicht mehr geantwortet hat?«

Ich hatte keine Lust, das mit Becki zu besprechen. Dafür kannte ich sie zu wenig. Sie schien mir zudem unberechenbar.

»Das geht ja wohl nur mich und Anna etwas an.«

»Okay, kein Stress.« Becki hob abwehrend die Hände. Durch die Bewegung fiel ein bisschen Asche auf ihren

Pullover, was sie nicht zu bemerken schien. Sie zog an ihrer Zigarette und schaute aus dem Fenster. Wir schwiegen eine Weile. Ich trank mein Bier und merkte, wie der Alkohol sich in meinem leeren Magen ausbreitete.

Becki schnippte die Asche von ihrer Zigarette und verschränkte die Arme vor der Brust. »Wenn Anna dir Storys über mich erzählt hat, dann erzähle ich dir jetzt mal eine über sie. Ich nenne die Geschichte ›das Wiedersehen‹.« Becki malte mit ihren Fingern Anführungszeichen in die Luft, bevor sie fortfuhr.

»Der Letzte, der hier geklingelt hat und Anna sprechen wollte, war ihr Ex-Freund David. Und was hat sie gemacht? Sie schlug ihm die Tür vor der Nase wieder zu. So war es, das kannst du mir glauben. Sie hat nicht eine Sekunde gezögert. Ich kam in den Flur, weil ich wissen wollte, was los war, und sie stürmte an mir vorbei in ihr Zimmer. Naja, ich dachte mir, schaue ich doch mal nach, wer da vor der Tür steht. Ich mache auf und da guckt er mich an, vollkommen perplex. Ich frage ihn, ob er reinkommen will, und er sagt ja.

Dann saß er da auf dem Stuhl, so wie du jetzt, und wir haben geredet. Keine Ahnung, ob Anna uns gehört hat, ihre Zimmertür war zu. Sie ist jedenfalls nicht rausgekommen, auch nicht später, als David und ich zusammensaßen. Netter Kerl, hat mir erzählt, dass er extra aus Berlin gekommen ist, um Anna zu sehen. Er hatte 'n schlechtes Gewissen wegen Anna und wie er sie behandelt hat. Er hat wohl gehofft, er könnte mit ihr reden, aber keine Chance. Ich hab mir das alles angehört, hab gedacht, ich kann das dann später Anna erzählen, auf mich hört sie vielleicht. Wir haben mehr als zwei Stunden miteinander geredet. Als er dann gegangen ist, bin ich zu Anna, aber sie wollte nix hören.«

Becki schwieg und drückte ihre Zigarette aus. Ich fragte sie, warum sie mir das alles erzählte. Sie zuckte mit den Schultern.

Ich trank meinen letzten Schluck Bier, als an der Wohnungstür Schlüssel klirrten. Jemand zog sich im Flur die Schuhe aus. Kurz darauf stand Anna in der Küche. Sie schaute erst mich an, dann Becki, dann wieder mich.

»Simon, was machst du hier?«

»Ich …« Das war der Moment. Ich sprang auf. Was wollte ich noch mal sagen? Alles drehte sich und mein Kopf war leer. »Ich muss weg.«

Mit großen Schritten ging ich auf die Tür zu. Anna wich mir aus, mit aufgerissenen Augen.

Bevor ich auf den Flur trat, warf ich einen kurzen Blick über die Schulter. »Danke für das Bier.«

Doch Becki schaute aus dem Fenster und schien mich nicht zu bemerken.

Ich floh aus der Wohnung und lief auf die Straße. Ohne zurückzuschauen, schlug ich den Weg in Richtung U-Bahn-Haltestelle ein. Kurz vor der Leipziger Straße hörte ich, wie sie meinen Namen rief. Unmittelbar darauf stand sie neben mir.

Sie hatte immer noch den gleichen verwirrten Ausdruck auf dem Gesicht. In ihrer Zerbrechlichkeit lag eine Schönheit, in die ich mich verliebte, als würde ich sie zum ersten Mal sehen.

»Simon, was war das gerade?«

»Ich wollte dich sehen. Warum hast du nicht auf meine Nachrichten geantwortet?«

Anna seufzte und schaute weg. »Ich hatte viel zu tun. Ich musste ein wichtiges Kundenprojekt abschließen und dann kam noch meine Großmutter ins Krankenhaus.«

Ich ging ein paar Schritte weiter in Richtung Leipziger Straße. Nach wenigen Augenblicken war Anna wieder neben mir. Um uns herum hasteten die Menschen von der Arbeit nach Hause. Ich atmete die kühle Luft tief ein und sah einem Teenager nach, der auf seinem Skateboard an uns vorbeifuhr. Er bremste vor einer Dönerbude ab und ließ mit einem

Schwung das Brett in seine Hand springen, um damit den Imbiss zu betreten. Ich hörte, wie Anna neben mir einatmete. Ihr in die Augen zu schauen, wagte ich nicht. Vorher wollte ich verstehen, was Beckis Geschichte bedeutete. Doch Anna ergriff meinen Arm und zwang mich, sie anzusehen. Ihre Augen funkelten. War sie mir vorhin noch verletzlich vorgekommen?

»Was hat Becki dir erzählt? Ich kann nicht glauben, dass sie es wieder getan hat. Diese falsche Schlange.«

»Sie sagte mir, dass du David nicht sehen wolltest. Mein Gott, du hättest wenigstens kurz mit ihm sprechen können.«

»Wirklich? Du weißt doch, wie er mich behandelt hat. Du hättest auch nicht mit ihm reden wollen. Nur weil er extra aus Berlin gekommen ist, bin ich noch lange nicht dazu verpflichtet.« Annas Stimme war sukzessive lauter geworden. Jetzt holte sie Luft und blieb einen Moment still. Aber sie war noch nicht fertig. »Und ich wette, Becki hat dir nicht die ganze Geschichte erzählt!«

Ich antwortete nicht. Becki hatte nur erwähnt, dass Anna nicht mit David hatte reden wollen.

»Hab ich mir doch gedacht«, meinte Anna. Sie deutete mein Schweigen als Zustimmung. »Die beiden haben an dem Abend stundenlang miteinander gequatscht. Becki hat für ihn gekocht und am Ende sind sie in ihrem Zimmer verschwunden.«

Ich schluckte. Das war nicht zu glauben. Jeder erzählte etwas anderes. Aber warum? Wollte Becki ihre Mitbewohnerin nur schlechtmachen, um mich ins Bett zu kriegen? Das wäre krank. Oder dramatisierte Anna die Geschichte nun zusätzlich, um von sich abzulenken? Das kam mir unwahrscheinlich vor. Trotzdem war das alles albern.

»Es tut mir leid, dass ich mich nicht gemeldet habe«, brachte sie hervor. Sie wollte noch mehr sagen, aber ich hob ratlos meine Hände.

»Anna, das kann doch nicht sein. Ich merke doch, dass da mehr zwischen uns ist.«

Sie schaute verlegen zu Boden. »Vielleicht. Aber ich habe so viel um die Ohren. Ich weiß nicht, ob ich gerade die Zeit für eine Beziehung habe. Es tut mir leid, ich will dir nicht wehtun. Das hast du nicht verdient.«

Ich drehte mich um, ging ein paar Schritte von ihr weg und wendete mich ihr dann wieder zu. Es war kaum zu glauben, wie schön sie aussah.

»Scheiße! Das ist nicht wahr. Da ist doch mehr, das weiß ich. Und nur weil du keine Zeit hast, kann es nicht funktionieren, meinst du?«

Anna schaute mich ungläubig an, schwieg aber.

»Das ist doch Kindergarten. Wie auch immer, ich kann meine Zeit besser vergeuden, als mit deiner beknackten Mitbewohnerin Bier zu trinken oder zu Hause neben meinem Handy zu sitzen und auf eine Nachricht von dir zu warten. Ich habe wirklich gedacht, dass da etwas ist zwischen uns. Mehr als nur ein bisschen Spaß und dann miteinander abstürzen. Wir hatten das Potenzial für mehr, wie ein kleines Licht in der Dunkelheit, auf das wir zugehen, und es wird immer heller und irgendwann stehen wir mitten im Glanz. Alles hat gepasst, jeden Moment mit dir habe ich genossen. Ich wünschte mir, dass es noch mehr davon gäbe. Scheiße, ich wünsche mir das immer noch. Mein Herz schreit nach mehr. Aber mein Kopf brüllt lauter und sagt, dass ich jetzt einfach gehen soll. Ich habe keinen Bock mehr.«

Mit großen Augen sah mich Anna an. Da ich kurz schwieg, dachte sie, sie müsste mir antworten. Doch ich hob wieder die Hände.

»Nein, sag nichts. Das macht es jetzt auch nicht besser. Ich geh dann mal. Scheiße, ich brauche das alles nicht. Das Leben an sich ist schon komplex genug. Ich will eine unkomplizierte

Freizeit, ohne dass die eine das erzählt und die andere was anderes. Und die dritte erzählt wieder dasselbe, eigentlich ist es die Geschichte von der ersten. Aber mit dem Ende von der zweiten. Das kann doch alles nicht wahr sein. Ich brauche das nicht. Deswegen werde ich jetzt gehen. War nett mit dir. Ich hoffe, deiner Oma geht es bald besser. Hab noch ein schönes Leben.«

Ohne eine Antwort abzuwarten, ließ ich Anna stehen. Auf dem Weg nach Hause konnte ich keinen klaren Gedanken fassen. Erst als ich meine Wohnung betrat, realisierte ich, dass ich Anna wahrscheinlich nie wiedersehen würde. Ich war sehr direkt geworden, was sonst nicht meine Art war.

Als ich über die Schwanheimer Brücke laufe, überlege ich, ob ein solcher Ausraster in den letzten Wochen etwas geändert hätte. Wahrscheinlich hätte er einiges bewegt, aber in welche Richtung, ob als Katalysator oder als Bremse, ist unklar. Gleichzeitig bin ich mir ziemlich sicher, dass ich einen Ausraster unterdrückt hätte, weil er mir nicht in den Kram gepasst hätte. Ich hatte mich so auf die Marathonvorbereitung konzentriert, dass ich solche Gefühlsausbrüche nicht zugelassen hätte. Also ist es so passiert, wie es passiert ist.

Ich verlasse die Schwanheimer Brücke und mein Geist füllt sich wieder mit einem positiven Gefühl. Bei langen Läufen in der Vorbereitung hatte ich oft bergab Probleme. Durch das Gefälle war ich gezwungen, einen längeren Schritt zu machen, und da ich meistens schon einige Kilometer in den Beinen hatte, fiel das schwer. Aber heute geht es gut. Ich spüre kein Ziehen in den Oberschenkeln oder den Kniekehlen.

Auf der Bolongarostraße, etwa bei Kilometer siebenundzwanzig, steht Joachim wie verabredet mit meiner Flasche in der Hand. Ich hoffe, dass mir die Mischung aus Kamillentee und Gel mehr hilft als die Getränke, die an den offiziellen Verpflegungsstellen angeboten werden. Wahrscheinlich ist der Effekt zu vernachlässigen, aber für den Kopf ist es gut. Mit der eigenen Flasche komme ich mir fast wie ein Profi vor. Ich habe Joachim vorher meinen Zeitplan mitgeteilt, damit er weiß, wann ich bei Kilometer siebenundzwanzig vorbeikomme. Jetzt bin ich auf die Minute genau in meiner Vorgabe. Ich lächele ihm entgegen, er nickt und läuft ein paar Schritte neben mir her, um mir die Flasche zu geben. Dabei ruft er mir etwas zu, aber mehr als ein Rauschen kommt bei mir nicht an.

KAPITEL FÜNF

TANZFLÄCHE

Sie betraten die Gaststätte und Simon schüttelte Sebastian die Hand. »Alles Gute!«

»Herzlichen Glückwunsch zum Geburtstag!« Anna gratulierte ihm mit einer Umarmung. Sie staunte ein weiteres Mal darüber, dass Sebastian für seinen dreißigsten Geburtstag ein ganzes Lokal angemietet hatte. Anna kannte ihn nicht so gut wie Simon, aber sie wusste, dass er gerne feierte.

Simon wollte erst gar nicht mitkommen. Schon als er ihr von der Einladung erzählt hatte, klang er wenig begeistert: »Es soll die Party des Jahrzehnts werden, hat Sebastian gesagt. Naja, wie auch immer …« Anna war es egal. Da sie wusste, dass Sarah ebenfalls kommen würde, war sie nicht auf Simons Launen angewiesen.

Sie wechselten ein paar Worte mit Sebastian, bis er sich den nächsten Gästen zuwandte, die gerade eintrafen. Kaum hatten sie den Gastraum betreten, lief Sarah ihnen entgegen.

»Da seid ihr ja!«, rief sie und hob ihre Arme. »Ich dachte schon, ich muss das ganze Bier alleine trinken.«

Die Freundinnen umarmten sich. Simon nahm Anna die Jacke ab und sie bedankte sich mit einem Lächeln.

»Was willst du trinken, Simon?«

»Eine Apfelsaftschorle. Oder schau mal, ob sie Malzbier haben.« Mit diesen Worten verschwand er in Richtung Garderobe.

Anna bemerkte Sarahs zweifelnden Gesichtsausdruck und hob die Schultern. Sie gingen zur Bar und bestellten zwei Bier und eine Bionade.

»Ist es immer noch so schlimm?« Sarah warf einen skeptischen Blick auf das alkoholfreie Getränk.

»Der Marathon ist erst Ende des Monats. Vorher wird er nicht wieder anfangen, Spaß zu haben.«

»Das sind ja noch vier Wochen!« Sie hob ihre Flasche und prostete Anna zu. »Aber tanzen darf er, oder hat sein Cheftrainer das auch verboten?«

»Ich denke schon, dass das mit seiner Regeneration vereinbar ist. Aber ehrlich gesagt …« Anna beendete den Satz nicht, sondern nahm einen tiefen Schluck aus der gekühlten Flasche.

»Hast recht. Wir können auch zu zweit trinken.« Sarah hob ebenfalls ihr Bier an, doch dann ließ sie es wieder sinken. »Wow. Heißer Typ da drüben.«

Anna drehte sich um und sah eine Gruppe von Jungs, die gerade zur Tür hereinkamen. Sie glaubte sich zu erinnern, dass es Sebastians Arbeitskollegen von der Frankfurter Feuerwehr waren.

»Meinst du den Blonden?«

»Ja, mit dem weißen T-Shirt. Kennst du ihn?«

Bevor Anna antworten konnte, kam Simon zurück. Er nahm ihr die Bionade ab und bedankte sich mit einem Kuss, den sie jedoch nicht erwiderte.

Simon nippte kurz an seiner Flasche und atmete hörbar aus.

»Kaum halbvoll und schon so schlechte Luft hier drinnen.«

»Nein, den habe ich noch nie gesehen.«

»Ist auf jeden Fall eine nähere Betrachtung wert.« Sarah warf Anna einen verschwörerischen Blick zu.

Anna schmunzelte. Sarah verarbeitete die Trennung von Matthias mittlerweile mit ausgiebigem Dating. Entsprechend aufreizend hatte sie sich für den heutigen Abend gekleidet, auch wenn nach Annas Geschmack das Top zu eng und das Makeup zu aufdringlich war. Doch Sarah hatte ihr gesagt, dass sie Spaß und Ablenkung suchte, da kam sie mit Oberflächlichkeiten schneller zum Ziel. Seine Wirkung verfehlte ihr Outfit nicht. Anna hatte bereits bemerkt, dass die Jungs von der Feuerwehr immer öfter zu ihnen schauten.

»Es gibt kaum Stühle. Sollen wir etwa den ganzen Abend stehen?«, nörgelte Simon und drehte sich um die eigene Achse. Anna machte seine Unruhe nervös. Er sah aus, als wäre er am falschen Ort.

In der Mitte der Tanzfläche hatte sich nun Sebastian positioniert. Er sprach eine kurze Begrüßung an alle, dankte für das zahlreiche Erscheinen und wies auf das Buffet hin, das im Nachbarraum aufgebaut war. Als er hinzufügte, dass es dort auch Sitzgelegenheiten gab, entwich Simon ein erleichtertes »Aha«. Sie stießen auf Sebastians Geburtstag an und jemand stimmte »Happy Birthday« an.

Der offizielle Teil der Party war damit beendet. Die Gesellschaft zerfiel wieder in kleine Gruppen. Simon ging zum Buffet und ließ Anna mit ihrer Freundin an der Bar zurück.

Sarah wartete, bis er außer Hörweite war, dann legte sie ihre Hand auf Annas Arm.

»Okay, ohne männlichen Störfaktor können wir Kontakt aufnehmen. Welchen findest du am besten?«

Die beiden begannen, die Vorzüge und Nachteile jedes Einzelnen zu diskutieren. Solange Simon nicht da war, konnten sie unbefangen reden. Sarah warf sich in Pose und lächelte einem blonden Mann mit dunkelblauem Hemd zu. Der stupste seinen Kumpel an und machte ihn auf Sarah aufmerksam. Anna musste grinsen. Die Show hatte begonnen.

Alles viel zu fettig, dachte Simon. Am Buffet fand er nur wenig, das er ruhigen Gewissens essen durfte. Er lud sich ein bisschen Kartoffelsalat auf den Teller. Der war, im Gegensatz zum Nudelsalat, zum Glück nur mit Essig und Öl angemacht. Das Weißbrot vermied er, zu viele falsche Kohlenhydrate. Durfte er von den Würstchen nehmen? Er war sich nicht sicher, was Christians Ernährungsplan in diesem Fall vorschrieb.

Er rief sich ins Gedächtnis, dass er aktuell in der Ruhephase war, also weder vier Stunden vor noch zwei Stunden nach dem Training. Also ging es um die Basisernährung. Hier war es wichtig, möglichst ausgewogen zu essen. Da durften auch fettige Speisen dabei sein. Simon spießte also zwei der kleinen Würstchen auf und legte sie auf seinen Teller. Würstchen mit Nudelsalat, dachte er, gar nicht so außergewöhnlich.

Er suchte sich einen freien Stuhl an einem der Tische, die neben dem Buffet standen. Neben ihm saß ein älterer Herr, der sich zwar vorstellte, aber Simon hatte den Namen zwei Sekunden später schon vergessen. Er war Sebastians Cousin, Onkel oder Großonkel und lebte in Friesland, weshalb er sich mit Simon lange über das Meer, das Watt, das Wetter und viele andere Belanglosigkeiten unterhielt. Auf Umwegen kamen sie schließlich auf das Laufen zu sprechen.

»Sie laufen Halbmarathon? Das ist interessant. Ich habe in meiner Jugend Leichtathletik betrieben, aber meine beste

Disziplin war das Kugelstoßen. Bei den Schülern habe ich damals einen Kreisrekord aufgestellt.«

Später hatte er seine verheißungsvolle Karriere jedoch gegen seine wahre Leidenschaft ausgetauscht, den unterklassigen Kreisligafußball. Es folgten Erzählungen über die legendären Derbys gegen den FC Hinterdeich oder so ähnlich. Simon fragte sich, was Kugelstoßen mit Marathon gemein hatte. Nicht viel, sagte er sich. Er versuchte, sich loszueisen, aber es gelang ihm nicht. Sein Gesprächspartner hatte mehrere Bier intus und war in guter Stimmung. Simons einsilbige Antworten schienen ihn nicht zu stören. Mit der Behauptung, dass Fußball kein richtiger Sport sei, versuchte Simon ihn zu provozieren, aber er verstand es als Scherz.

Nach einiger Zeit rettete ihn die Bionade. Das Schlimme an diesen Limonaden war, dass er davon noch mehr pinkeln musste als von Bier. Und da sie nicht besser schmeckten, hatten sie eigentlich nur Nachteile. Am Pissoir erinnerte sich Simon wieder daran, wofür er verzichtete. Nach dem Marathon würde er sich erst einmal ein großes Pils vom Fass gönnen. Aber an diesem Abend war Alkohol tabu. Er hatte morgen einen wichtigen Vorbereitungswettkampf, einen Halbmarathon im Frankfurter Stadtwald. Um rechtzeitig am Start zu sein, musste er um halb acht aufstehen. Deshalb hatte er vor, spätestens um elf die Party zu verlassen. Dann blieben ihm noch etwas mehr als acht Stunden Schlaf. Das wäre optimal für den Wettkampf. Es würde keinen Sinn machen, sich heute Abend zu verausgaben und dann müde beim Halbmarathon anzutreten. Er musste sich für eine Sache entscheiden. Christian verlangte von ihm, dass er sich voll auf die Marathonvorbereitung fokussierte. Er nannte es »den einhundertprozentigen Fokus«, ohne Ausreden. Denn Ausreden waren der erste Schritt zum Misserfolg. Das war extrem, dachte Simon, aber er hatte diesen Weg gewählt und wollte ihn durchziehen, damit er sich hinterher nicht vorwerfen musste, er wäre nur halbherzig bei der Sache gewesen. Mit Sicherheit gab es – wie so oft im Leben – noch viele andere Wege, um ans Ziel zu kommen, in diesem Fall über die Ziellinie in der Frankfurter Festhalle. Aber er hatte sich dafür entschieden, Christian zu vertrauen und seinen Rat anzunehmen, ohne ihn ständig zu hinterfragen. Und wenn Christian sagte, dass er keinen Alkohol trinken sollte, dann war es eben so. In vier Wochen war alles vorbei und dann war er wieder ein freier Mann.

Mittlerweile versuchte Simon gar nicht mehr, es Anna in dieser Tiefe zu erklären. In ihren Augen war er bereits ein Sturkopf. Sie erwartete Kompromisse von ihm, aber Simon akzeptierte nicht, dass es nur Kompromisse zu ihren Gunsten sein sollten. Wenn er es von der anderen Seite betrachtete, war sein ganzes Vorhaben ein einziger großer Kompromiss. Kompromisse bedeuteten Opfer, und er brachte gerade mehr Opfer als jeder andere in dieser Gaststätte. Ihm kam das keineswegs unmenschlich vor. Jeder kennt diese Art von Projekten, die einen komplett in Beschlag nehmen. Bei einem Umzug ist man tagelang mit Packen und Entpacken beschäftigt. Außerdem muss man die alte Wohnung renovieren und in der neuen die Wände streichen. Da bleibt wenig Zeit und Kraft für Vergnügen. Vor allem will man das Notwendige schnellstmöglich erledigen, damit man rasch zum Alltag zurückkehren kann. Und so war es jetzt auch. Er wollte einfach nur Marathon laufen, möglichst ohne Störgeräusche, und danach wieder ein normales Leben führen. Es war ja nicht so, dass er es in der Zwischenzeit verlernt hätte.

Sie tranken ihr Bier aus und Sarah zog Anna auf die Tanzfläche. Momentan gab es dort genug Platz, die meisten Gäste saßen noch am Buffet oder waren in Gespräche vertieft. Die beiden Freundinnen bewegten sich ein bisschen zur Musik, aber für Sarah war ohnehin wichtiger, dass sie nahe an der Gruppe von Feuerwehrleuten standen. Sie schaute immer wieder zu den Jungs hinüber. Wann kam denn endlich der Erste?

Allmählich füllte sich die Tanzfläche. Ein Freund von Sebastian hatte die Rolle des DJ übernommen und spielte nun mehr tanzbare Musik. Es lag schon eine Weile zurück, dass Anna einen Club besucht hatte, daher erkannte sie keinen der Songs. Aber sie gefielen ihr. Sie ließ sich von Sarah animieren und langsam wich die Anspannung aus ihrem Körper. Sie hatte es vorher kaum wahrgenommen, aber Simons Laune hatte sie offenbar unruhig gemacht. Wo war er überhaupt? Seit er zum Buffet gegangen war, hatte sie ihn nicht mehr gesehen.

Sarah legte ihr die Hände auf die Schultern und lachte sie an. Zusammen bewegten sie sich im Rhythmus, während Sarah laut den Refrain mitsang. Sie kam ihr so nah, dass Anna ihr Parfüm riechen konnte, und flüsterte ihr etwas ins Ohr. Aufgrund der Lautstärke konnte Anna nichts verstehen. Sie kniff die Augen zusammen und blickte ihre Freundin fragend an. Sarah warf den Kopf zur Seite, in Richtung der Feuerwehrleute. Anna begriff. Sie rückte noch näher an Sarah heran und legte den Arm um ihre Taille. Zusammen mit dem Rhythmus gingen sie in die Knie, wogten ihre Hüften im Takt, schauten sich an, lachten, feierten sich und richteten sich dann wieder auf.

Obwohl sie Spaß hatten, wunderte sich Anna ein wenig. So kannte sie ihre Freundin nicht. Sie ahnte, wie viel Frust sich bei ihr nach der Trennung von Matthias aufgestaut haben musste. All das kanalisierte Sarah nun in ihr Werben um den blonden Feuerwehrmann. Oder war es Überkompensation? Wer Sarahs Geschichte nicht kannte, auf den mochte es wie Lebensfreude wirken, wie pure Energie und auch ein bisschen wie Sexappeal. Trotzdem. So sehr sie ihre Freundin mochte und so attraktiv der Feuerwehrmann auch war, sie konnte es nicht verstehen, dass Sarah sich derart an jemanden ranschmeißen musste.

Sie entfernte sich ein wenig von ihr und reduzierte ihre Tanzbewegungen auf einen minimalen Hüftschwung. Mehr war auch nicht nötig, der Blonde kam bereits angedackelt. Er hatte mittlerweile verstanden, worum es Sarah ging. Jetzt versuchte er seinerseits, seine besten Moves zu zeigen. Anna sah das wachsende Interesse in den Augen ihrer Freundin, während der Blonde seinen Körper im Rhythmus verbog und dabei seine Muskeln spielen ließ. Sarah animierte ihn nun zu mehr, indem sie im Takt klatschte und ihn auffordernd anschaute. Er setzte seine Hüften ein, schwang sie im Uhrzeigersinn, kippte sie nach vorne und hinten, teils lasziv, teils obszön. Sarah schaute zu Anna und verdrehte die Augen. Anna schüttelte den Kopf und lachte.

Es amüsierte sie, ihrer Freundin beim Flirten zuzusehen. Früher hatten sie oft zusammen den Männern den Kopf verdreht. Auch wenn sich daraus nie etwas ergeben hatte, hatte Anna es stets genossen. Sie liebte dieses Kribbeln im Bauch. Seit sie mit Simon zusammen war, hatte sie das Flirten mit anderen Männern aufgegeben. Simon flirtete mit ihr auf eine Weise, die das Bauchkribbeln am Leben hielt. Doch in letzter Zeit hatte es nachgelassen. Als sie in Sarahs leuchtende Augen schaute, merkte sie, wie sehr sie dieses Gefühl vermisste. Simon war spröde geworden. Zu Beginn ihrer Beziehung hatte er ihr oft Komplimente gemacht, spontan und auf eine neckische Art. In den letzten Monaten aber wirkten sie gezwungen. Sie lösten genau das Gegenteil aus. Da war kein Kribbeln mehr, sondern jedes Mal ein Verdacht, dass er etwas gutmachen wollte.

Während Sarah immer enger mit dem Feuerwehrmann tanzte, konzentrierte sich Anna auf ihre eigenen Bewegungen. Sie ließ sich in die Musik fallen und von den Klängen tragen.

Sie drehte sich um ihre eigene Achse und mit jeder Drehung kam sie mehr bei sich an. Die Menschen um sie herum verschwammen zu einer eintönigen Masse. Sie war allein. Die Welt wurde von ihren Bewegungen, ihren Beinen, ihrem Rhythmus zusammengehalten. Anna verwarf jeden Gedanken an Termine und To-do-Listen, an Abmachungen und Fristen. Ruhe breitete sich in ihrem Inneren aus. Mit einem Mal hatte sie einen klaren Blick auf all ihre Probleme: Sie würden sich in Wohlgefallen auflösen. Anna tanzte sie einfach weg, den Stress mit Simon, ihre Probleme bei der Jobsuche, ihre fehlende Perspektive.

Sie ließ sich auf einer Welle dahingleiten und zum ersten Mal seit einer Ewigkeit lächelte sie wieder. Ein echtes Lächeln, das direkt aus ihrem Herzen kam. Als sie ihre Augen öffnete, waren die Farben intensiver, die Lichter heller und die Schatten dunkler. Alles war echter. Sie hatte den Schleier gelüftet und erblickte die Welt, wie sie wirklich war.

Anna hielt ihre Augen geschlossen und ließ sich von der Musik leiten, als jemand von hinten den Arm um sie schlang. Sie roch sein Parfüm und ihr Herz tat einen kleinen Sprung. In seiner Umarmung lag etwas Vertrautes, das sie nur von ihm kannte. Anders als bei anderen Männern oder bei ihrer besten Freundin oder ihrer Familie.

Sie drehte sich um und lächelte. »Hast du es dir anders überlegt?«

Ihr Herz machte einen weiteren Sprung. Er war da. Er war über seinen Schatten gesprungen, hatte seine Limonade weggestellt und war zu ihr gekommen, um mit ihr zu tanzen. Er war zurückgekehrt. Freudig ergriff sie seine Hände und küsste ihn. Simon erwiderte ihren Kuss, innig und sanft. Beinahe fremd, als würden sie sich zum ersten Mal küssen, was ihr ebenso ernüchternd wie aufregend vorkam. Doch anstatt sich für eines dieser zwei Gefühle zu entscheiden, begann sie, ihre Hüften im Takt der Musik zu schwingen.

Da Simon so nah bei ihr stand, seine Hüften die ihren berührten und Anna ihre Finger mit den seinen verschränkt hatte, musste er sich ebenfalls bewegen. Schwerfällig wie ein Öltanker fing er zu tanzen an. Anna bewegte sich vor und zurück, ging zwei Schritte nach hinten und wieder zwei Schritte auf Simon zu. Sie schaute in seine Augen, um ihm zu sagen, dass er ihr folgen sollte. Sie hob einen Arm in die Höhe und drehte sich darunter um ihre eigene Achse. Sie kam ihm wieder nahe, küsste ihn ins Gesicht und drückte fest seine Hände.

Doch Simon blieb unbeweglich. Wenn Anna genau hinsah, konnte sie eine Rotation in seiner Hüfte erkennen. Sein rechter Fuß wippte leicht im Takt, aber nur mit der Ferse, sein Ballen blieb wie festgeklebt am Boden. Sein Kopf nickte synchron mit dem Fuß. Und das war alles. Das war Simons Tanz.

Anna drehte sich und umgarnte ihn. Sie tanzte um ihn herum. Immer wieder küsste sie ihn, was er auch erwiderte. Einmal zog er sie gar heran, indem er ihre Taille mit festem Griff umfasste. Stürmisch fuhr er durch ihr Haar, strich ihr über die Wange, aber es war zu schnell wieder vorbei und kam ihr nur wie ein Windhauch vor.

Sie überlegte, womit sie ihn noch erreichen konnte. Sie fühlte, dass er zu ihr kommen wollte, mit ihr tanzen wollte, doch sein Körper gehorchte ihm nicht. Lass dich fallen, hätte sie ihm sagen wollen, aber was hätte das genutzt? Er wusste, wohin er wollte, doch er fand den Weg nicht. Sie versuchte, es ihm zu zeigen. Sie bot alle ihre Künste an, bewegte sich auf jede erdenkliche Weise, setzte jedes Gelenk ihres Körpers ein. Sie wollte ihm zeigen, wie es war, geschmeidig zu sein, die Musik zum Herrn und ihren Körper zum Sklaven zu machen und am Ende doch zu gewinnen.

Als Simon von der Toilette zurückkehrte, stellte er erleichtert fest, dass der Großonkel-Cousin verschwunden war. Simon ging zur Bar und bestellte noch eine Bionade. Neben ihm stand das Mädchen mit den blonden Haaren, das er vorhin schon gesehen hatte, als er die Jacken zur Garderobe brachte. Sie hatte sich vorgestellt, aber Simon hatte ihren Namen wieder vergessen.

»Na, hast du Spaß?«, fragte sie jetzt.

Simon schaute sie an. Was wollte sie von ihm? Sah er so erbärmlich aus, dass sie ihm von Weitem ansah, wie deplaziert er sich hier vorkam?

»Ja, eine tolle Party«, sagte er. »Sebastian versteht es, zu feiern.«

Oh Mann, wie plump! Offenbar hatte ihm die Bionade den ganzen Charme aus seinem Hirn gespült. Aber sie schien sich nicht daran zu stören, sondern schaute lächelnd in die Ferne, als würde sie in der Erinnerung an frühere Partys schwelgen.

»Ja, das stimmt.« Sie drehte sich zu ihm und griff nach ihrem Weinglas. »Hast du Lust zu tanzen?«

»Nee, danke.«

»Ach, komm schon.«

»Nee, lass mich in Ruhe«, hörte Simon sich sagen. Er konnte kaum glauben, dass diese Worte aus seinem Mund kamen.

Das Mädchen schaute ihn irritiert an, erwiderte aber nichts.

Das Schlimme an der Bionade war, dass er selbst mitbekam, was er für einen Unsinn redete. Unter Alkoholeinfluss hingegen verschwamm alles, auch die eigene Einschätzung des Gesagten. Die Blondine würde das nicht verstehen. Sie hatte schon zu viel getrunken, das sah er sofort, als er ihr tief in die Augen schaute. Überdies hatte er auch keine Lust. Er wollte mit so was keine Zeit verplempern.

Sie hatte den Blickkontakt missdeutet und streichelte Simon über den Arm. »Ach, komm schon. Das ist mein Lieblingslied.«

Einen Moment später sprang sie schon auf die Tanzfläche und bewegte sich großzügig zum Rhythmus des Songs. Sie schien ihn bereits vergessen zu haben.

Beruhigt trank Simon aus seiner Bionade. Noch mal davongekommen. Er schaute ihr belustigt zu und fragte sich, warum sie ihn überhaupt angesprochen hatte. Mal angenommen, sie war nicht so betrunken, dass sie komplett wahllos geworden war. Dann musste sie in ihm etwas entdeckt haben – einen Funken Spaß oder ein Fitzelchen Lust auf diese Party und auf das Tanzen. Das Feuer war noch da. Es pausierte nur.

Während er darüber grübelte, wie viele Liter Bier er ohne den Marathon jetzt schon getrunken hätte, fiel sein Blick auf Anna in der Mitte der Tanzfläche. Sie sah ihn ebenfalls und winkte ihm fröhlich zu. Simon lächelte zurück, glücklich mit dem Gedanken, dass seine Freundin ihren Spaß hatte.

Sie schien ihn nicht zu vermissen. Diesen Gesichtsausdruck hatte er lange nicht mehr bei ihr gesehen. Alle Sorgenfalten waren verschwunden. Sarah und sie schauten sich an und lachten laut auf. Es war ein befreites Lachen, das alle Bekümmerungen der letzten Monate vergessen ließ. Es folgte ein langsameres Lied. Anna wiegte sich mit geschlossenen Augen im Rhythmus. Mit stummen Lippen sang sie den Text mit und ein kleines Lächeln umspielte ihre Mundwinkel. Als wäre sie kurz davor, in den Himmel der Glückseligkeit aufzusteigen. Aber vielleicht war es auch einfach nur der Alkohol, der sie vergessen ließ.

Neben ihr tanzte Sarah. Sie versuchte, einen von Sebastians Freunden auf sich aufmerksam zu machen. Unermüdlich zwinkerte sie dem Objekt ihrer Begierde zu. Mit Erfolg, denn nach kurzer Zeit war der Abstand zwischen den beiden auf wenige Zentimeter geschrumpft. Im Einklang mit der Musik bewegten sich ihre Körper abwechselnd aufeinander zu und wieder weg. Sarah drehte sich mit dem Rücken zu ihm. Er fasste an ihre Hüfte und zog sie zu sich heran. Sie bewegten sich nun gemeinsam im Takt. Ein wenig erregt schaute Simon den beiden zu. Immer wieder entfernte sich Sarah von ihrem Tanzpartner, nur um ihn dann neckisch heranzulocken. Er spielte den scheinbar Unbekümmerten. Er ist die Sonne, wir sind die Planeten, dachte Simon. Alles dreht sich um ihn, angetrieben durch seine Anziehungskraft.

Doch es war nur Show. In Wahrheit waren seine Bewegungen nicht willkürlich. Sie folgten dem Zweck, sich Sarah anzunähern, und so schob er sich mit jedem Akkord an sie heran, bis sie wieder eng zusammen tanzten. Sie berührten sich nicht, während sich ihre Körper im Takt der Musik umschlängelten, aber zwischen sie hätte kaum mehr als ein Blatt Papier gepasst.

Fasziniert schaute Simon den beiden zu. Nun bekam er doch Lust zu tanzen. Er stellte die leere Bionadeflasche auf den Tresen und steuerte seine Freundin an. Mit festem Blick suchte er sich seinen Weg durch die dichte Menge tanzender Körper.

Anna strahlte ihn an, als hätte sie sich in diesem Moment in ihn verliebt. Sie drehte sich in seinen Armen und küsste ihn. Er wollte den Kuss erwidern, doch sie war schon wieder einen Schritt zurückgegangen. Mit ihren Bewegungen forderte sie ihn auf, mit ihr zu tanzen. Simon versuchte, in ihren Rhythmus einzusteigen, aber er fand seinen Einsatzpunkt nicht. Der Takt versteckte sich vor ihm.

Um nicht gegen die Musik zu tanzen, schaltete Simon in den Wartemodus und tippte lediglich leicht mit dem Fuß. Er versuchte, seine Unsicherheit mit einem Lächeln zu überspielen, das Understatement ausdrücken sollte. Doch in Annas Gesicht zeichnete sich schnell jener Gesichtsausdruck ab, den er in den letzten Monaten so häufig gesehen hatte. Eine kalte

Faust umklammerte sein Herz. Jetzt oder nie, dachte er, jetzt muss ich tanzen, wie ich noch nie getanzt habe.

Simon begann, sich im Rhythmus zu bewegen. Dabei lauschte er nicht mehr der Musik, sondern folgte Annas Bewegungen. Doch ohne Alkohol im Blut hatte er Mühe, locker zu werden. Er musste daran denken, dass ihm das Tanzen die Beine schwer machen würde. Stattdessen wäre es besser, zu sitzen oder zu liegen, damit er sich für den morgigen Halbmarathon ausruhen konnte. Doch Annas fordernder Blick brachte ihm den Fokus zurück. Er musste tanzen.

Wieder versuchte er es, aber mehr als ein paar hölzerne Schritte brachte er nicht zustande. Offenbar hatte er durch das viele Training an Geschmeidigkeit eingebüßt. Seine Knie sträubten sich gegen seitliche Bewegungen. Beugen war kein Problem, also beschränkte er sich darauf, zu wippen. Seine Arme schwangen parallel zum Oberkörper, wie beim Laufen, aber hier total fehl am Platz. Simon wollte sie vor seinem Körper hin und her schwingen, aber das sah ziemlich bescheuert aus. Und einfach nur runterhängen lassen? Nein, das ging auch nicht. Was hatte er früher mit seinen Armen beim Tanzen gemacht?

Je mehr er darüber nachdachte, desto mehr kam er aus dem Takt. So machte Tanzen keinen Spaß. Außerdem musste er wieder pinkeln. Wut kochte in ihm hoch. Beides ging nicht, Party und Marathonvorbereitung passten nicht zusammen. Sein kümmerlicher Tanzversuch zeigte es ihm eindeutig auf. Er musste sich für eine Sache entscheiden. Hatte Christian recht gehabt, als er sagte, dass er sich nicht ablenken lassen durfte? Das konnte doch nicht sein. Es musste doch eine Möglichkeit geben, wie er den Marathon laufen und trotzdem mit seiner Freundin feiern konnte.

Wutentbrannt stürmte Simon von der Tanzfläche. Er lief zur Garderobe im Eingangsbereich, setzte sich auf einen Stuhl und beruhigte sich erst mal. Es war nichts passiert, redete er sich ein. Anna hatte Spaß. Er musste nur reingehen und mit ihr tanzen. Doch so sehr Simon auch wollte, er konnte nicht aufstehen. Sein Gewissen sagte ihm, dass er nach Hause gehen sollte. Wenn er jetzt weiter feierte, wäre er morgen total zerstört. Die Energie, die er heute investierte, würde ihm auf den einundzwanzig Kilometern fehlen. Auch wenn Christian ihn begleiten wollte, würde es sehr anstrengend werden. Auf keinen Fall durfte er völlig übermüdet sein.

»Da bist du ja!« Anna kam lächelnd auf ihn zu. Sie war außer Puste und ein wenig verschwitzt. Doch eine Pause schien nicht möglich, jetzt lief schon wieder eines ihrer Lieblingslieder. Sie wollte zurück auf die Tanzfläche.

»Komm mit«, sie zog an seinem Arm.

Doch Simon blieb sitzen und sah auf die Uhr. »Ich gehe nach Hause.«

Sofort verschwand alle Glückseligkeit aus ihrem Blick. Er schaute wieder in das Gesicht, das seit Wochen eine Mischung aus Verärgerung und Trauer zeigte. Simon sagte nichts weiter. Sie kannte alle Argumente, sie hatten sie zahllose Male ausgetauscht.

Sarah kam zu ihnen heraus und hob fragend die Hände. »Was ist los?«

Anna antwortete an seiner Stelle: »Simon will nach Hause gehen.«

»Warum? Es ist doch erst halb zwölf.«

»Er läuft morgen einen Halbmarathon.«

»Ja, und? Das ist doch erst morgen.«

Anna zuckte mit den Schultern.

»Gehst du etwa auch?«

»Nein, Anna kann noch bleiben«, antwortete Simon für sie.

»Jetzt verstehe ich, was du meintest.« Sarah schüttelte den Kopf.

»Was?«, fragte Simon.

»Anna hat erzählt, dass du heute gar nicht erst kommen wolltest, weil dir dein Marathon wichtiger ist. Und jetzt willst du verschwinden, wenn die Party im vollen Gange ist. Wir haben Spaß. Amüsier dich doch mal!«

»Ich bin hier und habe getanzt. Ich hatte Spaß und jetzt gehe ich.«

»Aber die Party ist längst nicht vorbei. Du kannst noch mehr Spaß haben. Und Anna würde sich freuen, wenn du bleibst.«

Simon schaute zu Anna, die nickte.

»Nein, für mich ist die Party zu Ende. Ich muss morgen früh raus.«

»Das sagtest du bereits.« Sarah ließ nicht locker.

»Ja, weil es so ist. Die Party ist super, aber ich kann halt nicht länger bleiben. Ich muss meinen Plan einhalten.«

»Es geht immer nur um deinen Plan!«, platzte es aus Anna heraus. Sie wollte sich wegdrehen, aber Sarah hielt sie am Arm fest.

»Simon, wir wollen, dass du noch bleibst. Anna will das.« Sie versuchte, zu vermitteln.

»Ich verstehe das, aber es geht nicht. Der morgige Wettkampf wird nicht einfach. Ich will möglichst im Marathontempo laufen, und dazu muss ich fit sein.«

»Ist es nicht eine viel größere Leistung, wenn du noch mit uns weiterfeierst? Ausgeschlafen kann das doch jeder.« Sarah versuchte wirklich alles, um ihn zu überreden.

»Es geht nicht darum, morgen irgendetwas zu beweisen. Es ist ein Vorbereitungswettkampf. Ich muss ihn unter den annähernd gleichen Bedingungen absolvieren wie den Marathon in vier Wochen. Nur so kann ich testen, wie mein Körper reagiert. Und vor dem Marathon werde ich ganz bestimmt nicht feiern gehen!«

Anna schaute Sarah mit einem Blick an, der zu sagen schien: Siehste, habe ich doch gesagt.

Sarah schüttelte den Kopf. »Vergiss doch einmal den morgigen Tag und denk an jetzt. Was willst du jetzt machen?«

»Ich kann nicht so denken, ich muss meinen Plan einhalten. Wenn ich jetzt tanze und trinke, gefährde ich den ganzen Marathon. Ich muss dafür Opfer bringen.«

»Es ist nicht alles planbar. Lass dich mal fallen, Simon. Du kannst doch nicht dein ganzes Leben für den Marathon opfern.«

»Mein ganzes Leben? Ich bin doch hier. Was wollt ihr denn noch?«

Anna hatte bislang mit versteinerter Miene zugehört. Nun drehte sie sich um und ging zurück in den Gastraum. Sie überquerte die Tanzfläche und bog in Richtung der Toiletten ab. Kurz vor der Tür machte sie kehrt, steuerte einen leeren Tisch an und setzte sich auf einen Stuhl.

Ihre Gedanken rasten. Sie überlegte kurz, ob sie weinen müsste, aber sie realisierte, dass es nur der Schock war. In Wirklichkeit war sie sauer. Sie verfluchte Simon und hoffte, er würde verschwinden. Bis jetzt hatte ihr die Party Spaß gemacht, doch Simon musste ja wieder mit seinem Marathon anfangen. Warum zog er alle anderen immer mit rein? Egoistisch wie er war, konnte er nicht mal für ein paar Stunden über seinen Schatten springen. Einfach mal ein bisschen locker sein. Ein einziger Abend würde seinen Marathon sicher nicht gefährden. Morgen früh könnte er doch trotzdem mitlaufen.

Anna schnaubte. Sie merkte, dass sie nur einen Weg für ihn suchte, wie er heute Abend mit ihr feiern konnte. Aber war das ihre Aufgabe? Sie wollte nicht allein dafür verantwortlich sein, Simon sollte seinen Teil dazu beitragen. Er wollte Marathon laufen, dann sollte er auch schauen, wie er das Leben drum herum geregelt bekam. Anna jedenfalls würde daran keinen Gedanken mehr verschwenden. Zumindest heute nicht. Heute Abend wollte sie feiern und alles vergessen, was in den letzten Monaten geschehen war. Das hatte sie verdient. Eigentlich hatte sie auch verdient, dass ihr Freund mit ihr feierte.

»Ist alles okay?«

Anna hob den Kopf und merkte, dass sie zwei Tränen im Auge hatte. Wütend wischte sie sie mit der Hand weg. Vor ihr stand der Typ, den Sarah vorhin angetanzt hatte. Wie war noch mal sein Name? Ach ja, Alex.

»Du sitzt hier so alleine rum. Erst dachte ich, du musst kotzen. Aber du siehst irgendwie traurig aus.«

Anna war erstaunt über seine Beobachtung. Sie hätte ihm so viel Sensibilität nicht zugetraut. Vielleicht war es der Alkohol. Oder es lag daran, dass sie, wie Sarah, nur auf seinen Körper geachtet hatte.

»Ich … nein, es ist alles okay.«

Er sah wirklich attraktiv aus. Jetzt, wo er direkt vor ihr stand, fiel es ihr wieder auf. Er war muskulös, aber nicht aufgepumpt. Unter seinem hautengen T-Shirt zeichnete sich der Ansatz eines Sixpacks ab. Simon war ebenfalls drahtig, aber Alex war athletischer.

»Ich brauche nur eine kurze Pause.«

»Soll ich dir was zu trinken holen?«

»Ja, ein Wasser wäre gut.«

Alex lächelte ihr zu. »Kommt sofort.«

Anna schaute ihm hinterher, als er zur Theke ging. Kommensurabel, war ihr Gedanke. Oder wie ein Blick zurück in eine bessere, einfachere, aufregendere Zeit. Doch bevor sie weiterdachte, stoppte sie sich. Es gefiel ihr, dass dieser Typ ihr etwas zu trinken holte. Sie wollte sich nicht dafür hassen, dass ihr Freund ihr momentan egal war. Alex war zu ihr gekommen, das schmeichelte ihr, aber mehr war es nicht. Es hatte nichts damit zu tun, dass sie sich über Simon ärgerte, weil er gerade auf dem Weg nach Hause war und sie auf der Party alleine gelassen hatte. Er war nicht da und konnte ihr kein Wasser bringen. Das war der einzige Zusammenhang.

Alex kam mit einem Glas Wasser und zwei Shots zurück. Lächelnd stellte er alles neben Anna auf den Tisch.

»Mir kam es so vor, als würdest du mehr als nur Wasser brauchen.«

»Simon, hör mal zu. Mach dich mal ein bisschen locker«, sagte Sarah und trat auf ihn zu. »Vergiss für ein paar Stunden alles, was da draußen ist. Geh mal richtig steil, lass alle Hemmungen fallen, hau auf die Kacke, verdammter Scheiß!«

»Aber …« Er wollte widersprechen, doch Sarah unterbrach ihn.

»Du musst mal wieder ausrasten. So richtig durchdrehen. Tu es für Anna. Macht die Nacht durch. Kauft euch eine Flasche Wodka, legt euch auf die Wiese und besauft euch. Ich besorge euch einen Joint. Vergesst das Heute, bis es morgen ist.«

»Wir sind keine Sechzehn mehr.«

»Aber auch noch keine Fünfzig. Das Leben ist mehr als nur Arbeit und Marathon.«

Simon wandte seinen Kopf ab und starrte auf die Jacken an der Garderobe. Sarah hatte recht, er vermisste sein normales Leben. Ein Teil in ihm wollte jetzt ein Bier trinken und mit Anna tanzen. Sie in seinen Armen drehen, bis sie beide erschöpft nach Hause gingen und im Bett übereinander herfielen. Gott, wie lange war es her, dass sie miteinander geschlafen hatten?

Er schaute zu Sarah. Sie blickte ihn herausfordernd an. Nein, das war genau der Moment, an dem er sonst immer eingeknickt war. Er durfte jetzt nicht schwach werden.

»Es geht nicht anders. Natürlich schaffe ich den Marathon auch, wenn ich mich heute Abend besaufe. Aber ich will sehen, ob es ich auch ohne kann. Das Leben ist voller Ablenkungen, nur dieses eine Mal will ich mich ganz auf das Ziel fokussieren und alles andere vergessen. Bald habe ich den Marathon hinter mir, dann können wir wieder feiern und Alkohol trinken und alles nachholen.«

Sarah trat nah an ihn heran.

»Simon, hör mal zu. Ich bin Annas beste Freundin und weiß, wie es ihr momentan geht. Anscheinend ist es dir entgangen, dass sie gerade ihr komplettes Leben hinterfragt. Sie überlegt, wo sie sich bewerben soll, ob hier in Frankfurt oder woanders. Vielleicht findet sie ihren Traumjob in Berlin, Hamburg oder München. Wie geht es dann mit euch weiter? Würdest du mitgehen oder trennt ihr euch? Du verzichtest für deinen Marathon nicht nur auf Alkohol und Spaß. Du opferst gerade deine Beziehung! Und Anna tut alles, um sie zu retten. Zwischen euch hat sich eine Distanz aufgebaut, die sie zu überwinden versucht.«

Simon stand von seinem Stuhl auf. »Was weißt du eigentlich, Sarah? Wie willst du das beurteilen? Du konntest doch nicht mal deine eigene Beziehung retten. Also misch dich nicht bei uns ein.«

Er war ein bisschen lauter geworden, sodass Sarah einen Schritt zurückgewichen war. Vor ein paar Minuten schien sie noch betrunken zu sein, doch mit einem Mal war sie nüchtern.

»Ja, das stimmt. Ich bin nicht die Richtige, um euch zu beraten. Aber ich kann einen Blick von außen darauf werfen. Für mich seid ihr das perfekte Paar. Selbst in meinen glücklichsten Zeiten mit Matthias habe ich zu euch aufgeschaut und mich gefragt, wie ich nur einen Teil von dem haben könnte, was ihr habt. Doch jetzt ist ein Riss in eurem Gefüge. Ich weiß nicht, wo der herkommt. Vielleicht liegt es nicht nur am

Marathon, das spielt auch keine Rolle. Hauptsache ist, ihr müsst wieder zusammenfinden, Simon!«

Sarah sah ihn ernst an. Ihm wurde klar, wie sehr sie noch unter ihrer Trennung litt. Auf der Tanzfläche spielte sie den fröhlichen Single auf Männerfang. Aber in ihrem Innern wollte sie etwas anderes. Sie vermisste nicht Matthias, sie sehnte sich nach einer glücklichen Beziehung.

War das Simons Problem? Nein. Er war nicht für Sarahs Seelenfrieden zuständig. Vor allem würde er jetzt nicht zu Anna gehen, nur um Sarah glücklich zu machen.

»Das werden wir, Sarah. Aber nicht heute Abend. Ich gehe jetzt, weil ich morgen einen Halbmarathon laufe, und ihr feiert weiter.«

Simon nahm seine Jacke vom Haken und blickte Sarah eindringlich an. »Noch eins, Sarah: Halt dich aus unserer Beziehung raus. Ich will nicht, dass du Anna irgendwelche Flausen in den Kopf setzt, nur weil du selbst unglücklich bist. Zieh Anna nicht mit in den Abgrund.«

Erschrocken schaute sie ihn an. Bevor sie antworten konnte, war Simon aus der Tür.

Draußen stand Sebastian, der gerade eine Zigarette rauchte. Simon bedankte sich für die tolle Feier und wünschte ihm noch einen schönen Abend.

»Gehst du schon?« In Sebastians Gesicht lag eine Mischung aus Verwunderung und Empörung.

»Ja«, antwortete Simon kurz. »Feiert noch schön.«

Er hatte keine Lust, wieder dieselbe Diskussion zu führen. Außerdem musste er sich vor seinem Freund immer rechtfertigen, wenn er eine Party verließ, unabhängig von der Uhrzeit. Solange Sebastian nicht besoffen unter einem Tisch oder auf einem Mädchen lag, ließ er ihn nie ohne Widerrede ziehen.

Schweigend zog Simon seine Jacke an und ging. Es hatte zu regnen begonnen. Wunderbar, jetzt holte er sich vielleicht noch eine Erkältung.

»Und dann habe ich denen gesagt, dass sie mich alle mal können.«

Es war der fünfte oder sechste Tequila. Nach dem dritten hatte Anna angefangen, von ihrer Kündigung zu erzählen. Alex hatte ihr seine Unterstützung zugesichert, falls es noch ein Nachspiel gäbe. Er würde ihrem Chef und dem Betriebsrat persönlich in den Arsch treten.

Alex erklärte, dass er selbst gerade den Job gewechselt hatte, weil der Chef in seinem alten Betrieb so ein Wichser gewesen sei. Der neue Boss sei auch nicht besser, aber die Kollegen seien in Ordnung. Hin und wieder seien Veränderungen notwendig, sonst würde man immer nur das Gleiche machen, und das sei auch irgendwie scheiße.

Anna glaubte, er wollte noch etwas Geistreiches ergänzen. Aber stattdessen trank er einen weiteren Tequila.

Trotzdem fühlte sie sich auf eine merkwürdige Weise von ihm verstanden. Sie wunderte sich darüber, denn sie hatte ihn vorher für einen hirnlosen Muskelprotz gehalten. Sie hätte ihm nicht zugetraut, dass er zu einem solchen Gespräch fähig wäre. Der Alkohol tat zwar seine Wirkung, aber sie war noch nüchtern genug, um zu realisieren, dass sie mit ihm besser reden konnte als mit Simon momentan.

Alex hatte mehrmals nach ihrem Freund gefragt. Anna wollte mit ihm nicht über ihre Beziehung sprechen und antwortete jedes Mal ausweichend. Er verstand es wohl als Aufforderung und rückte immer näher an sie heran. Sie konnte sein Parfüm riechen, als er seinen Arm halb um sie legte. Unvermittelt stand sie auf.

»Lass uns noch mal eine Runde tanzen.« Sie verschwand in Richtung Tanzfläche.

Das Lokal hatte sich mittlerweile ein wenig geleert, aber die Party war noch im vollen Gange. Anna schaute sich um, doch sie konnte Sarah nirgendwo entdecken. Hinter ihrem Rücken spürte sie, wie Alex sie antanzte. Was soll's, dachte sie sich, und drehte sich um.

Der Tequila schien ihn beflügelt zu haben, denn Alex tanzte deutlich unverkrampfter als vorhin mit Sarah. Seine Bewegungen waren geschmeidig und kraftvoll. Er fasste Annas Hand und ließ sie eine Drehung ausführen. Danach tanzte er mit ihr ein paar Schritte Discofox, als hätte er in seinem Leben nie etwas anderes gemacht. Es kam ihr alles so natürlich vor. Sie schloss die Augen und ließ den Moment auf sich wirken. Die Klänge glitten durch ihren Körper und stimulierten ihre Muskeln, die sich beinahe von alleine bewegten. Ohne die Musik hätten ihre Bewegungen zufällig und ziellos ausgesehen, vielleicht sogar chaotisch. Für Anna gab es kein vorher und nachher mehr. Es schien, als ob ihr Körper zu jeder Zeit an jedem Ort war, so sehr füllte sie die Tanzfläche aus.

Mit ihrem Tanzpartner spürte sie die vollkommene Harmonie. Sie ließ die Augen geschlossen und gab sich der Führung seiner starken Arme hin. Durch den Dunst des Alkohols fühlte Anna eine Wärme in sich, die sie von früher kannte. Unglaublich, dachte sie, so haben wir schon lange nicht mehr miteinander getanzt … Sie drehte sich zu ihm und öffnete die Augen. Kurz erschrak sie, als sie in Alex' Gesicht blickte. Hatte sie gerade an Simon gedacht? Ja, sie hatte sich vorgestellt, wie sie mit ihrem Freund tanzte und nicht mit dem flirtenden Alex, der nun offensichtlich die Wirkung des Alkohols spürte. Anspannung lag in seinen Gesichtszügen, während er versuchte, seine erschlaffenden Glieder weiterhin eloquent zu bewegen. Anna musste schmunzeln. Sie fand es süß, wie er sich anstrengte.

Sie tanzten so lange, bis Anna nicht mehr konnte. Ob es Minuten oder Stunden gewesen waren, vermochte sie nicht zu sagen. Jetzt fühlte sie sich plötzlich müde und erschöpft, als hätte jemand den Stecker gezogen. Alex bot ihr noch einen Tequila an, aber sie lehnte mit der Begründung ab, dass sie nun nach Hause gehen wollte. Er folgte ihr zum Ausgang.

Anna drehte sich zu ihm um. »Danke schön.«

Sie hauchte die Worte nur, aber trotz der Musik kamen sie bei ihm an. Für einen Augenblick befanden sich beide unter einer unsichtbaren Glocke, abgeschirmt von der Außenwelt. Anna lehnte sich nach vorne und gab ihm einen Kuss. Er öffnete seinen Mund und ihre Zungen trafen sich. Nach drei Sekunden zerbrach die Glocke und Anna zuckte zurück. Ein Schauer lief über ihren Rücken. Sie drehte sich um und verschwand durch die Tür.

Im Vorraum sah sie Sarah, die mit Sebastian knutschte. Er hatte seine Hände auf ihren Hintern gelegt und sie wuschelte mit ihren Fingern durch seine Haare. Anna verzichtete darauf, sich von beiden zu verabschieden, und trat in die Nacht hinaus. Ihre Uhr zeigte kurz nach drei.

KILOMETER EINUNDDREIßIG

MAINZER LANDSTRAßE

Habe ich vorhin gedacht, dass alles ganz leicht ist? Dass ich ewig weiterlaufen könnte? Welchen Fantasien habe ich mich da nur hingegeben? Es ist alles andere als leicht. Vor mir liegt Kilometer einunddreißig und ich bekomme gerade Probleme.

Okay, wenn ich ehrlich bin, habe ich vorhin schon etwas gemerkt. Als ich die Bolongarostraße hochgelaufen bin, wurden meine Beine schwer. Vielleicht bin ich im Eifer des Gefechts doch schneller geworden? Nein, ich habe die Zwischenzeiten jeden Kilometer geprüft. Ich war konstant unterwegs, aber es wurde mühsamer. So richtig habe ich das nicht mitbekommen, denn die vielen Menschen und die gute Stimmung und die Musik haben mich getragen.

Ich habe keine Probleme gespürt. Mein Körper und ich waren eins. In vollkommenem Einklang mit mir selbst bin ich gelaufen und nichts hätte mich stoppen können. Ich konnte mir keine Grenzen vorstellen, die ich nicht hätte überwinden können. Wenn es so etwas wie Freiheit gibt, dann war ich ihr wieder ganz nahe. Die Welt stand mir offen.

Dass es doch Grenzen gibt, realisiere ich jetzt, wo meine Beine anfangen zu schreien. Es ist kein Gefühl des Schmerzes, das von ihnen ausgeht. Aber sie rufen immer lauter, wie zwei quengelnde Kinder auf der Rückbank während einer langen Autofahrt:

»Sind wir bald da?«

»Es ist nur noch bis da vorne«, versuche ich sie zu beruhigen. »Ich kann das Ziel schon fast sehen.«

Natürlich spreche ich nicht laut mit ihnen. Die Menschen um mich herum würden mich für verrückt halten. Vielleicht tun sie das schon, weil ich Marathon laufe. Aber ich will es nicht auf die Spitze treiben. Ich trete in einen inneren Dialog mit meinem Körper. Und der fängt damit an, dass ich meine Beine anlüge. Natürlich ist es noch ein ganzes Stück bis ins Ziel, ungefähr elf Kilometer, aber das können meine Beine nicht wissen. Für das Erste scheint ihnen die Erklärung zu genügen. Sie laufen weiter. Aber das geht nicht lange gut.

»Sind wir bald da?«

Als hätten sie das Gedächtnis eines Goldfischs. Sie untermalen ihr Schreien nun durch ein Ziehen im Oberschenkel. Es fühlt sich an, als würde eine Sehne oberhalb des Knies auf blankem Knochen schaben. Ich verkürze meinen Schritt ein wenig und das Gefühl verschwindet.

»Ist das euer Ernst? Die Strecke sind wir im Training mehrmals gelaufen. Ihr könnt doch unmöglich jetzt schon schlappmachen. Tragt mich nur noch ein paar Kilometer und dann haben wir es geschafft. Und im Ziel bekommt ihr eine schöne Massage.«

Das beruhigt meine Beine und mich ein bisschen. Der Gedanke an das Ziel gibt mir neuen Rückenwind. Es ist nicht so, dass mir die Kraft ausgeht, aber meine Beine werden tatsächlich mit jedem Schritt ein bisschen schwerer. Ich kann es ihnen nicht verübeln, jetzt wird es hart. Aber das wusste ich vorher und ich habe mir geschworen, nicht aufzugeben. Ich will durchkommen, egal wie.

Ich versuche, mich von dem aktuellen Geschehen abzulenken. Durchkommen, ablenken. Das waren auch die beiden Schlagworte, mit denen ich die beiden Wochen charakterisieren würde, die auf meinen Besuch bei Anna folgten. Nach meinem Gefühlsausbruch auf der Leipziger Straße hatte ich sie eiskalt stehen lassen und war nach Hause gegangen, ohne ihr die Möglichkeit auf eine Antwort zu geben. Ich war unsicher, wie ich reagieren sollte, wenn Anna versuchen würde, mich zu kontaktieren. Sollte ich einfach nicht ans Telefon gehen? Ihre WhatsApp-Nachrichten ignorieren? Die Tür nicht öffnen, wenn sie klingelte? All das zog ich in Erwägung und noch mehr, allein sie meldete sich nicht. Kein Anruf, keine Nachricht, kein Besuch. In mir herrschte wieder ein Zwiespalt – mein Herz verlangte nach ihr, ich war immer noch hoffnungslos verknallt, aber der Kopf appellierte an meinen Stolz. Ich wollte ihr nicht erneut hinterherlaufen. Aber wenn sie sich nicht meldete, wie sollte ich dann meinen Fehler korrigieren? Denn davon war ich überzeugt, dass mein Ausraster auf der Leipziger Straße ein Fehler war.

Eines Abends, als ich müde und hungrig von der Arbeit nach Hause kam, fand ich einen Umschlag im Briefkasten. Die Adresse war in Handschrift notiert. Und während ich im Treppenhaus stand und das verschlossene Kuvert betrachtete, wunderte ich mich, wer heutzutage noch Briefe mit der Hand schrieb. Ich drehte es um und las auf der Rückseite den Absender: Anna Gärtner. Verwirrt starrte ich eine Zeitlang auf ihren Namen. Nun hatte sie sich gemeldet und ich hatte immer noch keine Ahnung, wie ich damit umgehen sollte. Ich drehte den Umschlag erneut und schaute mir noch mal an, wie sie meine

Adresse geschrieben hatte. Anna hatte eine schöne Handschrift und an den geschwungenen Buchstaben war zu sehen, dass sie sich Mühe gegeben hatte.

Ich seufzte. Mit schweren Schritten ging ich die Treppe zu meiner Wohnung hinauf. Ich schloss die Tür auf und legte den Brief zusammen mit meinem Schlüssel auf die Kommode in der Diele. Nachdem ich meine Jacke abgelegt und die Schuhe ausgezogen hatte, erinnerte mich mein knurrender Magen daran, dass ich seit Mittag nichts gegessen hatte. Ich holte eine Packung Nudeln aus dem Schrank und während ich einen Topf mit Wasser füllte, hatte ich den Brief schon vergessen.

Ich dachte erst wieder an ihn, als ich mit leerem Teller und gefülltem Magen am Tisch saß. Meine Gedanken schweiften zu Anna und dann sofort zu ihrem Brief. Ich spähte zur Tür, die in die Diele führte, als könnte ich von meinem Platz erkennen, ob der Umschlag noch da war. Doch ich konnte ihn von dort aus nicht sehen. Ich hätte aufstehen und zur Kommode gehen müssen, um ihn zu holen. Dann hätte ich mich an den Küchentisch setzen und ihn in Ruhe lesen können. Mit der gleichen Ruhe, mit der Anna den Brief geschrieben hatte, wenn ich vom Schriftbild der Adresse auf den gesamten Brief schließen konnte. Es waren nur ein paar Meter, aber irgendwas in mir sagte, dass ich den Inhalt heute Abend nicht wissen wollte. Ich war müde und je nachdem, was sie geschrieben hatte, würde ich die nötige Ruhe nicht aufbringen können.

Ich erhob mich und stellte den Teller ins Spülbecken zu den anderen. Mit einem kurzen Blick vergewisserte ich mich, dass die Kommode in der Diele noch dort stand, wo sie vorher gestanden hatte. Ich prägte mir den Standort ein. Dann ging ich durch die Küchentür, bog scharf ab, um die Kommode möglichst weit zu umgehen, und sah demonstrativ in die andere Richtung. Nicht schauen, ob der Brief noch auf der Kommode lag!

Ich kann heute nicht mehr sagen, wie ich in der Nacht geschlafen hatte. Entweder schlecht oder ausgesprochen gut, aber mit merkwürdigen Träumen. Ich neige dazu, meine Gefühle in Träumen zu verarbeiten, vor allem, wenn ich sie sonst nicht ausleben oder artikulieren kann. Deswegen ist die zweite Variante wahrscheinlicher. Im Rückblick weiß ich nicht mehr, warum ich den Brief nicht sofort gelesen habe. Dann wären mir die nächsten Tage erspart geblieben, in denen ich immer wieder an der Kommode vorbeigeschlichen bin. Mit jedem Mal wurde es schlimmer. Ich stellte mir vor, dass Anna sich fragte, wie lange die Zustellung des Briefes dauerte. Im Grunde bin ich ein netter Kerl und will nicht, dass jemand wegen mir leidet. Wenn man einen Brief bekommt, dann liest man ihn auch, so viel ist man dem Absender schuldig.

Doch ich konnte mich mehrere Tage lang nicht dazu durchringen, den Umschlag zu öffnen. Einige Male war ich kurz davor, indem ich mir vornahm, ihn zwar zu lesen, aber nicht sofort darauf zu reagieren. Erst einmal nur lesen und dann alles sacken lassen. Das war es doch, was Anna mit dem Brief bezweckte. Wenn sie eine sofortige Antwort hätte haben wollen, dann hätte sie angerufen oder jeden anderen Weg der Kommunikation gewählt, der schneller ist als ein Brief, der mit der Deutschen Post geschickt wird.

Aber dann kam mir in den Sinn, dass es auch einen anderen Grund für die Bevorzugung der Schriftform geben könnte. Diese Methode war immer dann nützlich, wenn man jemandem etwas mitteilen wollte, ohne eine Antwort zu erwarten. Vielleicht hoffte man sogar, dass der andere nicht antworten würde. In jedem Fall hatte man schlechte Nachrichten zu überbringen.

Ich spielte den Gedanken durch, dass Anna mir einen Brief geschrieben hatte, um mir mitzuteilen, dass sie weder Interesse an mir noch Gefühle für mich hätte. Dann war ich kurz davor, den Brief ungeöffnet zu zerreißen. Diese Art der Zurückweisung war das Niederträchtigste, das ich mir denken konnte. Hatte Anna nicht einmal den Mut, es mir direkt zu sagen und dazu zu stehen? Klar, ein persönliches Gespräch erfordert einige Anstrengung. Es ist unangenehm, wenn man in die Augen des Gegenübers schaut und sieht, dass in dem Gefüge, das sich dahinter verbirgt, etwas zerbricht, das man nie wieder richten kann, egal was man sagt. Aber es ist das Mindeste, das man erwarten darf. Dass Anna so feige sein sollte und stattdessen einen Brief schrieb, das konnte ich nicht verstehen. Deswegen habe ich den Brief nicht zerrissen. Was natürlich klar ist, denn sonst wären Anna und ich niemals zusammengekommen. Um es vorwegzunehmen, der Brief hat uns zusammengeführt.

Ich habe ihn also nicht zerrissen, weil ich nicht begreifen konnte, warum Anna so niederträchtig sein sollte, wie ich es zwischendurch vermutete. In dieser Lage konnte ich unmöglich das einzige Dokument zerstören, das mir entweder ihre Niedertracht oder ihre Unschuld beweisen könnte. Jetzt könnte man sagen, dass ich mit ihr hart ins Gericht ging, wenn ich von Niedertracht spreche, aber schon bei dem Gedanken an unsere letzte Begegnung fühlte ich mich gedemütigt. Gleichzeitig rief ich mir stetig ins Gedächtnis, dass ich auch streng mit mir selbst war.

Während der Brief weiterhin ungeöffnet auf meiner Kommode lag, meldete sich eine leise Stimme in meinem Kopf, die mir sagte: Das ist es nicht wert. Ich schluckte dieses Gefühl hinunter und schrieb es meinen Genen zu. Die Stimme wollte mir sagen, dass ich mir nicht die Mühe machen sollte, um Anna zu kämpfen. Am Ende würde ich, wie jeder in meiner Familie, nicht nur mich selbst, sondern auch die Zielperson meiner Leidenschaft ins Unglück stürzen. Anna verdiente Besseres.

Und so fasste ich am Ende den Entschluss, Anna doch anzurufen. Ich würde sie fragen, ob sie sich noch mal mit mir treffen wollte. Ja, sie verdiente etwas Besseres, und mein Vorsatz war, dem Schicksal meiner Verwandten zu entgehen und bessere, also glücklichere Beziehungen zu führen. So sagte ich mir: Ich möchte eine glückliche Beziehung führen, und wenn ich alles richtig mache, muss ich nur ein Mal um eine Frau kämpfen, dann sind wir zusammen, und das bleibt auch so. In diesem Fall war es mir die Mühe wert. Selbst wenn das Risiko bestand, dass ich scheitern könnte, es sollte meine Entscheidung nicht abschwächen.

Mit einem naiven Optimismus wählte ich Annas Nummer und sprach mit ihr. Der Brief verschwand irgendwo zwischen meinen alten Unterlagen. Ich habe ihn nie geöffnet. Ich musste ihn nicht öffnen.

Wir gingen zusammen ins Kino. Auf dem Zweierplatz in Reihe acht, Mitte, saßen wir gefangen und gefesselt von der Vorstellung. Von jener auf der Leinwand und jener in unseren Köpfen. Im flackernden Licht sahen wir Ben Affleck in einer Krise, die sich Ehe nannte. Und dagegen schimmerte unser Traum von dem, was wirkliches Glück bedeutete. Nicht alleine durch das Leben laufen, sondern zu zweit. Irgendwo, Hauptsache glücklich.

»Sind wir bald da?«

Meine Beine holen mich in die Realität zurück.

»Tragt mich nur noch bis zum Ende der Mainzer Landstraße. Es ist nicht mehr weit.«

»Das hast du eben schon gesagt, dass es nicht mehr weit ist. Aber wir laufen immer noch.«

»Ja, eben habe ich mich geirrt. Aber jetzt ist es wirklich nicht mehr weit.«

Diese Beine gehen mir langsam auf den Keks.

Ich laufe an einer Musikbühne vorbei, aus deren Boxen ein Lied von »Wir sind Helden« schallt. Judith Holofernes singt von ihren Füßen, Kragen, Kopf und Magen, die sie zur Aufgabe zwingen wollen. Wie passend. Aber so leicht gebe ich mich nicht geschlagen. Bevor meine Beine wieder schreien können, schnauze ich sie an:

»Hört endlich auf rumzujammern! Wofür haben wir so lange trainiert? Damit ihr gleich rumnörgelt, wenn es ein bisschen anstrengend wird? Ihr lauft jetzt so lange, wie ich das sage!«

Das hat geholfen. Meine Beine hören auf zu schreien und winseln nur leise vor sich hin. Und wenn es noch so weh tun sollte, ich laufe einfach weiter. Die Freiheit nehme ich mir. Davon kann mein Körper mich nicht abhalten. Sei das Fleisch auch schwach, der Geist ist willig. Am Ende gewinnt der Geist gegen den Körper, denn die Schmerzen existieren nur in meinem Kopf. Er ist reine Einbildung.

Wie ging noch dieser Motivationsspruch? Der Schmerz geht, sobald der Stolz kommt. Oder so ähnlich. Ich sollte den Schmerz genießen, weil …

In diesem Moment läuft der Ballon mit drei Stunden vierzehn an mir vorbei. Das ist mein Ballon, meine Zielzeit. Der ganze Vorsprung, den ich mir in der ersten Hälfte erkämpft habe, ist aufgebraucht. Jetzt nicht nachgeben, sage ich erst zu mir und dann zu meinen Beinen:

»Seht ihr das? Unser Ballon! Da müssen wir dranbleiben!«

Aber meine Beine haben keine Augen und können den Ballon nicht sehen.

»Was ist los? Wir laufen schon so schnell, wie wir können.«

»Lauft nur ein bisschen schneller. Nehmt das Tempo der Gruppe an. Und in der Menge ist es sowieso weniger anstrengend.«

»Ach ja? Glaubst du, dann läuft es wie von alleine? Als ob uns jemand tragen würde?«

Wenn meine Beine Augen hätten, dann würden sie mich jetzt empört anschauen.

»Was denkst du denn, was wir die ganze Zeit machen? Wir laufen seit über zwei Stunden, während du Schwätzchen mit dir selbst hältst, mit fremden Zöpfen flirtest und über Gott und die Welt philosophierst. Uns reicht das jetzt. Wir hören gleich auf.«

»Nein, das könnt ihr nicht tun! Okay, lassen wir den Ballon ziehen. Wir laufen in unserem jetzigen Tempo weiter. Die Zielzeit ist ohnehin nicht so wichtig. Hauptsache ist, wir kommen durch. Lasst es uns in Würde zu Ende bringen.«

Und damit traben wir dem Ballon hinterher, der eine Minute später schon verschwunden ist. Wir befinden uns jetzt in einem Wohngebiet und auf einem Balkon hat jemand seine Stereoanlage aufgebaut, um die Läufer anzufeuern. Wieder höre ich die Stimme von Judith Holofernes. Das selbe Lied, »Von hier an blind«. Ja, ich weiß auch nicht, wo ich bin.

Wie schnell sich das Glück doch wenden kann. Vor einer Viertelstunde wollte ich noch Bäume ausreißen und jetzt kämpfe ich ums Überleben. Ich habe versucht, meine Beine zu überlisten. Die Müdigkeit ignorieren und einfach weiterlaufen, so habe ich mir das vorgestellt. Aber so einfach ist es nicht. Im Geist kann ich mir unendlich viele Dinge ausmalen, ich kann die höchsten Berge besteigen und das tiefste Meer durchschwimmen. Alles ist möglich, es gibt keine Grenzen. Doch die Realität funktioniert anders. Wenn der Körper erschöpft ist, dann geht es nicht mehr weiter, dann können die Berge sehr wohl zu steil und die Meere zu stürmisch sein. Der Realität kann ich nicht entkommen.

Mein Geist will immer weiterlaufen, als strahlender Held die Ziellinie überqueren, scheinbar ungezeichnet von den

Strapazen. Doch der Körper kennt keine Ideale. Er sucht den einfachsten, schnellsten Weg, sich von der Qual zu erlösen. Wenn es nach ihm ginge, müsste ich gar nicht bis zum Ziel laufen. Wenn ich jetzt stehenbleibe, ist der Schmerz sofort vorbei.

Wie soll das gehen? Das höchste Glück hat der Mensch erreicht, wenn Körper und Geist im Einklang stehen. Jetzt befinden sie sich im Streit, suchen selbstsüchtig nur ihren eigenen Vorteil. Auch wenn ich es ihnen nicht verdenken kann, hilft mir das jetzt nicht weiter. Ich will das hier zum Abschluss bringen.

Es gibt eine letzte Chance. Eine Aussicht auf Erfolg, die nicht im Widerstreit zwischen Geist und Realität liegt, sondern beide miteinander vereint. Wir brauchen ein Abkommen. Der Zauber des Streits ist, dass aus zwei konträren Meinungen etwas Neues entsteht, ein Kompromiss. Dem Körper verschaffe ich Linderung, indem ich das Tempo drossele. Dafür muss ich mein Zeitziel begraben. Ich konzentriere mich darauf, wieder leichtfüßig zu laufen. Ich richte meinen Körper auf und hebe den Kopf. So bewahre ich meine Eitelkeit, denn auch wenn ich nicht mehr so schnell bin, sehe ich wenigstens gut aus. Zur Krönung setze ich ein Lächeln auf.

All das verlangt eine immense Anstrengung. Das meinte Christian, als er mir sagte, dass mein Wille mich am Ende ins Ziel bringt. Doch es sind noch mehr als zehn Kilometer. Ich habe noch fast eine Stunde Laufen vor mir, in der viel passieren kann. Scheint so, als würde der Marathon jetzt so richtig beginnen.

KAPITEL SECHS

LANGER LAUF

Drei Wochen vor dem Marathon absolvierte Simon seinen letzten langen Lauf über knapp fünfunddreißig Kilometer. Es war nicht viel los, als er um halb acht an einem Sonntagmorgen durch Sulzbach lief. An den Straßen schaute er vor dem Überqueren kurz nach links und rechts, aber er musste nicht anhalten, denn es waren keine Autos zu sehen. Er bog rechts in Richtung Sossenheim ab. In einem Bogen führte der Weg zur Autobahn A6. Der Wind trug die Geräusche der vorbeirasenden Autos zu ihm und er hatte den Eindruck, dass er baldigen Regen ankündigte. Nach einer engen Unterführung unter der Autobahn gelangte er in einen Park, der sich direkt an Sossenheim anschloss.

Simon durchquerte den Ort zum großen Teil auf kleinen Fußgängerwegen. Auf seiner Route durch den Frankfurter Stadtteil kam er hauptsächlich an kleinen Einfamilienhäusern vorbei, die den Charakter einer Vorstadtsiedlung vermittelten. Hier sah Sossenheim aus wie ein verschlafenes Dorf, in dem abends um acht die Bürgersteige hochgeklappt wurden. Simon erwartete, dass hinter der nächsten Ecke ein paar Jungs auf der Straße Fußball spielten. Als er beim Überqueren der Hauptverkehrsader »Alt-Sossenheim« nach links und rechts schaute, waren noch immer kaum Autos unterwegs. Die Hochhäuser in der Ferne erinnerten ihn daran, dass der Ort auch eine andere Seite hatte als jene, durch die er gerade gelaufen war.

Hinter Sossenheim lief er wieder über einen Feldweg, bis er an die Nidda kam. Sossenheim grenzt nicht direkt an Frankfurt an, sondern wird durch den Fluss vom eigentlichen Stadtgebiet getrennt. Im letzten Jahrhundert wurde die Nidda an vielen Stellen begradigt und abgesenkt. Dadurch sind die Wege, die an beiden Seiten des Gewässers verlaufen, meist kerzengerade. Das macht sie zur optimalen Laufstrecke, da keine Kurven und Steigungen den Rhythmus stören.

Simon passierte eine Fußgängerbrücke und bog dahinter links ab. Er kontrollierte seine Uhr, die exakt sieben Kilometer und knapp siebenunddreißig Minuten anzeigte. Er lief flussaufwärts und versuchte zu verdrängen, dass er noch nicht einmal ein Viertel der Gesamtstrecke zurückgelegt hatte. Sein Körper schaltete nun in einen Wohlfühlmodus und alle Probleme schienen wie aus einer anderen Welt. Klein und nichtig. Wie er so dahin schwebte, getragen von einer Woge des Gefühls, riechend, schmeckend, sehend, lauschend, wurde ihm alles klar. Es sollte nie mehr aufhören. Heute nicht und morgen auch nicht. Und wenn es doch aufhörte, dann sollte es wiederkommen.

Noch immer waren nur wenige Menschen unterwegs, denn es hatte zu regnen angefangen. Simon passte das gut, denn so konnte er die Einsamkeit und Trostlosigkeit der letzten Kilometer des Marathons bestmöglich simulieren. Der Regen machte ihm an sich nichts aus, er erschwerte das Laufen nicht.

Simon zog vielmehr eine zusätzliche Motivation daraus, indem er daran dachte, dass alle anderen in diesem Moment auf der Couch saßen, während er trainierte. Im Regen verkörpert das Laufen eine grimmige Verwegenheit, die nur den wahrhaft Entschlossenen zu eigen ist.

Als er über die Pfützen sprang, dachte er daran, dass etwas anderes als Vernunft seine Tätigkeit bestimmte, etwas, das »Wahnsinn« zu nennen übertrieben und »Aberglauben« zu nennen zu banal wäre. Ob er erst durch sein monatelanges Training an diesen Punkt kommen konnte? Manche Menschen schafften das vielleicht ohne Vorbereitung, aber Simon hatte lange gebraucht. Nun war er so weit, dass er sich für den Marathon bereit fühlte. Er hatte sich jedes Aspekts entledigt, der ihn vom Laufen abhielt. Das Training war sein Ritual der Reinigung. Es befreite seinen Körper nicht nur von überflüssigem Fett, sondern verbannte auch unnütze und unsportliche Verhaltensweisen aus seinem Leben. Alles, was er tat, war dem einzigem Zweck untergeordnet, für den Marathon zu trainieren. Seine Nahrungsaufnahme, sein Schlafrhythmus, seine Arbeitszeiten und sogar sein Sexualleben, alles folgte seinem Trainingsplan. Er kannte keine Ablenkungen mehr.

Routine war der Schlüssel. Ob es regnete, spielte keine Rolle. Ob er müde war, spielte keine Rolle. Wichtig war, dass er trainierte. Nur so konnte Simon die leichteste Ausrede zunichtemachen, welche lautete: Keine Lust. Viele berichteten von einem inneren Schweinehund, den sie erst überwinden mussten, bevor sie trainierten. Doch wenn das Training zu einem Bestandteil des Lebens wird und so selbstverständlich ist wie Zähneputzen, dann gibt es keinen inneren Widerstand mehr. Simon hatte es viele Male erlebt. Bevor er überhaupt darüber nachdenken konnte, dass er keine Lust zum Laufen verspürte, hatte er bereits drei Kilometer zurückgelegt. Einmal hatte er sich an einem Ruhetag erwischt, wie er morgens nach dem Aufstehen seine Laufsachen anziehen wollte. An jenem Tag war Erholung vorgesehen, kein Training. Aber im Halbschlaf hatte er nicht daran gedacht und war schon fast aus der Tür, bis es ihm wieder einfiel.

Er blickte zurück, wie er früher gewesen war. Wenig war von dem Simon geblieben, der den Genuss geschätzt hatte, die Gemütlichkeit der Zweisamkeit auf der Couch mit einem guten Wein und einem unterhaltsamen Film. Auch der Idealismus, der ihn mit Anfang zwanzig bewegt hatte, war ihm nun fremd. Er hatte damals geglaubt, er müsste die ganze Welt ändern. Ungerechtigkeit, Hunger, Armut, all das musste bekämpft, durfte nicht einfach hingenommen werden. Doch um der Not in der Welt entgegenzutreten, musste er zuerst sich selbst ändern. Er musste stark werden. Das Laufen machte ihn stark. Es verlieh ihm Selbstvertrauen. Simon war überzeugt: Wenn er den Marathon meisterte, würde ihm diese Leistung genug innere Stärke geben, um jegliches Problem zu bewältigen. Daher war eine totale Fokussierung nötig. In den letzten drei Wochen lebte Simon ausschließlich für den Marathon. Bei der Arbeit tat er nur das Nötigste und versuchte, alte Überstunden abzubauen. Zu Hause gab es auch keine Ablenkungen mehr. Denn Anna war ausgezogen.

Der Weg mündete in einen kleinen Park. Die Nidda machte einen Schlenker nach links, aber Simon lief geradeaus bis zu einer Straße, an der er warten musste. Es war jetzt fast halb neun und der Verkehr hatte zugenommen. Auch das Wasserhäuschen hatte bereits geöffnet und die Stammkunden tranken ihr erstes Bier. Die Ampel sprang auf Grün und Simon lief weiter, zuerst geradeaus und dann nach links. Er überquerte auf einer Brücke die Nidda und bewegte sich von da an links des Flusses. Am anderen Ufer konnte er die Wiesen des Brentanobades sehen. Sie lagen verlassen da. Kein Wunder, es war Mitte Oktober. Das Freibad hatte wahrscheinlich längst geschlossen.

Die Party hatte Anna gutgetan. Sie hatte sich zum ersten Mal seit langer Zeit lebendig gefühlt. Seit Tagen spürte sie eine neue Energie. Die Lethargie war verschwunden. Nach außen hin war es jedoch nicht sichtbar. Sie blieb weiterhin den ganzen Tag zu Hause und wenn Simon abends von der Arbeit kam, lag sie meist im Pyjama auf dem Sofa.

Sie stritten fast ununterbrochen. Seit der Party war die Distanz zwischen ihnen gewachsen. Als Simon am Sonntagnachmittag von seinem Halbmarathon heimgekehrt war, hatte Anna die Enttäuschung in seinem Gesicht sehen können. Offensichtlich war sein Wettkampf nicht so verlaufen, wie er es sich gewünscht hatte. Statt ihn zu fragen, was passiert war, hatte sie die neu gewonnene Energie dazu genutzt, ihm vorzuhalten, wie unsinnig sein früher Abgang von der Party gewesen war, wenn er ihn nicht mit einem Erfolg beim Halbmarathon hatte kompensieren können. Ihre Attacke traf ins Schwarze. Statt einer Verteidigung zog sich Simon geknickt ins Arbeitszimmer zurück.

Auf der Euphorie ihres Erfolgs war Anna durch die letzten Tage geglitten. Tagsüber kam sie ins Grübeln und bereute ihre scharfen Worte, aber jedes Mal, wenn Simon die Haustür hereinkam und sie mitleidig anschaute, weil sie es noch nicht einmal geschafft hatte, vom Schlafanzug in normale Kleidung zu wechseln, stiegen die Emotionen in ihr wieder auf.

So war es auch heute, als Simon von der Arbeit kam. Anna saß auf der Couch und versuchte, ein Sudoku zu lösen. Als Simon ins Wohnzimmer schaute, sah sie, wie der winzige Hoffnungsschimmer, den er im Moment des Wiedersehens in seinem Blick hatte, verschwand. Seine Augenbrauen verengten sich. »Weißt du eigentlich, wie spät es ist?«

Natürlich wusste sie das. »Ist doch egal. Zeit habe ich genug.«

»Wie viele Bewerbungen hast du heute geschrieben?«

Sie hatte ihren Lebenslauf an diese Werbeagentur geschickt, die Saskia ihr empfohlen hatte. Aber das würde sie Simon nicht erzählen. »Gar keine.«

»Warum nicht?«

Sie war in einer Phase, in der sie alles hinterfragen musste. Erst wenn sie sich von allem gelöst hatte, war Raum für Neues. »Weil ich nicht wollte. Heute nicht. Vielleicht morgen. Vielleicht auch gar nicht.«

»Gar nicht?«

Die Werbeagentur war nicht der richtige Weg. Die Bewerbung diente nur dazu, ihr und Simons Gewissen zu beruhigen. Sie wollte noch ein Ass im Ärmel haben, falls ihr Nihilismus ins Nichts führte. »Ich muss darüber nachdenken. Frag nicht ständig nach!«

Simon hob beschwichtigend seine Hände. »Ich will dir helfen. Beim Laufen habe ich viel Zeit zum Nachdenken. Probier das mal aus. Vielleicht kommst du damit weiter.«

Damit sie am Ende des Tages ihre Statistik füllen konnte? So wie Simon? Fünf Kilometer gerannt, zehn Bewerbungen abgeschickt und fünfzehn Absagen erhalten. Anna pustete Luft durch die zusammengepressten Lippen, um ihre Ablehnung zu demonstrieren. »Das geht so nicht.«

»Was?«

Anna senkte den Kopf und widmete sich wieder ihrem Sudoku.

Simon stand noch immer in der Tür und hakte nach: »Was geht nicht?«

Anna seufzte. »Ich kann nicht einfach das machen, was du machst. Das hilft nicht. Nein, das hilft nicht nur nicht, es ist kontraproduktiv. Ich muss selbst herausfinden, was ich will.

Es muss von mir selbst erdacht sein. Ich kann es nicht einfach von irgendjemand übernehmen.«

»Bin ich irgendjemand? Ich bin dein Freund. Ich würde nichts vorschlagen, was dir schadet.«

Wütend warf sie das Rätselheft und ihren Bleistift neben sich auf das Sofa. »Darum geht es nicht! Du bist nicht ich. Kapier das doch!«

»Ich bin nicht du. Verstanden. Aber ich sehe, was gut für mich ist. Das Faulenzen tut dir nicht gut. Deine Laune wird immer schlechter. Seit der Party bist du anders, irgendwie aufgewühlt. Ich denke, du brauchst eine Abwechslung und ich weiß von mir, dass das Laufen helfen kann. Da kann ich meine Gedanken sortieren und die Sorgen des Alltags vergessen. Du kannst es wenigstens mal ausprobieren.« Er blieb weiter ruhig, obwohl sie bereits laut wurde.

Anna verzweifelte. Wie sollte sie es ihm erklären, sodass er zufrieden war und sie in Ruhe ließ. Sie musste nachdenken, das ging nicht, wenn er permanent reinquatschte. »Nein. Ich sage es nochmal in aller Deutlichkeit: Nein! Ich werde nicht laufen, um irgendeiner Freiheit hinterherzujagen, die du gefunden zu haben glaubst, aber die nicht die Freiheit ist, die ich suche. Ich werde gar nichts von dem tun, was du mir sagst. Ich hatte schonmal einen Freund, der von mir verlangte, dass ich mein Leben für ihn umkremple. Nein, danke!«

»Was soll das heißen?«

»Ich glaube, das alles hier hat keinen Sinn mehr.«

»Das Gefühl hatte ich schon, als ich zur Tür hereinkam. Mit dir kann man heute nicht vernünftig reden.«

»Jetzt hör doch mal auf mit den ständigen Vorwürfen! Ich meine es jetzt ernst.«

Beide waren immer lauter geworden, so als wollten sie sich gegenseitig übertönen. Nach dem letzten Satz schaute Simon seine Freundin mit großen Augen an.

»Es hat keinen Sinn mehr«, wiederholte Anna.

Simon schwieg weiterhin, aus seinem Blick las Anna eine Frage.

»Ich ziehe aus.«

Sie sagte es ohne weitere Emotionen. Sie wollte die Gefühle aussperren und die Konsequenzen, die diese Entscheidung haben könnte.

Später konnte sie nicht sagen, dass sie lange darüber nachgedacht hätte, aber in diesem Moment erschien es ihr konsequent. Sie hatte es am Abend der Party gespürt, als sie Alex geküsst hatte. Erst hatte sie gedacht, dass es der Reiz des Abenteuers gewesen war. Den hatte sie tatsächlich gespürt, aber darunter lag eine schwerwiegendere Antwort: Wenn sie alles hinterfragte, dann musste sie auch die Beziehung hinterfragen.

Die Streitereien mit Simon raubten ihr die Energie, die sie zum Nachdenken brauchte. Sie musste das Nichts, das sich durch das Ablösen von den Dingen ergab, sofort wieder mit neuen Gedanken füllen. Diese Gedanken musste sie ebenfalls wieder hinterfragen. Sie musste genau prüfen, ob es eine Idee war, die wirklich ihrem Wesen entsprach. So auch Simons Vorschlag, dass sie es mit Laufen versuchen sollte. Sie verstand, dass er in dieser Zeit seinen Gedanken nachhängen konnte. Das würde für sie mit einer gewissen Wahrscheinlichkeit auch funktionieren. Aber erstens war sie kein Mensch, der sich gerne quälte, daher fiel körperliche Bewegung als Stimulierung weg. Und zweitens wollte sie Simon nicht recht geben. Das war der Grund, warum sie es nicht ausprobierte, sondern ohne Zögern vehement abgelehnt hatte.

Simon hatte sich verändert. Die Veränderungen, die er in seinem Leben vorgenommen hatte, seien sie auch nur temporär, hatten Auswirkungen auf ihr gemeinsames Leben und damit auf ihr eigenes.

Sie vertraute nicht darauf, dass sich diese Zwickmühle von alleine lösen würde. Morgen wird wie heute sein, dachte sie sich. Es würde alles gleich bleiben, wenn sie selbst nichts änderte. In ihr Tagebuch schrieb sie an diesem Abend, als Simon im Bett neben ihr bereits leise schnarchte, das Wort »Vertäuschungsboot«. Dann drehte sie sich mit dem Rücken zu ihm und versuchte verzweifelt, gegen die Tränen anzukämpfen.

Simon lief an der Praunheimer Brücke vorbei. Beim Blick auf den beschaulichen Frankfurter Ortsteil schweiften seine Gedanken kurz ab. Er wusste wenig über Praunheim, aber er glaubte, dass es dort schön sein musste. Hier fehlte es an Hochhäusern und Plansiedlungen. Er stellte sich einen historisch gewachsenen Ortskern vor, umringt von Fachwerkhäusern, und einen Marktplatz mit einem Brunnen in der Mitte. Auf dem Kopfsteinpflaster hatte ein Restaurant seine Bänke und Tische aufgestellt, sodass die Gäste im Sommer im Freien essen konnten. Ein paar große, alte Bäume schenkten kühlenden Schatten und jedes Jahr im Frühling feierte man Kerb auf dem Marktplatz. Direkt daneben stand die Kirche, an deren Turmuhr die Einwohner die Zeit ablesen konnten und deren Glocken jede Viertelstunde läuteten. Wahrscheinlich war alles ganz anders, aber Simon erfreute sich an dem Gedanken, dass es hier, vor den Toren von Frankfurt, eine Exklave der Ursprünglichkeit gab, in der das Leben noch einfach schien und nicht so rasant wie in der Großstadt.

Er dachte an Anna, die immer noch dem Gedanken nachhing, ihr Leben zu verändern. Da sie weiterhin unentschlossen war, ob sie wieder im Marketing arbeiten wollte, war sie nach wie vor arbeitslos. Sie suchte nach Alternativen, traute sich aber den nächsten Schritt nicht zu. Sie stand vor schweren Entscheidungen, die sie mit jemandem diskutieren musste.

Möglichkeiten betrachten und Argumente austauschen. Ideen in die Luft werfen und sehen, wie Worte sie verändern. Ihr letztes Gespräch verlief anders. Zuerst hatte Simon beschwichtigend reagiert, weil er in den letzten Wochen das Gefühl hatte, dass sie nur noch Luftschlösser baute. Einen neuen Job zu finden, war vorrangig. Außerdem musste sie ihre Gedanken sortieren. Deswegen hatte er ihr vorgeschlagen, laufen zu gehen. Während er nun nochmal darüber nachdachte, spürte er die Wahrheit in seinem Vorschlag. Vor einem halben Jahr hatte er sich nicht vorstellen können, dass er beim Laufen so gut grübeln und meditieren konnte. Aber sie wollte ihn nicht verstehen.

Sein Vorschlag war beschwichtigend gemeint, stattdessen war die Situation eskaliert.

Und dann hatte sie es ausgesprochen: »Ich ziehe aus.«

Er hatte ihr schon lange nicht mehr gesagt, dass er sie liebte. Hätte er das sagen sollen? Aber was hätte das geändert? Simon fragte sich, ob er jemals eine Chance gehabt hatte. Er hatte sich voll dem Marathon verschrieben, ohne die weiteren Konsequenzen zu bedenken. Natürlich war ihm von Anfang an klar gewesen, dass es Konflikte mit Anna geben würde. Dass sie genervt sein würde, weil er so viel Zeit beim Training verbrachte. Er hatte sich auch vorher vorgestellt, wie sie sich über die nach Schweiß stinkenden Laufklamotten aufregen würde, über die gesunde Ernährung und den Alkoholverzicht. Aber er dachte, das seien Banalitäten. Ihre Liebe sei stärker als das und würde sie immer verbinden.

Das Laufen hatte sich zwischen sie gedrängt, wie eine Affäre. Es war jene Leidenschaft, welche er in der Jugend verschwenderisch und gnadenlos weitergegeben hatte und die ihn später zu Anna hinzog. Manche würden sie mit der Liebe gleichsetzen, aber das beschrieb sie nur unzureichend. Sie war weder eine Kraft des Verstandes noch der Sinnlichkeit, sondern umschloss beides. In jedem Augenblick der vergangenen Jahre hatte er Anna von dieser Kraft reichlich gegeben. Nun gab er sie dem Laufen, als wäre sie unteilbar, und nahm sie Anna weg. Seine Gefühle zu ihr waren unverändert, aber ihre Liebe konnte nur gedeihen, wenn beide diese Gefühle auch lebten. Jetzt war sie erst mal weg. Simon wusste nicht, wie es weitergehen sollte.

Mittlerweile war er irgendwo auf Höhe Heddernheim unterwegs. Wenn er weiterlief, käme er bis Bonames. Von dort führte der Weg an der Nidda weiter flussaufwärts. Mit Harheim würde er den letzten Frankfurter Stadtteil links liegen lassen und nach Bad Vilbel gelangen. Er schaute auf seine Uhr. Sie zeigte nun genau siebzehneinhalb Kilometer. Das war das Zeichen zur Umkehr. Er sah sich kurz um, um sich die Stelle einzuprägen, aber entdeckte nichts Markantes. Der Weg verlief auf fünfhundert Metern schnurgerade. Rechts die Nidda, links eine Wiese, dahinter Häuser. Ist ja auch egal, dachte er, drehte sich um und lief zurück in die Richtung, aus der er gekommen war.

Das Positive war, dass er nun nicht mehr aufgeben konnte. Er musste die restliche Strecke zu Fuß zurücklegen. Wahrscheinlich gab es mehrere Möglichkeiten, abzukürzen, aber das konnten nicht viele sein. Dabei würde er unweigerlich in Gebiete kommen, in denen er sich kaum auskannte, was die Gefahr erhöhte, dass er sich verlief, wodurch sich die Strecke wieder verlängern würde. Also blieb er auf dem bekannten Weg. Er fühlte sich gut, die schweren letzten Kilometer würden noch kommen. Doch es war zu früh, sich damit zu befassen.

Simon wünschte sich, dass es bei ihm so wie bei seinen Lauffreunden wäre. Günther vor allem hatte die perfekte Lösung gefunden, den goldenen Mittelweg. Er lebte glücklich mit seiner Frau zusammen und lief trotzdem. Die beiden gingen gemeinsam durch ihre Veränderungen. Sie hatten sich schon geliebt, als Günther noch nicht gelaufen war.

Christian und Joachim mussten keine Kompromisse eingehen. Als Single war es einfacher, der eigenen Agenda zu folgen. Die beiden hatten sich für das Laufen entschieden. Simon bezweifelte, dass sie ihn verstehen würden, wenn er mit ihnen über die Unteilbarkeit der Leidenschaft spräche. Sie lebten schon zu lange in ihrer Welt, in der sich alles nur um Kilometer und Geschwindigkeiten drehte. Dass es da draußen noch etwas anderes gab, hatten sie bereits vor langer Zeit vergessen. Und Joachim wälzte sich in seiner Verbitterung, die alles ablehnte, das gut war.

Simon kam an die Hausener Brücke. War er auf dem Hinweg auch schon hier gewesen? Er konnte sich nicht daran erinnern. Wahrscheinlich war er so in Gedanken gewesen, dass er es nicht wahrgenommen hatte. Er ließ ein Auto passieren und überquerte die Straße. Wie seltsam, dachte er sich, waren hier vorhin auch Autos? Er kramte in seiner Erinnerung, doch da war nichts. Gedanklich ging er die Strecke durch. Es war doch erst ein paar Minuten her, wieso konnte er sich nicht erinnern? Vorsichtig, um nicht zu stolpern, drehte er sich um und schaute sich den Weg an. Was er jetzt sah, kam ihm bekannt vor. Vielleicht lag es daran, dass es von der anderen Seite ganz verschieden aussah.

Er lief an einer Frau mit einem Hund vorbei. Die beiden hatte er auf dem Hinweg auch gesehen. Verirrt hatte er sich also nicht. Das war ohnehin unmöglich, denn er folgte nach wie vor der Nidda, so wie vorhin auch. Woran lag es also, dass er sich nicht erinnern konnte? Wie er darüber nachdachte, kam ihm ein Gedanke. Womöglich würde er den jetzigen Streckenabschnitt später ebenfalls vergessen haben, da er zu sehr damit beschäftigt war, sich den Streckenabschnitt vom Hinweg ins Gedächtnis zu rufen. Die Umgebung um sich herum nahm er jedoch nicht wahr. Er zuckte mit den Schultern. Dann war es wenigstens ausgeglichen, wenn er sich an keine der beiden Richtungen erinnern konnte.

Drei Tage nach ihrem Streit packte Anna ihre beiden Koffer, während Simon beim Laufen war, und füllte ihren Kulturbeutel. Wie ein richtiger Auszug sah das nicht aus. Eigentlich war es auch keiner. Sie würde die nächsten Tage oder Wochen erst einmal auf Sarahs Ausziehcouch schlafen. Wie es danach weiterging, würde sie dann schauen. Entsprechend nahm sie nur das Nötigste mit. Sie war ja nicht aus der Welt. Nach Frankfurt war es nur ein Katzensprung. Sie konnte jederzeit hierherfahren und alles holen, was sie brauchte. Dass sie etwas vergessen würde, wusste sie ohnehin. Auch wenn sie die letzten Tage nur an ihren Auszug gedacht hatte, hatte sie in keiner Sekunde geplant, wie er genau ablaufen sollte. Sie war zu sehr damit beschäftigt gewesen, sich in den Gedanken hineinzufühlen, was es für sie bedeutete. War es eine Befreiung oder eine Flucht? Sie suchte die Antwort vergeblich. Unterdessen meldete sich die Stimme in ihrem Hinterkopf, die ihr sagte, dass sie das alles gar nicht wollte. Nein, sie wollte mit Simon glücklich sein. Aber ihr Auszug war bereits die halbe Trennung, auch wenn es beide nicht ausgesprochen hatten.

Ihr Blick streifte unschlüssig über das Bücherregal. Den neuen Murakami hatte sie noch nicht gelesen, der musste unbedingt mit. Daneben stand ein Kehlmann, der ihr gefallen hatte, aber sie würde ihn sicher nicht noch einmal lesen. Er blieb also da. Als Nächstes griff sie nach Seethaler. Ein tolles Buch, am liebsten wollte sie direkt darin blättern. Aber wenn sie in dem Tempo weitermachte, würde sie morgen noch hier stehen. Ihre Bücher füllten ganze fünf Meter im Regal, drei weitere Kartons lagerten im Keller. Nein, sie konnte nicht alles mitnehmen. Sie packte nur den Murakami ein und ließ alles andere zurück. Sie musste mit leichtem Gepäck reisen.

Die Stimme in ihrem Hinterkopf meldete sich. Bald bist du wieder hier, sagte sie. Doch Anna ignorierte diesen Satz. Sie ließ ihm keinen Raum. Gegenüber Simon musste sie Härte zeigen, so als wäre der Auszug endgültig. Sie glaubte, ihn nur so schocken zu können. Er behauptete ständig, dass nach dem Marathon alles besser werden würde und dass sie zu ihrem alten Leben zurückkehren könnten. Jedes Signal, das ihn darin bestärken würde, wollte sich Anna verkneifen. Es gab kein Zurück mehr. So viel war ihr jetzt klar.

Nachdem sie die Koffer gepackt und vor die Tür gestellt hatte, setzte sie sich auf die Couch und ließ ihren Blick durchs Wohnzimmer schweifen. Ursprünglich hatte Simon hier allein gewohnt. Nach Annas Einzug hatten sie die Wohnung schrittweise gemeinsam eingerichtet, weshalb kein durchgängiger Stil erkennbar war. Dass heute Gardinen an den Fenstern hingen, war zum Beispiel Annas Verdienst. Simon hatte mürrisch auf ihren Vorschlag reagiert: Wozu brauchten sie Gardinen, wenn es bereits Rollläden gab? Nachdem sie sich tagelang darüber gestritten hatten, setzte Anna sich durch und kaufte welche. Den Teppich, der darunter lag, hatte Simon ausgesucht. Das Wohnzimmer sah jetzt so aus, wie es keiner von beiden eingerichtet hätte. Dennoch kam es Anna nicht falsch vor. Aber vielleicht hatte sie sich schon zu sehr an die Stilbrüche gewöhnt, dass sie die Uneinheitlichkeit nicht mehr bemerkte.

Wie würde es sein, wenn sie ganz ausziehen würde? Welche Möbel würde sie gerne mitnehmen? In den Couchtisch hatte sie sich ein bisschen verliebt. Ein einfaches Konstrukt aus zwei alten Weinkisten und einer Glasplatte. Es wäre schade, wenn der Tisch nicht mehr in ihrem Besitz wäre. Allerdings gehörte er hierher. Er gehörte zu seinen Brüdern und Schwestern in diesem Wohnzimmer.

Allmählich reifte in ihr die Gewissheit, dass es gut war, so viel zurückzulassen. In den letzten Tagen hatte sie mit Sorge daran gedacht, was sie alles vermissen würde. Doch am Ende waren alle Gegenstände austauschbar. So schön sie waren, sie hatten ihren Platz und ihre Zeit. Anna konnte sie nicht mitnehmen, ebenso wenig, wie sie ihr altes Leben mitnehmen konnte.

Nun hatte es doch einen Hauch von Endgültigkeit. Anna hätte sich gewünscht, dass es nur Fassade wäre. Dass sie zu Sarah ziehen würde und Simon nach einer Woche auf Knien angekrochen käme. Aber damit würde er auf sie keinen Eindruck machen. So ein Einknicken war ihr zu unmännlich, deswegen würde sie ihn ohnehin abblitzen lassen. Er hätte sich stark ins Zeug legen müssen, um sie zurückzuerobern, und dann wären sie zusammen in ein neues Leben durchgestartet. Sie wusste längst, dass an ihr eine Romantikerin verloren gegangen war.

Mit einem Seufzer stand sie auf, zog sich ihre dünne Jacke über und nahm ihre Handtasche von der Kommode. Sie rollte die Koffer auf den Hausflur und schloss die Wohnungstür, ohne noch mal zurückzuschauen. Mit der S-Bahn fuhr sie zum Hauptbahnhof, stieg dort in die U-Bahn um und fuhr bis zum Schweizer Platz. Von dort war es nicht mehr weit zu Sarahs Wohnung.

Als sie dort ankam, kramte sie den Hausschlüssel raus, den Sarah ihr gegeben hatte. Ihre Freundin war noch auf der Arbeit. Sarahs Wohnung lag zentral in Sachsenhausen in einer kleinen Seitenstraße, durch die wenig Durchgangsverkehr kam. Anna fiel die Stille direkt auf, obwohl sie nun in einer Großstadt war und nicht in einem Vorort. Sie stellte ihre Koffer ins Wohnzimmer und ging zurück in den Flur. Die Wohnung kannte sie bereits, aber sie wollte die Atmosphäre aufnehmen, solange sie noch alleine war. Sie betrat den kleinen Raum, der vom Flur abzweigte. Hier hatten sie in der ersten Woche nach

Sarahs Einzug eine Küche aus stückweise gekauften Einzelteilen zusammengeschustert. Am Anfang hatte es nicht so ausgesehen, dass die Teile jemals zueinander passen würden, aber nun war alles mit Geschirr, Töpfen, Gewürzen, Gläsern und Geräten zugestellt, die der Küche etwas Heimeliges verliehen. An der Wand stand ein kleiner Tisch, auf dem eine Tasse noch den letzten Rest von Sarahs Morgenkaffee verwahrte. Darüber hatte Sarah Bilder von ihrer Familie und ihren Freunden aufgehängt. Eines zeigte sie mit Anna auf der Weinwanderung in Oppenheim vor ein paar Jahren. Anna lächelte beim Anblick der Glückseligkeit, die in ihren glasigen Augen geschrieben stand.

Gegenüber der Küche lag das Arbeitszimmer, das jedoch von dem großen Wäscheständer, der mit allerlei T-Shirts und Unterwäsche behängt war, vollständig eingenommen wurde. Ordnung herrschte in dem Zimmer auch sonst nicht. Die Garderobe auf der linken Seite quillte über vor Jacken und Mänteln, der Schuhschrank darunter ging nicht mehr zu, weil zu viele Stiefel, Sneaker, Pumps und Sandalen darin Platz finden mussten. Im Bücherregal auf der rechten Seite war eigentlich noch genug Platz, aber hier stand Fachliteratur direkt neben Belletristik, während das Kochbuch quer auf den anderen Büchern ruhte. Eines lag sogar aufgeschlagen auf den Seiten. Anna nahm es, strich das Papier glatt, klappte es zu und stellte es aufrecht ins Regal. Fasziniert fragte sie sich, wie Sarah in diesem Chaos leben konnte. Scheinbar spiegelte es ihren Freigeist wider. Aber ein Buch so zu malträtieren, ging Anna zu weit.

Vom Arbeitszimmer führte eine Verbindungstür ins Schlafzimmer, das von einem großen Bett eingenommen wurde. Obwohl Sarah hier alleine wohnte, hatte sie sich ein Bett gekauft, das ein Meter achtzig breit war. Anna gefiel der kleine

Nachttisch, der daneben stand, und der große Kleiderschrank, der genug Platz für Sarahs vielfältige Garderobe bot.

Nachdem sie etwa eine halbe Stunde durch die Wohnung getigert war, nahm Anna die Zeitung, die auf dem Esstisch lag, und setzte sich auf die Couch. Es war ein kostenloses Anzeigenblättchen, das sich beim Durchblättern als uninteressant erwies. Anna warf es neben sich und lehnte sich in das Sofakissen. Sie legte den Kopf in den Nacken, streckte die Arme zur Seite und schloss die Augen. Während sie tief durchatmete, merkte sie, dass es nicht zu ihrer Beruhigung beitrug. Im Gegenteil, Aggressivität stieg in ihr hoch. Ihr Herzschlag beschleunigte sich und sie kniff die geschlossenen Augen fester zusammen. Als sie es nicht mehr aushielt, hieb sie mit beiden Fäusten auf die Couch.

Mit einem Rascheln machte sich die Zeitung bemerkbar und brachte Anna wieder in die Gegenwart zurück. Sie nahm die mittlere Seite heraus und trennte sie in der Mitte durch. Dann drehte sie eine der Hälften und riss sie abermals in der Mitte an. Doch der Riss verlief nicht gerade, sondern beschrieb eine Kurve nach links. Anna nahm die andere Hälfte und wiederholte den Vorgang, doch wieder konnte sie keine gerade Kante reißen. Sie ließ die zerstörten Seiten auf den Boden fallen und griff nach einem anderen Blatt. Diesmal teilte sie es nicht in der Mitte, sondern riss einen schmalen Streifen an der rechten Seite ab, den sie neben sich auf die Couch legte. Dasselbe wiederholte sie mehrmals, bis sie die ganze Seite in lange, etwa zwei Finger breite Streifen zerteilt hatte. Sie legte sie alle auf einen Stapel neben sich. Mit den restlichen zwei Seiten des Anzeigenblattes verfuhr sie ebenso. Am Ende hatte sie einen beachtlichen Haufen an Zeitungsstreifen gesammelt.

Nun wollte sie damit beginnen, die Streifen in kleinere Rechtecke zu zerreißen. Sie nahm das oberste in die Hand und wendete es. Während sie den Streifen um neunzig Grad drehte, fiel ihr Blick auf das Wort »Peru«, das in einem Artikel stand. Bevor sie es realisierte, hatte sie den Streifen zerrissen. Danach stutzte sie. War das die Lösung? Sie legte die beiden Schnipsel nebeneinander, so dass der Artikel, in dem das Wort »Peru« auftauchte, teilweise zu lesen war. Der Anfang fehlte und so suchte sie in dem Haufen der anderen Streifen nach dem Rest des Textes.

Nach kurzer Zeit hatte sie die Zeitungsseite rekonstruiert. Der Artikel war überschrieben mit »Neue Spenden für Pachamama«. Ein Bild zeigte ein Haus in den Bergen, eingerahmt von Feldern und Dschungel. Anna überflog den Bericht. Ein deutscher Verein betrieb eine Schule für Waisenkinder in einem Tal in den peruanischen Anden. Sie waren auf Spenden angewiesen. In der vergangenen Woche war der Vorsitzende des Vereins nach Peru gereist, um den Bau eines weiteren Gebäudes auf dem Schulgelände zu beauftragen.

Vor ihrem inneren Auge sah sie sich selbst in kurzen Hosen, Gummistiefeln und hochgebundenen Haaren auf den Feldern stehen, mit einer Schaufel in der Hand die Kartoffeln erntend. Ja, das konnte sie sich gut vorstellen. Die Anden lagen fernab von allem, was sie bisher kannte.

Die nächsten zwei Stunden verbrachte sie mit Recherchen im Internet. Wo genau lag die Schule? Wie konnte sie Kontakt zu dem Verein aufnehmen? Was kostete ein Flug nach Peru?

Als Sarah nach Hause kam, hatte Anna bereits einen groben Plan und überlegte, ob sie Sarah davon erzählen oder es zuerst für sich behalten sollte.

Simon hatte den Runner's High erreicht, jenen glückseligen Zustand, in dem er scheinbar wie von selbst lief. Das Gehirn gewöhnte sich mit der Zeit an das Laufen, an die gleichmäßige Bewegung. Um Sauerstoff zu sparen, schaltete der Körper für einige Hirnbereiche die Versorgung aus.

Er hatte jetzt etwa zwanzig Kilometer zurückgelegt und ein euphorisches Hochgefühl breitete sich in ihm aus. Doch an der Ampel im Park musste er erneut anhalten. Das abrupte Stehenbleiben war für ihn wie ein Schock. Sein Körper wollte weiterlaufen und reagierte auf den plötzlichen Stopp mit Empören. Neben dem psychischen hatte es auch einen physischen Effekt. Je länger er lief, desto schmerzhafter waren die Pausen, denn beim Stehen verhärteten sich die Muskeln. Davon spürte er zwar momentan noch nichts, aber es war nur eine Frage der Zeit. Er überlegte kurz, einfach bei Rot über die Straße zu rennen, doch es herrschte zu viel Verkehr und seine Gedanken waren etwas schwummerig, sodass er die Geschwindigkeiten und Entfernungen der Autos schwer abschätzen konnte. Zu seinem Glück sprang die Ampel schnell auf Grün und er konnte weiterlaufen.

Er winkte den Gestalten am Wasserhäuschen zu, die schon vorhin dort gesessen hatten, doch sie reagierten nicht. Was für ein Leben, dachte Simon. Sich morgens an die Bude setzen und den Rest des Tages bei einem Bier an sich vorbeilaufen lassen. Der gelebte Stillstand. »Und man kommt ja zu nichts«, murmelte Simon. Nicht durch Verharren, sondern durch Veränderung wachsen wir. Nicht wir verändern uns, sondern die Umwelt verändert sich. Nicht die Umwelt verändert sich, sondern unsere Wahrnehmung von ihr. Wenn sich unsere Wahrnehmung verändert, verändern wir uns auch. Wenn wir uns verändern, verändert sich auch die Welt. Sie wird größer.

Simon lief durch den kleinen Park und dahinter über eine Brücke. Die restlichen Kilometer an der Nidda wollte er auf der anderen Seite zurücklegen. Er hatte sich eine Wendepunktstrecke für den langen Lauf ausgesucht, das war schon langweilig genug. Wenigstens das andere Ufer sollte ein bisschen Abwechslung bringen. Vor dem Lauf hatte er mit Christian über die möglichen Strecken gesprochen. Sein Trainer war ein

Anhänger der Läufe durch den Taunus, denn in den Wäldern fühlte er sich am wohlsten. Doch Simon war es dort zu bergig. Er brachte das Argument vor, dass der Marathon durch die Innenstadt führte und nicht durch die Wälder. Die Strecke war flach und asphaltiert, also wollte er auch auf flachem Asphalt trainieren. Seine Trainingsbedingungen sollten die des Wettkampfes bestmöglich simulieren. Christian war der Meinung, dass das keine entscheidende Rolle spielte. Die Wege im Taunus waren uneben und bergig. Somit sei der Trainingseffekt höher, denn wenn Simon problemlos einen Berg hochlaufen konnte, würde er beim Marathon keine Schwierigkeiten haben. Außerdem machte es mehr Spaß, im Wald zu laufen. Wenn er schon lange Läufe trainieren musste, die an sich eintönig waren, dann, so Christians Meinung, konnte er wenigstens eine abwechslungsreiche Strecke aussuchen. Das war sicherlich die Ansicht eines erfahrenen Marathonläufers. Doch Simon war neu im Geschäft, er brauchte die Abwechslung nicht. Am Ende ließ Christian ihn gewähren. In einer Sache waren sie sich zumindest einig: Simon sollte die längste Trainingseinheit alleine absolvieren, um die Einsamkeit des Langstreckenläufers zu erleben.

Auf der linken Seite des Flusses sah Simon den Nieder Wald. Die bunten Blätter an den Bäumen erinnerten ihn an Hippies. Ein paar Läufer tanzten durch den Wald, umringt von Farbspielen. Für viele gibt es nichts Schöneres, als die Muster zu sehen, die der Herbst malt. Doch eigentlich ist diese Jahreszeit ein Trauerspiel, dachte Simon. Die Farben stehen für das Verwelken der Blätter, für Tod und Verwesung. Das energiereiche Grün des Frühlings ist nur noch Erinnerung. Die Wolken sperren das Sonnenlicht aus und der Regen spült alle Leichtigkeit aus dem Körper. Das Wetter ist Zeichen genug, dass es zu Ende geht. Es wird Zeit für den Marathon, sagte er sich, die letzte große Tat des Jahres. Danach kommt die

Winterruhe mit dem Versuch, behutsam zu reparieren, was im Sommer zerbrach.

Die Zeit heilt alle Wunden, hieß es. Aber was war mit jenen, die Anna und er gerissen hatten? Aus seinem Herzen kam keine Antwort. Er liebte sie noch, das wusste er, aber im Moment fühlte er den Schmerz der Zurückweisung. Obwohl sich ein Kloß in seinem Hals bildete, konnte er nicht weinen. Hätte er jetzt zu Hause auf dem Bett gelegen, hätte er hemmungslos geheult, aber beim Laufen kam nicht eine Träne. Mit jedem Schritt nivellierten sich die negativen Gefühle, als würde Simon auf seinen eigenen Emotionen herumtrampeln. Beinahe schämte er sich für seine Gleichgültigkeit. Aber Rumjammern brachte sie auch nicht wieder zusammen. Er würde um sie kämpfen müssen.

Simon hatte nicht vergessen, wie glücklich er mit Anna gewesen war. Gab es überhaupt noch einen Weg zurück? Vielleicht hatte er zu sehr auf Christian gehört, der das Laufen als Heilmittel für alles ansah. Doch es war ein Netz mit zu großen Löchern. Wie stark Simon auch zog, etwas fiel immer durch die Maschen. Jetzt war ihm sinnbildlich der größte Fisch durch die Lappen gegangen. Anna war weg, sein größter Schatz. Die Beziehung war sein Stück Normalität gewesen, der Rückweg zu einem Leben ohne Laufen.

Simon überlegte, was er hätte anders machen können. Hätte er alles eine Spur lockerer nehmen sollen? Beim Essen mal fünf gerade sein lassen und ohne schlechtes Gewissen Pommes bestellen? Anna hatte sich immer über seine Strenge geärgert. Er sei langweilig geworden, hatte sie zu ihm gesagt. Aber Simon musste zugeben, dass er es spannend fand, auszutesten, in welchen Bereichen er sich optimieren konnte. Er hatte sehr früh herausgefunden, dass er nicht dauerhaft enthaltsam leben wollte. Aber Ausprobieren wollte er es, sonst hätte er es nie gewusst. Er sah es auch als Test seiner Willensstärke an. Beim

Marathon zählte vor allem Beharrlichkeit. Zur Vorbereitung brauchte es viele Trainingseinheiten, um erfolgreich zu sein. Es half ihm, wenn er sich Zwischenziele setzte und sich beim Erreichen derselben selbst belohnte, beispielsweise mit einem Bier oder einem leckeren Burger. Aber die wirkliche Herausforderung bestand darin, auch diese kleinen Belohnungen aufzuschieben. So lange, bis der Marathon gelaufen, bis das große Ziel erreicht war. Simon war der Meinung, dass dieser Charaktertest ihn nur stärker machen konnte.

Christian hatte seinen Teil zu Simons Veränderung beigetragen. Vielleicht nahm er ihn sich zu sehr zum Vorbild. Simon bewunderte an seinem Trainer, dass dieser stets fokussiert blieb. Aber Christian hatte es einfach, denn für ihn gab es keine Ablenkung. Sein Lebensinhalt bestand nur aus dem Laufen. Der Vergleich mit ihm hinkte in mehrfacher Hinsicht. Es hatte fast etwas Autistisches, wie Christian seine Ziele anging. Bis zuletzt konnte er nicht verstehen, wo das Problem zwischen Simon und Anna lag. Er begriff nicht, warum sie sich dermaßen über das Training ärgerte. Entsprechend unsensibel waren auch seine Kommentare. Es wäre bestimmt interessant gewesen, wenn sich Anna und Christian mal darüber unterhalten hätten. Aber Anna hatte ihm frühzeitig zu verstehen gegeben, dass sie seine idiotischen Lauffreunde nicht kennenlernen wollte. Und wo hätten sie sich auch treffen sollen? Simon konnte sich Anna ebenso wenig im Wald beim Laufen vorstellen wie Christian in einer Bar. Nein, für Christian gab es überhaupt keine Ablenkungen. Simon dagegen nahm den Marathon zum Anlass, um den vielfältigen Zerstreuungsmöglichkeiten die Stirn zu bieten.

Er bog von der Nidda ab und lief Richtung Sossenheim. Von hier waren es noch genau sieben Kilometer. Seine Uhr zeigte an, dass er zwei Stunden und siebenundzwanzig Minuten für die zurückgelegten achtundzwanzig Kilometer gebraucht hatte. Das war etwas länger als geplant, daher erhöhte er das Tempo. Seine Muskeln verhärteten sich bereits, aber ein bisschen schneller wurde er. Christian hatte zwar gesagt, dass es für den langen Lauf wichtig war, die Geschwindigkeit möglichst konstant zu halten. Das hatte sich Simon auch für den Marathon vorgenommen. Aber momentan war er etwas langsamer als seine Vorgabe. Daher wollte er nun austesten, wie schnell er noch laufen konnte. Beim Marathon würde es gegen Ende auch schwer werden, und wie konnte er das besser simulieren als mit einer Endbeschleunigung beim heutigen Probelauf?

Die nächsten vier Kilometer lief er unter fünf Minuten pro Kilometer. Er bog an der Mühle in Sulzbach links ab, von dort stieg der Weg langsam, aber stetig an. Nur mit Mühe konnte Simon das Tempo halten, zumindest fühlte es sich so an. Doch seine Uhr log nicht. Die letzten drei Kilometer waren etwas langsamer, knapp über einem Fünfer-Schnitt. Trotzdem war er zufrieden. Dieses Training brachte ihn dem Marathon spürbar näher.

Seine Gedanken schweiften wieder zu Anna. Was sie wohl gerade tat? Es war Sonntagmorgen, wahrscheinlich schlief sie aus. Sicher war sie gestern Abend mit Sarah unterwegs gewesen. Auf der Suche nach Ablenkung waren sie vermutlich durch die Bars und Clubs gezogen. Die beiden attraktiven Frauen mussten bestimmt nicht lang alleine feiern. Schnell waren sie von Verehrern umgeben und Sarah befand sich in ihrem Element. Sie flirtete offensiv und womöglich animierte sie auch Anna dazu. Doch Anna fühlte sich nicht in Stimmung. Sie saß traurig mit ihrem Gin Tonic in der Ecke. Irgendwann gab sie sich einen Ruck, sie waren schließlich nicht ausgegangen, um deprimiert herumzusitzen. Doch das erhoffte Knistern blieb aus, der Gedanke an Simon hielt Anna noch immer zurück. Sie flirtete, um sich frei von ihm zu fühlen. Aber das war sie noch nicht, deswegen ließ sie sich nicht völlig darauf ein.

Nach einiger Zeit hatte Sarah einen gut gebauten, paarungswilligen Junggesellen gefunden. Ein Bulle von einem Mann, ein Meter neunzig groß und Schultern so breit wie eine Bahnschranke. Sie nahm ihn mit nach Hause. Simon kannte Sarah gut genug, um zu wissen, wie ihre Ausgehabende gewöhnlich abliefen. Aber was war mit Anna? Vielleicht fühlte sie sich wie ein drittes Rad am Wagen, aber sie kam trotzdem mit. Schließlich wohnte sie jetzt bei Sarah.

In der Wohnung fingen Sarah und der Bulle an, sich wild zu küssen. Er schlang seine Arme um sie und knetete ihren Hintern. Sarah knöpfte sein Hemd auf und küsste seine Brust. Sie nestelte bereits an seinem Gürtel, als sein Blick auf Anna fiel, die der Szene erregt zuschaute. Was mit ihr sei, fragte der Bulle. Als Anna nicht antwortete, sagte er, sie könne gerne mitmachen. Sarah hatte seinen Penis herausgeholt und fing an, ihn zu befriedigen. Sie schaute zu Anna und nickte ihr aufmunternd zu. Ihre Freundin wollte sich nicht noch länger bitten lassen und ging zu den beiden. Sie gab dem Bullen einen langen Zungenkuss und … Nein, so weit würde Anna niemals gehen. Simon riss sich in die Realität zurück. Auf welche Gedanken kam er denn? Das war die reine Folter. Vielleicht schlief sie mit einem anderen, er konnte es auch nicht ändern.

Auf der Schlussstrecke ging es noch ein wenig bergab. Simon hätte ein bisschen Zeit gutmachen können, aber irgendwo zwischen Sulzbach und Waldrand knipste jemand den Schalter aus. Seine Beine wurden schwer und wollten nicht mehr. Er konnte nur noch mit großer Willenskraft einen Schritt vor den anderen setzen. Mit einem Mal war er richtig außer Atem und sein Blickfeld verschwamm. Er schaute stur zwei Meter vor sich auf den Boden, um nicht zu stolpern. Als er endlich zu Hause ankam, zeigte seine Uhr vierunddreißig

Komma acht Kilometer in drei Stunden, einer Minute und dreiundzwanzig Sekunden.

Simon war völlig erledigt. Stehen bleiben konnte er nicht, die Angst vor Krämpfen ließ ihn ein paar Schritte im Kreis gehen. Der Regen hatte aufgehört und mittlerweile war es recht warm. Er hatte unvorstellbaren Durst. Auf den letzten Kilometern hatte er wegen der Dehydrierung schon nicht mehr richtig geschwitzt. An seiner Schläfe ertastete er einen verdunsteten Schweißbach, der nur noch aus Salzkristallen bestand. Er war am Ende.

Aber er war glücklich. Er hatte keine Schmerzen, von der Erschöpfung mal abgesehen. Heute war er weiter gelaufen denn je und trotzdem ging es ihm gut. Er wusste, dass es nun kein Problem mehr sein sollte, beim Marathon ins Ziel zu kommen. Natürlich würde das Rennen ungleich härter werden, aber er hatte nun knapp fünfunddreißig Kilometer geschafft, da würde er die letzten siebeneinhalb auch noch laufen können. Diese Sicherheit verschaffte ihm eine tiefe Genugtuung. Er hatte alles richtig gemacht.

Wirklich? Das würde sich zeigen. Wieder kam ihm in den Sinn, wie sehr er Anna vermisste. Traurig schloss er die Tür zur gemeinsamen Wohnung auf. Er kannte die Leere bereits, die ihn dort erwartete.

KILOMETER SECHSUNDDREIßIG

GÜTERPLATZ

Kojoten, Kakerlaken, Aasgeier. Platz da!

Du Penner, siehst du nicht, dass ich hier laufe? Ich habe dafür bezahlt, also zieh Leine. Wichser. Die meisten Menschen stammen vom Affen ab, aber so wie du rumkriechst, kommt nur der Wurm als dein Vorfahr in Betracht. Mach doch mal schneller! Wir essen zeitig. Na also, geht doch, wenn ihr euch mal ein bisschen Mühe gebt. Und was willst du, Arschloch? Geht es vielleicht noch lauter? Mit dem Gestöhne weckst du die ganze Nachbarschaft auf. Das ist ein Marathon, keine Pornoproduktion, also nimm Haltung an. Und falls du es noch nicht gemerkt hast: Du stinkst. Wasch dich mal.

Nur Idioten sind hier unterwegs. Was? Nein, ich kann nicht Platz machen. Such dir deine eigene blaue Linie. Ich fasse es nicht. Was haben die denn gedacht, was hier passiert? Haben die allen Ernstes geglaubt, die könnten hier über den Asphalt gleiten, als wäre der Kilometer sechsunddreißig nur ein

Vorschlag? Einer bleibt am Straßenrand stehen und stützt die Hände auf die Knie. Was für ein Schwächling.

Wir nähern uns wieder der Innenstadt und jetzt trennt sich die Spreu vom Weizen. Hier zeigt sich, wer ausreichend trainiert hat und wer den Marathon auf die leichte Schulter nahm. Vielen sehe ich an, wie hart sie kämpfen müssen. Manche schleichen mit niedrigem Schritt, den Fuß nur wenige Millimeter über dem Asphalt. Ihr leerer Blick zeigt, dass sie den Kampf schon aufgegeben haben, dass sie nur noch ins Ziel kommen wollen, damit die Schmerzen ein Ende haben. Ich konzentriere meine Wut auf sie, diese Wut, die aus der Angst entspringt, dass ich von außen betrachtet genauso aussehe.

Ich will das nicht, will kein Schwächling sein, nicht derjenige, der jetzt aufgibt. Ich will mit Anstand ins Ziel kommen. Aber allmählich spüre ich Müdigkeit. Meine Kilometerzeiten werden immer langsamer. Noch bin ich nicht so weit, das zu akzeptieren. Dafür bin ich nicht hergekommen, dafür habe ich nicht monatelang trainiert und Verzicht geübt.

Wenn ich jetzt aufgebe, dann hat Anna gewonnen. Diese Genugtuung gönne ich ihr nicht. Sie denkt doch, dass der Marathon eine schwachsinnige Idee war und dass es das alles nicht wert sei. Offensichtlich hat sie vorher gewusst, dass ich es nicht schaffe, dass ich hier kurz vor Kilometer sechsunddreißig verrecke. Dabei ist sie an allem schuld. Wenn sie mich von Anfang an unterstützt hätte, dann hätte ich mich Christian nicht so an den Hals geschmissen und mein ganzes Leben für den Marathon umgekrempelt. Sie wäre zu mir durchgedrungen und mein Ohr wäre für ihre Worte offengeblieben. Aber sie musste ihr eigenes Ding durchziehen, ihr eigenes Leben hinterfragen. Damit hat sie die Verbindung gekappt.

Vielleicht habe ich mir die Verbindung von Anfang an nur eingebildet. Nach dem ersten Date, nach der Funkstille, nach dem nie gelesenen Brief, nach dem Kinobesuch dachte ich, etwas zu spüren, was vorher nicht da gewesen war. Wärme, Geborgenheit oder Nähe – ich weiß nicht, wie ich es benennen soll. Es fühlte sich gut an, aber vielleicht war es nur die Ahnung, dass ich nach so vielen Zurückweisungen einmal Glück haben könnte.

Wenige Tage nach dem Kinobesuch schrieb Anna mir eine Nachricht. Ihr Vermieter hatte ihr gekündigt, weil Becki die Miete monatelang schleifen ließ. Anna hatte ihren Anteil jeden Monat an Becki bezahlt, die die Gesamtmiete an den Vermieter überweisen sollte. Als Anna jedoch mit ihm sprach, erfuhr sie, dass seit acht Monaten keine Zahlung mehr erfolgt war. Die Mahnungen hatte Becki vor Anna versteckt. Anna sprach sie darauf an und fragte, wo das Geld geblieben sei. Doch Becki zuckte nur mit den Schultern und verwies Anna an die BaFöG-Stelle. Die könnten ihr bestimmt weiterhelfen, die hatten immer Geld. Es half nichts, der Vermieter hatte ihnen fristlos gekündigt und drohte mit einer Räumungsklage. Anna brauchte so schnell wie möglich eine neue Bleibe.

Ich zögerte mit dem Angebot, sie könne für die erste Zeit bei mir übernachten. Für ein richtiges Zusammenziehen ging es mir zu schnell. Wir waren erst seit ein paar Tagen ein Paar – zumindest glaubte ich das, gesprochen hatten wir nicht darüber. Auch dafür war alles noch zu frisch. Was würde passieren, wenn wir in dieser frühen Phase zusammen wohnten? Wohl war mir bei dem Gedanken nicht, aber Anna war in einer Notsituation. Und wenn ich ihr in dem Moment nicht geholfen hätte, dann wäre die Beziehung vorbei gewesen, bevor sie überhaupt richtig angefangen hatte.

Also zog sie bei mir ein. Am Anfang ging es besser, als ich gedacht hätte. Wir kamen uns morgens im Bad nicht in die Quere und wenn ich abends nach der Arbeit mal Ruhe brauchte, dann respektierte sie das. Wir versuchten, uns langsam aneinander zu gewöhnen. Das Problem lag jedoch nicht in der Geschwindigkeit. Wir waren aufgrund des Zusammenlebens gezwungen, über Themen zu sprechen, die bei einem normalen Beziehungsstart erst viel später aufgekommen wären. Als banales Beispiel fallen mir die Gardinen ein. Ich lebte bereits seit zwei Jahren in dieser Wohnung und war der Meinung, ich hätte sie gemütlich eingerichtet. Doch schon in der ersten Woche nach ihrem Einzug beschwerte sich Anna, weil an den Fenstern keine Gardinen hingen. Ich war leicht pikiert, denn ich fasste das als Angriff auf meinen Geschmack auf. Zur Verteidigung verwies ich auf die Rollläden, die den Raum effektiver verdunkelten als jeder Vorhang es jemals könnte. Anna ließ nicht locker und nach kurzer Zeit hatte sie Gardinen gekauft. Ich will nicht sagen, dass das schlecht für unsere Beziehung war. Wenn wir heute glücklich zusammen wären, dann würden wir über die Episode lachen und sie wahrscheinlich im Kapitel »Startschwierigkeiten« einsortieren. Aber nun erscheint es mir wie ein Vorbote der darauffolgenden Hindernisse.

Wir laufen am Güterplatz vorbei. Kilometer sechsunddreißig, noch habe ich sechs vor mir. Ich liege jetzt bei zwei Stunden und achtundvierzig Minuten. Wenn ich zumindest einen Sechs-Dreißiger-Schnitt schaffe, dann komme ich noch unter dreieinhalb Stunden. Das war mein Minimalziel. Also alles in Ordnung. Mein eigentliches Ziel habe ich abgemeldet, als der Zielläufer mit dem Drei-Stunden-fünfzehn-Ballon mich überholte. Das war auf der Mainzer Landstraße, als meine Beine rebellierten. Jetzt sind sie verstummt. Die Beine schweigen. So wie der Rest meines Körpers. Ich spüre nichts mehr. Ich habe kein Fleisch, keine Knochen mehr. Ich bin eine Feder, schutzlos wirbelnd in einem Abgrund. Wie durch die Augen eines anderen sehe ich die Menschen am Streckenrand. Sie jubeln mir zu.

Mein längster Trainingslauf erstreckte sich über eine Distanz von fünfunddreißig Kilometern. So weit wie heute bin ich noch nie zuvor gelaufen. Selbst wenn ich nicht ins Ziel kommen sollte, wäre es schon ein Erfolg. Moment, bin ich inzwischen zum Minimalisten geworden? Ich habe doch so viel geopfert, um heute in die Festhalle zu laufen. Das habe ich gerade nicht ernst gemeint. Oder doch? Vielleicht ist es besser, wenn ich jetzt aufhöre. Einfach, um ein Zeichen zu setzen. Woher kommt dieser Gedanke? Spielt mir mein Bewusstsein einen Streich? Nein, ich gebe nicht auf. Ich laufe jetzt durch. Egal, wie schnell. Die Hauptsache ist, ich laufe. Und wenn ich nicht mehr laufen kann, dann gehe ich. Und wenn ich nicht mehr gehen kann, dann krieche ich auf allen vieren bis zur Festhalle.

Ich erreiche die Mainzer Landstraße. Von hier geht es mehr als einen Kilometer geradeaus. Als ich den Platz der Republik passiere, werfe ich einen kurzen Blick nach links. Ab hier kommen mir die schnelleren Läufer entgegen. Sie biegen ab und haben nur noch etwa einen halben Kilometer bis ins Ziel. Ich sehe eine Läuferin auf der anderen Seite. Sie muss ganz weit vorne liegen. Ich versuche, auszurechnen, mit welcher Zeit sie ungefähr ankommen wird, aber ich gebe schnell auf. Mein Hirn ist zu matschig für komplizierte Kalkulationen.

In etwa dreihundert Meter Entfernung sehe ich eine Zuschauerin am Straßenrand. Sie hat braunes Haar, so wie Anna. Sie ist auch ungefähr so groß wie Anna und von hier kann ich schon erkennen, dass sie dieselbe Jacke hat wie Anna. Ich versuche, nicht darauf zu hoffen, dass es tatsächlich Anna ist. Demonstrativ schaue ich auf die andere Straßenseite. Doch als ich auf ihrer Höhe angekommen bin, wende ich noch mal meinen Blick zu ihr. Sie ist es nicht.

Ich denke an Anna, wie ihr Leben jetzt wohl verläuft. Wie sie isst, trinkt, lacht, weint, schläft und tanzt. Sie steht vor dem Spiegel, putzt sich die Zähne. Sie schaut Fernsehen und zwirbelt dabei ihr Haar mit zwei Fingern. Sie isst ihr Müsli, während sie ihr Buch liest, und lehnt sich dabei weit über die Schüssel, sodass sie zur gleichen Zeit essen und weiterlesen kann. Die ganze Zeit ist dieser eine Gedanke, der alles ändern könnte, der die Welt aus den Angeln heben würde, nicht in ihrem Kopf. Dieser Gedanke: »Wo ist Simon?« Schweigend weicht die Nacht dem Tag und ein weiteres Mal verbrennt die Sonne den Himmel, ohne dass sie diesen Gedanken denkt. Was wäre alles möglich mit ihm, und doch stehen wir hier ohne ihn – beziehungsweise steht sie irgendwo und ich laufe hier, und schon das Wort »beziehungsweise« ist blanker Hohn.

Warum musste es so ausgehen? Ich fühle mich machtlos, als hätte das Schicksal über uns geurteilt und mir bliebe nichts anderes übrig, als das zu akzeptieren. Ich konnte dich nicht mit Genuss betrügen. Mich selbst auch nicht. Deswegen lag in allem, was wir anfingen, bereits der Zerfall desselben. Nur weil es schön war, war es noch lange nicht beständig.

Ich werde von einem anderen Läufer überholt, an dem ich vorhin noch selbst vorbeigelaufen bin. War das der, den ich als Schnecke beschimpft habe? Ich bin mir nicht sicher. Er hat ein blaues Shirt an, so wie der andere. Doch dass er mich so leicht abhängt, passt mir nicht. Ich versuche, sein Tempo aufzunehmen und mich an ihn zu hängen. Er soll mich ein paar Meter ziehen. In seinem Windschatten wird es mir besser gehen.

Doch es bleibt beim Versuch. Ich will einen längeren Schritt setzen, aber meine Beine reagieren nicht. Meine Kniekehlen sind hart, meine Sehnen im hinteren Oberschenkel zerren an jenen im Unterschenkel. Meine Füße sind taub, überhaupt ist Taubheit das beherrschende Gefühl in meinem Körper. Ich bewege mich zwar vorwärts, meine Beine treten abwechselnd auf, so wie seit fast drei Stunden, und meine Arme schwingen locker neben meinem Oberkörper. Aber wenn ich versuche, mein Körpergefühl auf eines dieser Gliedmaßen zu lenken, dann ist es so, als wären sie nicht da.

Mein Körper bewegt sich von alleine, sagt nichts mehr, fühlt nichts mehr, will nichts mehr. Das ist einerseits gut, denn es macht mich zuversichtlich, dass ich den Marathon schaffen kann. Wenn dieser Zustand noch eine halbe Stunde anhält, dann rolle ich gemütlich ins Ziel. Ich vermute, dass ich immer noch schnell genug bin, um unter dreieinhalb Stunden zu bleiben. Wenn ich das schaffe, bin ich zufrieden. Mein Körper hat seine Aufgabe erfüllt. Darauf habe ich ihn monatelang vorbereitet und er hat mich nicht enttäuscht.

Andererseits beunruhigt mich die Taubheit. Mein Körper arbeitet ohne Widerspruch alles ab, was ich ihm vorgebe. Was ist, wenn er nicht mal mehr sagt, wenn ich über mein Limit gehe und meine Gesundheit gefährde? Werde ich die Signale wahrnehmen, wenn mein Körper sagt, dass es zu viel ist? Das ist kein Spaß, es sind schon Menschen beim Marathon tot umgefallen. Ich habe mich immer gefragt, warum sie nicht vorher stehen geblieben sind, als sie es noch konnten. Vielleicht geht es mir jetzt genauso? Vielleicht habe ich den Punkt schon überschritten, an dem ich gefahrlos hätte aussteigen können.

Ich komme an einem Getränkestand vorbei. Viele Läufer bleiben stehen, um etwas zu trinken, aber ich laufe weiter, ohne anzuhalten. Ich verspüre keinen Durst, die letzten Kilometer muss ich jetzt auch nicht mehr trinken. Zudem habe ich Angst, anzuhalten oder auch nur mein Tempo zu reduzieren. Möglichst gleichmäßig muss ich jetzt laufen. Wenn ich stehenbleibe, könnte es sein, dass ich es nicht mehr schaffe, loszulaufen.

Von der Gefahr der Überlastung abgesehen scheint es mir vorteilhaft, dass mein Körper nicht mehr meckert. Er ist in eine Art Standby gegangen. Das klingt merkwürdig, denn er läuft noch, doch er befindet sich im Energiesparmodus. Die gleichmäßige Bewegung ist kein Problem, aber die kleinste Abweichung stellt eine Herausforderung dar. Bei jeder Abbiegung merke ich das. Ich muss meinen Körper zwingen, das Gewicht leicht in die Kurve zu legen und mich mit dem äußeren Bein stärker abzudrücken, damit ich nicht weiter geradeaus laufe. In diesem Modus habe ich die direkte Kontrolle über meinen Körper übernommen. Er hat keinen Willen mehr, und da ihm auch Selbstverständlichkeiten wie eine einfache Linkskurve Schwierigkeiten bereiten, hat er auch sein Selbst verloren.

Ich bin Nichts, mein Laufen ist Nichts. Die Welt um mich herum ist Etwas, aber ich bin Nichts und gehöre nicht mehr dazu. Mein Ich hat sich aus meinem Körper befreit und aufgelöst. Mein Körper läuft weiter, irgendwo durch Frankfurt, einem fernen Ziel entgegen.

Bei Kilometer siebenunddreißig schaue ich auf die Uhr. Wenn ich mich nicht verrechnet habe, dauerte der letzte Kilometer etwas unter sechs Minuten. Ich weiß zwar nicht mehr, warum ich laufe, aber wenigstens weiß ich noch, wie ich laufe und wohin. Trotzdem ist das Tempo zu langsam für das, was ich mir vorgestellt hatte. Aber ich kann daran nichts ändern. Um zu beschleunigen, brauche ich einen Körper, der das kann. Mein Körper kann nichts mehr, außer in dieser gleichmäßigen Pace weiterzulaufen. Damit kann ich meinen Traum von einer schnellen Zeit endgültig begraben. Meinen Zeitplan kann ich abhaken. Noch eine Sache, die sich in Luft auflöst.

Ich laufe weiter auf der Mainzer Landstraße in Richtung Innenstadt und am Streckenrand stehen jetzt wieder mehr Zuschauer. Sie klatschen und jubeln mir zu. Offensichtlich haben sie großen Respekt vor unserer Leistung. Sie feuern mich an und rufen Sprüche, die sie für motivierend halten. Ich will das nicht hören. Einer ruft: »Du schaffst das!« Natürlich,

ich bin auch nicht so fett wie du. Solche Banalitäten brauche ich jetzt nicht.

Wieder steigt die Wut in mir hoch. Diese Idioten am Streckenrand. Wie viele von denen waren schon mal so weit wie ich heute? Was wissen die überhaupt? Ihr Anfeuern ist sinnlos, denn sie können mich nicht erreichen. Warum merken sie das nicht? Ich hätte jetzt gerne jemanden an meiner Seite, der mich versteht. Christian, Günther oder Joachim könnten mich motivieren, denn sie wissen, was ich gerade durchlebe, weil sie es ebenfalls erlebt haben. Aber sie sind nicht hier. Ich muss alleine durch.

Plötzlich überholt mich eine Erinnerung an Anna. Es war im Sommer des letzten Jahres, kurz nachdem wir ein Paar wurden. Wir hatten uns an jenem Abend nach der Arbeit am Mainufer getroffen, saßen auf der Wiese, tranken Bier und schauten verliebt auf die Skyline am gegenüber liegenden Flussufer. Anna erzählte von dem Roman, den sie gerade las. Es war eine tragische Liebesgeschichte eines unbekannten südamerikanischen Autors. Sie erklärte mir, warum die Geschichte sie bewegte. Als Beispiel las sie eine Passage vor, die sie mit ihrem Handy fotografiert hatte.

»Wenn dich jemand fragt: ›Liebst du mich?‹, und du antwortest: ›Ja, ich liebe dich.‹ Würdest du es dann glauben? Und wenn sie dich dann küsst und dir in die Augen schaut, glaubst du es dann? Und wenn sie dich umarmt und sagt: ›Mit dir möchte ich den Rest meines Lebens verbringen.‹ Kannst du es dann glauben? Wenn du es heute nicht glaubst, dann glaubst du es auch morgen nicht. Denn wenn dich das alles kalt lässt, dann trägst du keine Liebe in dir.«

Damals verstand ich die Passage so, dass Anna sich selbst in der angesprochenen Person wiederfand. Dass sie Angst hatte, nicht in der Lage zu sein, richtig und aufrichtig zu lieben. Um ihr die Last zu nehmen, gab ich ihr zu verstehen, dass ich sie liebte. Sie sah mir tief in die Augen und wir küssten uns leidenschaftlich. Später in ihrer Wohnung sind wir ... Okay, ich gebe zu, dass es nicht so passiert ist. Das ist die offizielle Version, die ich erzähle, wenn Freunde mich fragen, wie wir uns verliebt haben, und ich sie mit einer schmalzig-kitschigen Story zum Schweigen bringen will.

Aber wahr ist, dass ich damals bei Anna diese Angst vermutete. Ich grübelte oft darüber nach, wie ich einer solchen Angst begegnen könnte, doch ich kam nie zu einem Ergebnis. Und jetzt, auf der Mainzer Landstraße, wo es mir so geht, wie Rio Reiser singt: »Wir sind wie alle anderen, und wir möchten heim«, da kommt nicht nur diese Erinnerung wieder hoch, sondern auch ein neuer Gedanke dazu. Diese Textpassage ist ganz und gar pessimistisch. Sie verkleinert die Liebe auf ein paar wenige Taten, die genauso gut nichtssagend sein könnten, aber in diesem Fall werden sie aufgebauscht, als wären sie das Äquivalent aller Gefühle, die Liebe ausmacht. Doch der Clou ist, dass sie am Ende nur Zeugnis dafür sind, dass es die Liebe nicht gibt, zumindest nicht für diese Person, vielleicht aber auch für niemanden.

Ich weiß zwar nicht, wie ich die Liebe stattdessen am besten beschreiben kann. Aber jetzt gerade suche ich sie in unserer Beziehung und finde noch weniger Anhaltspunkte als der südamerikanische Autor. Was Anna und ich getan haben, war so banal und austauschbar, da kann ich schwerlich von Liebe sprechen. Liebe muss doch etwas Schicksalhaftes haben und dementsprechend müssen die Handlungen zweier Liebender einzigartig sein. Mir kommt es jetzt so vor, als hätte es das bei uns nicht gegeben. Deswegen waren wir zum Scheitern verurteilt. Musste ich erst siebenunddreißig Kilometer laufen, um zu dieser Erkenntnis zu gelangen?

Ich weiß, ich sehe das alles grade sehr pessimistisch. Aber ich kann nicht anders. Meine Kräfte schwinden und meine

Muskeln verhärten sich immer mehr. Ich kann nur noch laufen und währenddessen die Menschen um mich herum betrachten. Das alles ist sinnlos. Es bringt mich nicht vorwärts. Am Start habe ich mir eingeredet, dass der Marathon einen Unterschied in meinem Leben ausmachen kann. Stattdessen werde ich ins Ziel kommen und der Alltag wird zurückkehren.

Warum mache ich das hier überhaupt?

Da war sie, diese Frage. Ich habe im Vorfeld mit einigen gesprochen, die Marathonerfahrung besitzen. Und jeder hat davon berichtet, dass er sich irgendwann gegen Ende des Rennens diese Frage gestellt hat. Günther hat es mit den Qualen begründet, denen man ausgesetzt ist. Es mache keinen Spaß und rational betrachtet sei es unnatürlich, sich selbst diesen Schmerzen auszuliefern. Man beginne, an seinem Verstand zu zweifeln. Ich habe mir in der Vorbereitung gesagt, dass ich dieses Problem nicht haben werde, da ich genau wisse, warum ich laufe. Trotzdem hat sich die Frage jetzt durch die Hintertür eingeschlichen. Rauswerfen kann ich sie nicht mehr. Während ich mich im Wohnzimmer mit meiner Liebe zu Anna beschäftigt habe, hat sie sich im Schlafzimmer häuslich eingerichtet. Das kann kein Zufall sein, da muss ein kausaler Zusammenhang bestehen.

Wie auch immer, nun ist die Frage gestellt und ich muss ihr begegnen. Doch mir fehlen die Mittel. Ich bin nur ein Marathonläufer, der sich auf den letzten Kilometern körperlich und geistig in seine Einzelteile zerlegt hat. Mein Körper läuft auf Sparflamme und meine Gedanken sind belanglos.

Ja, das sind sie. Alles, was ich denke, ist bereits gedacht worden. Alles, was ich tue, ist bereits getan worden. Wir Menschen haben jeden Gedanken zu Ende gedacht. Was ich selbst denke und tue, macht keinen Unterschied mehr. Und es interessiert auch niemanden. Christian nicht, Joachim und

Günther ebenfalls nicht und erst recht nicht Anna. Also kann ich es genauso gut sein lassen.

Die Menschheit als Ganzes ist mir als Einzelnem meilenweit voraus. Ich bin zwar ein Teil davon, aber unbedeutend klein, noch nicht mal ein Milliardstel. Die gesamte Menschheit ist beinahe allwissend. Wir kennen die Relativitätstheorie, die Strings, die DNS und wir haben bis zum Ende der Galaxie geschaut. Wir wissen, dass wir sterblich sind. Wir haben so viel Wissen angehäuft, dass es nun an der Zeit ist, zu gehen. Die Menschheit bevölkert diesen Planeten erst seit Kurzem. Aber sie ist alt. Es ist nicht tragisch, wenn wir aussterben. Was für die Gemeinschaft gilt, gilt auch für den Einzelnen.

Also ist es nicht tragisch, wenn ich heute sterbe.

KAPITEL SIEBEN

RENNPFERDE

Simon erwachte vom Schweiß durchnässt mitten in der Nacht. Im ersten Moment war er orientierungslos. Unsicher tastete er herum und fand das Bett neben sich leer vor. Anna war nicht da. Wo war sie? Warum lag sie nicht neben ihm? Sein Unbehagen nahm zu und er bemerkte seinen schweren Kopf. Ihm fiel ein, dass er am Abend zwei Bier getrunken hatte. Durch seine längere Abstinenz und das intensive Training war er schnell betrunken gewesen und auf dem Sofa eingedöst. Doch wie war er ins Bett gekommen? Den weiteren Abend konnte er nicht mehr rekonstruieren. Und warum Anna fort war, wusste er auch nicht. Sein Kopf dröhnte.

Er stand auf und schlurfte in die Küche. Dort überfiel ihn ein Weinkrampf. Das kam vom Alkohol. Wenn er in traurigem Zustand trank, wurde er noch trauriger. Er heulte vor sich hin, öffnete den Kühlschrank und nahm sich eine Flasche Bier. Warum war Anna nicht da? Diese Frage brauste durch seinen Kopf und Simon versuchte, sie mit einem großen Schluck zum

Schweigen zu bringen. Doch es half nicht. So konnte er sie nicht zurückbringen.

Die Uhr zeigte zwei Uhr dreiundzwanzig und er verspürte keine Lust, in das leere Bett zurückzukehren. Er stellte das halbvolle Bier in den Kühlschrank zurück, als Reserve für schlechtere Zeiten, und zog seine Laufhose an. Dazu ein Funktionsshirt und ein schwarzes Longsleeve. Er schnürte die Laufschuhe, schnappte seine Laufuhr und verließ die Wohnung.

Auf der Straße schlug er wahllos eine Richtung ein und begann zu laufen. Nach kurzem Weg durch das Wohngebiet kam er auf freies Feld. Über ihm war klarer Himmel und um ihn herum wenig Licht. Simon blieb stehen und schaute nach oben. Tausend Sterne funkelten am Firmament. Ihm kam es so vor, dass sie heute noch heller leuchteten als sonst. Der Anblick hätte Anna gefallen. Dieser Gedanke führte zu einem nächsten Weinkrampf.

»Wo ist sie? Warum ist sie nicht da?«

Mit tränennassem Blick nahm Simon eine Sternschnuppe wahr. Sie startete in seinem rechten Augenwinkel und fiel schräg nach links über den Himmel. Er drehte seinen Kopf in ihre Richtung, aber sie war bereits wieder erloschen. Noch eine Sternschnuppe flog von rechts nach links. Er erinnerte sich, dass er beim Anblick einer Sternschnuppe einen Wunsch frei hatte. Doch es kam ihm närrisch vor. Er brauchte keine Sterne, um sich seine Wünsche zu erfüllen. Er hatte das selbst in der Hand. Noch als er den Gedanken formulierte, sah er eine dritte Sternschnuppe. Und dann noch eine. Und noch eine. Auf einmal leuchtete der ganze Himmel voller Sternschnuppen. Nichts blieb mehr an seinem Fleck, alles war in Bewegung.

Simon lief wieder los, doch die Sterne wollten nicht stehen bleiben. Wie ein galaktisches Feuerwerk vollführten sie einen Tanz am nächtlichen Himmel. Die Sternbilder veränderten sich. Er konnte Muster ausmachen, doch bevor sie richtig greifbar wurden, hatten sie sich schon verändert. Er sah Bilder, die ihn an zu Hause erinnerten, Teile von Annas Körper, den Start vom Marathon. Manche Menschen glauben daran, dass in den Sternen die Zukunft zu lesen sei. Vielleicht sah Simon gerade seine Zukunft, aber ihm fehlte die Fähigkeit, die Bilder zu interpretieren. Ebenso gut konnte das alles auch Einbildung sein und er sah genau das, was er sehen wollte.

Wenn Anna das erleben könnte! Doch Simon wusste, dass sie niemals hierherkommen würde, da sie nicht lief, erst recht nicht spät in der Nacht. Simon war an einem Ort, den er nur laufend erreichen konnte. Anna konnte er nicht mitnehmen. Für sie führte kein Weg hierher. Wenn er ihr davon erzählen wollte, dann würde sie ihn wahrscheinlich für verrückt erklären. Das Wunder der tanzenden Sterne konnte sie nur begreifen, wenn sie es mit eigenen Augen sah. Selbst Simon kam es unwirklich vor.

Aber sie könnte wenigstens versuchen, ihn zu verstehen. Die ganze Zeit ging es um sie. Ihre Probleme waren wichtig, doch was er erlebte, schien nicht der Rede wert. Das machte ihn wütend. Was erlaubte sie sich? Er war schließlich hier und sah die Sterne tanzen. Und wo war sie? Wo?

Simon lief weiter durch die Felder und beschleunigte. Je mehr er nachdachte, desto wütender wurde er. Und je wütender er wurde, desto schneller lief er. Als würde ihm der Zorn zusätzliche Kräfte verleihen, flog er über die asphaltierten Wege.

Mit einem Mal legte sich Dunkelheit um ihn. Die Sterne verschwanden hinter dichten Wolken und Nebel zog vor ihm auf. Er lief in die graue Wand hinein und nach ein paar hundert Metern war sein Sichtfeld stark eingeschränkt. Simon blieb stehen und lauschte. Es war so still, dass er nicht mal wagte, zu atmen. Langsam lief er weiter und erreichte eine Abzweigung. Das konnte der Weg nach Eschborn sein, aber wirklich sicher war er sich nicht. Er entschloss sich dafür, geradeaus zu laufen.

Noch immer umgab ihn der dichte Nebel wie eine schwarzgraue Suppe. Während er weiterlief, konnte er vor sich die Schemen einer großen Gestalt erkennen. Je näher Simon ihr kam, desto mehr Details sah er. Sie stand auf vier Beinen und ihre Schulter lag auf Höhe seiner Augen. Sie hatte einen langen Hals und einen länglichen Kopf. Ohne Zweifel, das war ein Pferd. Es stand nicht mehr als fünf Meter von ihm entfernt und schnaubte laut. Sein dunkelbraunes Fell glänzte und glitzerte von Schweiß oder kondensiertem Nebel. Das Tier strotzte vor Kraft und Energie. Simon konnte die ausdefinierten Muskeln erkennen, doch er wagte nicht, es anzufassen.

Mit vorsichtigem Abstand bewegte er sich an dem Pferd vorbei und setzte seinen Weg fort. Er lief immer weiter, mal durch den Wald, mal über das Feld. Um ihn herum war es still. Neben dem Getrappel seiner Füße auf dem Asphalt konnte er nur seinen leisen Atem hören. In seinem Kopf erklang die Stimme Christians: »Lauf so gleichmäßig wie möglich. Monotonie ist Harmonie, ist Perfektion.« Jeder neue Schritt glich dem letzten, seine geschmeidigen Bewegungen bekamen eine Selbstverständlichkeit, als hätte er nie etwas anderes getan.

»Alle Kilometer müssen identisch sein. Je gleicher sie sind, desto besser kannst du eine Abweichung spüren.« Christians Stimme räusperte sich in Simons Gedanken. »Ein Großteil deines Trainings wird daraus bestehen, diese Gleichmäßigkeit zu trainieren. Deswegen sind die langen Läufe so wichtig. Um deinen Geist darauf vorzubereiten, was während des Marathons passiert. Du machst dich von allen ablenkenden Gedanken frei, schärfst die Wahrnehmung für die Signale deines Körpers und konzentrierst dich darauf, möglichst gleichmäßig zu laufen. Das ist das absolut Wichtigste. Lass dich nicht ablenken!«

Nach einer Weile lichtete sich der Nebel und er bog auf einen Weg ein, der ihm unbekannt war. In einiger Entfernung konnte er die Autobahn erkennen. Er befand sich wohl noch immer irgendwo in den Feldern nördlich von Frankfurt. Die Autobahn musste die A66 sein, die Frankfurt mit Wiesbaden verband. Selbst in diesen frühen Morgenstunden leuchteten dort die Scheinwerferkegel mehrerer Autos auf. Links von sich sah Simon Beerensträucher und er war kurz versucht, ein paar zu pflücken. Auf der anderen Seite lag ein Feld voller Disteln und jemand hatte ein Fahrrad mit platten Reifen achtlos an den Wegesrand geworfen.

Vor ihm dämmerte es bereits, er war also schon eine Weile unterwegs. Wie lange, wusste er nicht. Hatte er seine Uhr mitgenommen? Simon erinnerte sich nicht. Er hatte das Gefühl für Zeit und Ort vollkommen verloren. Doch das war ihm egal und seine Wut wich einer inneren Zufriedenheit.

Obwohl er sich nicht auskannte, lief er weiter geradeaus. Er erreichte eine Kleinstadt, doch die Straßen waren verlassen. Mittlerweile stand die Sonne schon ein wenig über dem Horizont. Simon schätzte die Zeit auf etwa neun Uhr morgens, trotzdem war außer ihm keine Menschenseele unterwegs. Er lief durch mehrere Straßen, aber er sah niemanden. Keinen, der Brötchen holte oder mit dem Hund Gassi ging. Es war, als wäre er der einzige Mensch auf der Welt.

Simon bog um eine Ecke und sah vor sich eine riesige Menschenmenge. Hunderte hatten sich unter einem Startbanner versammelt, als wären sie bei einem Volkslauf. In dem Moment, als er bei der Menge ankam, fiel der Startschuss und die Leute fingen an zu rennen. Er lief ihnen hinterher.

Er folgte ihnen in rasendem Tempo und war schnell an den hintersten Läufern vorbeigezogen. Doch das Feld lag dicht beieinander, daher musste er immer wieder einen Bogen laufen und ausweichen. Als er einen Läufer in einem roten

Trägerhemd überholen wollte, sprach dieser ihn von der Seite mit seinem Namen an. Es war Günther. Simon sollte sich keine Sorgen machen, sagte er. Alles werde gut enden. Simon wollte ihm antworten, doch Günther war bereits in der Menge verschwunden.

Dann sah er Joachim von hinten und rief seinen Namen. Joachim drehte sich um. Es sei nicht in Ordnung, dass Simon keine Startnummer habe, mahnte Joachim und überreichte ihm die Nummer Eintausend-siebenhundertneunundzwanzig. Simon überraschte, dass Joachim ihm sogar vier Sicherheitsnadeln gab, mit denen er die Nummer an seinem Shirt befestigen konnte. Weiter wunderte er sich nicht, woher sein Freund gewusst hatte, dass er kommen würde.

Simon hatte jetzt eine Startnummer und war damit offizieller Teilnehmer dieses Rennens. Er fühlte sich gut, so fit wie schon lange nicht mehr. Er fühlte die Energie durch seine Arme und Beine strömen, als er die nächsten Läufer überholte.

Mittlerweile hatte er den größten Teil des Feldes hinter sich gelassen. Die anderen Teilnehmer liefen nicht mehr so eng beieinander und es wurde einfacher, an ihnen vorbeizukommen. Immer noch war Simon deutlich schneller als sie. Er überlegte, welche Strecke insgesamt zurückgelegt werden musste. War es ein Zehnkilometerrennen oder ein Halbmarathon? Er sollte sein Tempo an die übrige Streckenlänge anpassen.

Simon holte den nächsten Läufer ein. Der schwang seine Arme in großen Kreisen auf und ab, sein Oberkörper bewegte sich wild hin und her. Er schnaufte, als ob er gleich aus seinen Schuhen kippen würde. Fast sah er aus wie eine Lokomotive. Simon fragte ihn, welche Strecke zu laufen war. Sein Kontrahent schaute ihn an und sagte etwas in einer fremden Sprache, die Simon nicht kannte. War das Tschechisch? Simon hatte kein Wort verstanden. Er bedankte sich bei ihm und beschleunigte wieder.

Weiter vorne, am Streckenrand, stand Christian. Als er Simon erblickte, applaudierte er, aber sagte nichts. Er hatte heute blondes Haar, deutlich heller als sein übliches braunes. Erst jetzt sah Simon, dass sein Trainer eine Perücke trug. Noch immer schwieg er und schaute Simon mit strengem Blick an.

Bevor Simon an ihm vorbeilief, passierte er einen Kleinbus, der am Straßenrand parkte. Vor der offenen Heckklappe war ein Stehtisch aufgebaut, auf dem ein Laptop stand. Daneben ragte ein Lautsprecher in die Höhe, der durch Kabel mit dem Laptop verbunden war. Am Tisch hatte sich der Streckensprecher mit einem Mikrofon platziert. Seine Worte erklangen aus dem Lautsprecher.

»Dort kommt der Zweitplatzierte! Es ist Simon. Er hat sich kurzfristig für den Start entschieden. Aktuell bereitet er sich auf den Frankfurt Marathon vor. Wir hoffen, dass er seine Ziele dort erreichen wird.«

Woher wusste er das alles? Irritiert schaute Simon erst zu dem Sprecher und dann zu Christian, der ihn weiterhin mit strengem Blick fixierte. Jetzt konnte Simon leichte Missbilligung in seinen Augen lesen.

»Doch jetzt setzt er alles aufs Spiel. Aus ihm hätte ein großer Läufer werden können, aber statt sich für den Marathon auszuruhen, ist er heute hier am Start. Er sieht frisch aus, schnell, durchtrainiert und seine Chancen stehen gut, hier und heute zu gewinnen. Aber ist es das wert? Simon, du musst dich entscheiden!«

Was redete er da? Simon überlegte kurz, anzuhalten und alles richtigzustellen. Da sah er weiter vorne den Erstplatzierten. Er beschleunigte und holte den Rückstand in kurzer Zeit auf. Sie liefen nun nebeneinander, Simon drehte sich zu ihm und sah in das Gesicht von Arne Gabius. Was machte er hier, auf so einem popeligen Volkslauf? Und warum war er so langsam? Simon wollte ihn ansprechen, aber aus seinem Mund kamen keine Worte. Als Simon weiterlief, schaute ihm der Marathonrekordler verdutzt hinterher. Er hatte offenbar nicht damit gerechnet, dass jemand schneller sein könnte.

Simon hatte alle hinter sich gelassen und bekam jetzt einen riesigen Durst. Er war wohl schon mehrere Stunden gelaufen, ohne nur einen Tropfen zu trinken. Zum Glück sah er nach kurzer Zeit eine Getränkestelle, die zu dem Volkslauf gehörte. Sie bestand aus einem Tisch mit unzähligen Pappbechern. Er blieb stehen und leerte einen Becher mit einem Zug. Erst hinterher fiel ihm auf, dass es Bier gewesen war. Bevor er sich darüber wundern konnte, hatte er bereits einen zweiten Becher getrunken. Doch der Durst blieb. Er stürzte auch den dritten Becher hinunter. Was war das nun schon wieder? Ein Volkslauf, bei dem Alkohol ausgeschenkt wurde? Vielleicht war es einer dieser neumodischen Genussläufe. Am nächsten Stand gab es wahrscheinlich Lachsschnittchen. Das musste Simon direkt mal prüfen.

Er wollte weiterlaufen, doch nun wurde ihm schwummrig. Torkelnd griff er nach einem vierten Becher und hielt sich mit der anderen Hand am Tisch fest. Als er den Becher zum Mund führte, versagten ihm die Beine und er fiel in eine barmherzige Ohnmacht.

Er öffnete die Augen wieder. Plötzlich war Anna da. Mit sorgenvollem Gesicht schaute sie auf ihn herab.

»Mein Liebster, was tust du nur? Du bist viel zu weit gelaufen. Wie willst du jetzt wieder nach Hause kommen?«

Simon wollte ihr alles erklären. Dass er nur wegen ihr gelaufen war. Um sie zu suchen. Er wollte ihr von den tanzenden Sternen erzählen, von dem Nebel, dem Pferd und dass er beinahe das Wettrennen gegen Arne Gabius gewonnen hätte. Aber er wollte ihr auch sagen, dass das alles keine Bedeutung gehabt hätte, wenn er sie nicht getroffen hätte. Simon wollte das alles mit ihr teilen. Doch wieder kamen keine Worte aus seinem Mund.

Anna schüttelte den Kopf. Sie drehte sich um und schien zu einer anderen Person zu sprechen, die Simon nicht sehen konnte. »Morgen, wenn die Sonne aufgeht, wird er alles klar sehen. Nicht, weil es heller ist, sondern weil er verstehen wird, dass die Dinge so lange vergehen, bis er sie vergisst.«

Simon wurde abermals schwarz vor Augen.

Am Morgen wachte er schweißgebadet in seinem Bett auf. Sein Kopf dröhnte und seine Stirn glühte.

KILOEMTER VIERZIG

FRESSGASS

Ich bin wie eine Feder, von Last und Hast befreit. Ich bin wie eine Feder, zum Sprung allzeit bereit.

Das kam mir eben in den Sinn. Meine Gedanken schwimmen unkontrolliert durch den Raum. Manchmal bin ich in diesem Zustand kurz nach dem Aufwachen, wenn das Geträumte noch im Kopf ist. Dann bin ich fest davon überzeugt, dass mein Gedachtes total genial ist. Manchmal schreibe ich es noch im Halbschlaf auf, und später lese ich, im hundertprozentig wachen Zustand, nur Banales und Durchgeknalltes. Zum Glück habe ich jetzt nichts zum Schreiben dabei.

Und die Gedanken schwimmen weiter, ohne dass ich sie einfangen kann.

Laufen ist die Wissenschaft von Zeit und Raum. Es gilt eine gegenseitige Abhängigkeit. Der Läufer kann keine Strecke zurücklegen, ohne dass Zeit vergeht. Je weiter er läuft, desto mehr Zeit benötigt er. Dagegen kann sich niemand wehren, ob man den Marathon in zwei Stunden läuft oder in sechs. Der

Zusammenhang ist aber nicht streng linear. Während der Läufer kurze Strecken in einer kurzen Zeitspanne zurücklegt, so braucht er für die doppelte Strecke nicht die doppelte Zeit, sondern mehr. Den Halbmarathon kann ich in eineinhalb Stunden laufen, aber als ich eben die Drei-Stunden-Grenze überschritten habe, war ich noch weit vom Ziel entfernt. Manche sagen, die Faustformel für die Marathonzeit sei der Halbmarathon mal zwei plus zehn Minuten, aber auch das werde ich nicht schaffen.

Je weiter ich laufe, desto länger brauche ich, und je weiter ich laufe, desto mehr gewinne ich den Eindruck, dass die Zeit sich dehnt. Ich werde immer langsamer, das sagt mir meine Uhr, die Zeit scheint beinahe still zu stehen.

Die Welt um mich herum krümmt sich. Der Himmel ist blau, weil das Sonnenlicht sich am Horizont bricht. Ebenso verfärbt sich die Stadt um mich herum. Vielleicht ist es auch der Doppler-Effekt, so genau kann ich das jetzt nicht sagen, aber mit Sicherheit weiß ich, dass ich meine Umwelt noch nie so wahrgenommen habe. Meine Nase riecht anders, meine Ohren hören anders und meine Augen sehen anders.

Neben mir läuft ein Junge, vielleicht zwölf Jahre alt, aufgekratzt durch den Lärm und den Trubel. Aus den Lautsprechern klingt »Don't stop me now« von Queen. Hat der Junge einen Luftballon in der Hand? Ich kann meinen Kopf nur mit Mühe drehen, aber jetzt sehe ich es. Ja, ein roter Ballon, mit Helium oder einem ähnlichen Gas gefüllt, das leichter als Luft ist. Er fliegt über dem Kopf des Jungen hinter ihm her. Der Junge läuft noch immer neben mir. Er will herausfinden, wie lange er mithalten kann.

Er lacht. Ein hohes, helles Kreischen, das unter normalen Umständen nicht auszuhalten wäre. Doch jetzt vermischt es sich mit der Stimme von Freddie Mercury und ich bilde mir ein, einen Satz herauszuhören: »Du schaffst das.«

Ich weiß, dass der Junge das nicht gesagt hat. Erschöpft gibt er auf und bleibt am Straßenrand stehen. Wahrscheinlich schaut er mir hinterher, ich weiß es nicht. Ich kann es nicht sehen, kann meinen Kopf nicht drehen. Ich überlege kurz, mich bei ihm zu bedanken, aber dafür müsste ich anhalten und mich umdrehen. Das geht jetzt nicht. Außerdem hat er es nicht gesagt. Ich gehe den Text des Queen-Songs im Kopf durch, singe ihn leise vor mich hin, stimmlos, um Atem zu sparen. Ich überlege, an welcher Stelle ich mich verhört haben könnte. Es gibt keine, das weiß ich. Ich kenne das Lied gut, es ist einer meiner Lieblingssongs. In keiner Strophe singt Mercury etwas, das sich so ähnlich anhört wie »Du schaffst das«. Und obwohl ich mir sicher bin, dass es keine solche Stelle gibt, fallen mir auf Anhieb drei auf, die infrage kämen. Aber welche sind das? Ich kann sie nicht benennen. Sie sind da und doch nicht da. Ich bin eine Rakete auf dem Weg zum Mars in der Frankfurter Innenstadt, ich bin ein Satellit und habe Durst.

Du schaffst das. Der Gedanke, dass der Junge diesen Satz gesagt haben könnte, sollte mir Mut machen. Aber es funktioniert nicht. Zwar habe ich nur noch zwei Kilometer ins Ziel, aber meine Moral ist am Tiefpunkt. Ich werde den Rest schon noch schaffen, aber was ist das wert? Vor dem Lauf hatte ich mir vorgenommen, bis zum Ende zu kämpfen, alles zu geben. Aber jetzt geht nichts mehr. Meine Energiespeicher sind leer. Ich schlurfe nur so dahin, mit Leistungssport hat das nichts mehr zu tun. Schwach und wertlos komme ich mir vor. Ich bin das stille Mineralwasser unter den Limonaden. Außer Zahnbelag habe ich nicht viel drauf. Ich werde von anderen Teilnehmern überholt. Keiner sieht besonders frisch aus. Alle müssen kämpfen, aber bei den anderen sieht es nicht so erbärmlich aus wie bei mir. Ich bin der Wurm unter den Anakondas, ein Kiwi unter Sträußen, ein Bonsai unter Mammutbäumen, eine Erbse unter den ganzen Melonen.

Ich möchte am liebsten stehen bleiben. Darauf hat Günther mich vorbereitet, als er sagte, dass ich irgendwann keinen Bock mehr haben würde. Auf meine Frage, ob mich nicht das grandiose Gefühl, es so weit geschafft zu haben, ins Ziel tragen würde, winkte er ab. Im besten Fall sei ich müde, aber wahrscheinlich bekäme ich Schmerzen oder sogar Krämpfe. Er habe sich bei jedem Marathon irgendwann gefragt, warum er sich das eigentlich antue. Eine Woche später habe er sich für den nächsten Marathon angemeldet. Ein bisschen verrückt sei das schon, gab er unumwunden zu.

Das denke ich auch, als jemand neben mir schreiend zu Boden fällt. Sofort ist ein Zuschauer bei ihm und will ihm aufhelfen. Der Läufer fasst sich an die Wade. Er legt sich auf den Rücken und der Zuschauer drückt sein gestrecktes Bein am Fuß fassend in die Senkrechte. Während die Dehnung den Krampf bekämpft, stöhnt der Verletzte auf. Als wären wir im Krieg, schießt mir durch den Kopf. Andere Läufer schauen besorgt zu ihm, als befürchteten sie, das nächste Opfer zu sein. Noch einmal stürmt, will ich ihnen zurufen – aber wozu? Was für einen Sinn hätte das?

Ich versuche, in mich hinein zu fühlen, aber da ist nichts. Mein Körper ist immer noch stumm, leistet stupide seine Arbeit. Vor einigen Kilometern konnte ich noch mit ihm reden. Ich musste meine Beine, die so lautstark protestierten, überzeugen. Sie haben sich meinem Willen gebeugt und sind irgendwann verstummt. Mein ganzer Körper ist in einen Zustand der Taubheit eingetreten. Nein, taubstumm trifft es besser. Stumm, weil er keine Zeichen mehr von sich gibt. Taub, weil ich nicht mehr auf ihn einwirken kann. Aber ich bin weitergelaufen. Meine Beine haben einen Schritt vor den anderen gesetzt und ich bin dem Ziel stetig näher gekommen. Schon da hatte ich keine Kraft mehr, ich war allein getrieben von meinem Willen. Und nun? Nun ist der Wille aufgebraucht.

Der Wille kam in Gestalt eines Plans und eines Ziels. Das Ziel war, diesen Marathon zu Ende zu laufen. Dazu hatte ich mir einen Plan zurechtgelegt. Der Plan bestand aus Zwischenzeiten, und jetzt merke ich, dass das nicht ausreicht, um heute zu finishen. Mit der Kraft schwand auch die Geschwindigkeit und ich musste mich nach und nach von meinem Zeitplan verabschieden. Jetzt ist nur das Ziel übriggeblieben und gleichzeitig bin ich hier, kurz vor Kilometer vierzig, alleine mit meinen Gedanken, die darum kreisen, dass dieses Ziel doch einen Sinn haben muss. Was war noch mal dieser Sinn? Habe ich mir diese Frage bereits gestellt?

Ich frage mich, ob es da noch etwas gibt, für das es sich zu kämpfen lohnt. Etwas Verborgenes, Unerkanntes, Ungreifbares, das außerhalb meiner Wahrnehmung liegt. Ich denke an Gott oder zumindest an das Konzept eines höheren Wesens oder einer allgemeingültigen Wahrheit. Vielleicht gibt es so etwas, aber ich halte das für unwahrscheinlich. Wenn es einen Gott gibt, dann müsste er sich der Menschheit irgendwann zeigen. Irgendwann in ferner Zukunft würde der Vorhang sich öffnen und Er würde sich der Welt offenbaren. Es wäre interessant, zu sehen, wie die Menschen darauf reagieren. Wahrscheinlich wäre von »Das hätte ich niemals geglaubt« bis »Ich habe es immer schon gesagt« alles dabei. Aber meine erste Frage an Ihn wäre: »Wo hast Du so lange gesteckt?« Das Übel in dieser Welt ist ein Zeichen dafür, dass Gott sich besser um seine Schöpfung kümmern könnte. Sie bedürfte regelmäßiger Pflege. In diesem Punkt bewegen wir uns zurzeit auf dem Niveau meiner Büropflanze, die traurig die Blätter hängen lässt, bis ich sie zwei Wochen später gieße. Gott ist ein ebenso schlechter Gärtner wie ich. Und je länger er mit der Offenbarung wartet, desto unglaubwürdiger macht er sich. Wenn er unsterblich ist, mag Zeit für ihn keine Rolle spielen. Aber wir sind sterblich, für uns ist Zeit ein wesentlicher Faktor.

Um zu vermeiden, dass ich ein pessimistisches Gottesbild entwickle, begnüge ich mich damit, gar kein Gottesbild zu haben. Ich richte mein Leben nicht nach Gott aus, denn es hilft mir nicht weiter. Ich muss selbst schauen, wie ich zurechtkomme. Er hilft mir nicht, heute ins Ziel zu kommen. Dafür bin ich selbst zuständig. Es ist ein irdisches Unterfangen mit irdischen Voraussetzungen und irdischen Folgen. Eigentlich ist da nichts Romantisches dran, wenn ich drei Stunden lang einen Schritt vor den anderen setze. Oder wie Joachim es ausgedrückt hat: Manchmal ist das Leben auch Blut scheißen und Pisse kotzen.

Und so wird dieser Marathon vorübergehen, wie alles auf dieser Welt vorübergeht. Wir existieren eine Zeit lang und dann hören wir auf zu existieren. Das ist alles, mehr ist da nicht. Ich werde ins Ziel kommen und alle Begleiterscheinungen des Marathons, die ich in den letzten Monaten erfahren habe, werden in der Kloschüssel der Endlichkeit ins Nirwana gespült.

Wie in einem schlechten Film sehe ich mein Leben an mir vorüberziehen. Meine Familie in der Endlosschleife der Scheidungen und des Neuverheiratens. Dann Leni und Merve und die vielen Mädchen, denen ich erfolglos hinterhergelaufen bin. Und die letzten drei Jahre in der Eintönigkeit des Büros. Ich hatte mir nach dem Studium mehr erhofft. Mit dem Umzug nach Frankfurt und dem Start ins Berufsleben sah ich eine neue Epoche beginnen, die nächste Staffel in der Netflix-Serie, die mein Leben ist. Doch was folgte, war Monotonie. Jeden Abend kam ich nach Hause und sagte mir, dass ich gerne tat, was ich tat. Ich hatte es so gewählt und gewählt heißt gewollt, da durfte ich mich nicht beschweren. Irgendwann, es muss Ende letzten Jahres gewesen sein, merkte ich, dass es recht bescheuert ist, wenn ich mir das zu jedem Feierabend sage. Das konnte nicht normal sein. Ich konnte nicht auf Besserung hoffen, wenn ich selbst nicht etwas dafür tat. Und so entstand allmählich die Idee mit dem Marathon. Ich wollte etwas Besonderes wagen, um aus dem Trott des Alltags auszubrechen.

Mir fällt nun die Ironie auf. Zeitgleich bahnte sich die Beziehung mit Anna an. Sie zog bei mir ein, als der Prozess bereits gestartet war. Der Marathonplan war noch nicht entstanden, aber ich war schon auf der Suche nach dem Abenteuer. Es ist ironisch und bedauerlich, dass ich das Abenteuer nicht in Anna gesehen habe. Wenn ich das erkannt hätte, wäre alles vielleicht ganz anders gekommen. Aber es ist damals anders gelaufen und jetzt ist es genauso, wie es ist. Ich laufe Marathon und Anna ist irgendwo und ich kann es nicht ändern.

Ich passiere Kilometer vierzig in der Fressgass. Meine Armbanduhr zeigt drei Stunden und elf Minuten und irgendwelche Sekunden. Nach meinem optimistischsten Zeitplan wäre ich jetzt im Ziel. Es hätte so schön sein können, aber was macht das schon.

Wenn mir meine Zeit egal ist, dann ist mir auch der Marathon egal. Das würde Christian jetzt sagen. Nicht ohne Grund hat er mich im Training bis zur Kotzgrenze gepusht. Er wollte, dass ich stolz auf meine Leistung bin. Vielleicht kommt das in ein paar Tagen, vorausgesetzt, ich mache auf den letzten zwei Kilometern nicht noch schlapp. Aber die Aussicht auf ein späteres Hochgefühl ist mir jetzt auch egal. Das hilft mir doch nicht weiter. Ich werde ins Ziel kommen, nach Hause gehen, die Tür zu meiner leeren Wohnung öffnen und Anna vermissen. Daran hätte sich auch nichts geändert, wenn ich zehn Minuten schneller wäre oder wenn ich stolz auf meine Leistung sein könnte. Egoistisch kommt mir das jetzt vor, aber es passt zu Christian. Er ist mit dem Laufen verheiratet, ohne zu sehen, dass das nur eine Sache ist. Aber mit dieser Sache wird sich nichts ändern. Die Welt bleibt wie sie ist, ob Christian läuft oder nicht.

Ich schaue mich um. Zwei Läufer schlurfen neben mir. Einer ist etwas schneller, der andere hat ungefähr mein Tempo. Mehr Teilnehmer gibt es nicht in meiner Nähe. Das Feld hat sich auseinandergezogen. Zu Beginn des Marathons wälzte sich eine große Menschenschlange durch die Innenstadt, jetzt sind nur noch ein paar Versprengte übrig. Wie ein Gummiband hat sich die Schlange gedehnt. Die Blicke der beiden Läufer neben mir sind leer, als wären sie der Ohnmacht nahe. Ich wundere mich, dass es mir selbst nicht so geht. Ich kann klare Gedanken denken, teilweise sogar präziser als sonst, als würde ich mich hier bei Kilometer vierzig auf dem Niveau von Sartre bewegen.

Ich wälze mich weiter in meiner Gleichgültigkeit. Wenn der Marathon egal ist, dann sind auch seine Nebenwirkungen egal. Das heißt entweder, dass sie keinen Einfluss auf mein Leben haben, oder dass die Bereiche meines Lebens, auf die sie einwirken, ebenso egal sind. Die erste Möglichkeit, dass der Marathon mein Leben nicht beeinflusst, kann ich ausschließen. Meine Beziehung zu Anna steht auf der Kippe. Wir sind kurz davor, uns zu trennen. Daran trägt der Marathon seinen Anteil. Mein Training und meine Begeisterung haben mich blind für Annas Probleme gemacht und einen Keil zwischen uns getrieben. Jedenfalls glaube ich das jetzt, aber vielleicht ist es ein Trugschluss. Möglicherweise wäre es auch ohne den Marathon so weit gekommen. Ihren Job hat sie unabhängig davon verloren und vielleicht fiel sie damit unweigerlich in eine Midlife Crisis, ohne dass ich etwas hätte ändern können. Dann würde den Marathon keine Schuld treffen. Oder doch? Ganz eindeutig erscheint es mir nicht.

Auf einmal spüre ich ein leichtes Kribbeln im Oberarm, das sich langsam bis in den Unterarm ausbreitet. Ist das

Erschöpfung? Das Kribbeln nimmt zu. Wenn der Arm eingeschlafen ist, weil ich auf ihm gelegen habe, dann fühlt es sich genauso an. Aber warum kribbelt er plötzlich, beim Laufen? Ich merke, wie mir ein wenig schwummerig wird. Die Erkenntnis trifft mich wie ein Blitz. Das ist mein Kreislauf, der sich gerade verabschiedet. Warum jetzt? Ich habe auf dem letzten Kilometer nichts anderes gemacht als die neununddreißig davor. Ich bin einfach nur gelaufen. Natürlich ist meine Erschöpfung kontinuierlich gestiegen. Aber bislang war es noch erträglich beziehungsweise im Rahmen dessen, was ich vorher erwartet hatte. Mit dem Kribbeln habe ich jedoch nicht gerechnet. Weder Christian noch Joachim hatten das erwähnt.

Es muss der Kreislauf sein. Mir wird ein wenig komisch. Ich habe Angst, umzukippen und bewusstlos zu werden. Zwar kann ich nicht einschätzen, wie schnell so etwas passiert, aber ich will nicht, dass es so weit kommt. Dann müsste mir jemand Erste Hilfe leisten. Wahrscheinlich würde diese Person Sanitäter rufen. Vielleicht käme auch ein Rettungswagen. Das scheint mir ein ziemlich großer Aufwand für ein bisschen Kribbeln. Aber es geht nicht weg. Im Gegenteil, es wird immer schlimmer. Was ist mit meinen Beinen? Noch sind sie mit Blut versorgt, jedenfalls glaube ich das.

Mir bleibt nichts anderes übrig, als kurz stehen zu bleiben. Ich überlege, ob ich mich hinlegen und die Beine in eine höhere Position bringen soll. Das macht man doch so, wenn man Kreislaufprobleme hat, oder? Ganz sicher bin ich mir nicht. Vielleicht gehe ich ein paar Schritte. Ja. Jetzt habe ich das Gefühl, dass es besser wird, zumindest ein kleines bisschen. Allerdings merke ich die Erschöpfung nun noch mehr. Es sind zwei Kilometer bis zum Ziel. Schaffe ich die noch?

Der Läufer, den ich vorhin am Getränkestand überholt habe, zieht an mir vorbei. Er ist ausgeschert, um etwas zu trinken. Ich dachte, ich schaffe den Rest ohne Flüssigkeitszufuhr.

So weit ist es ja nicht mehr. Das dachte ich, als ich vorbeilief, jetzt bin ich mir nicht mehr sicher. Warum habe ich nichts getrunken? Ich ärgere mich über meine Naivität. Was für ein Anfängerfehler! Andererseits bin ich ja ein Anfänger. So viel Naivität sollte ich mir zugestehen. Ich schüttele den Kopf. Das bringt doch jetzt nichts. Tatsache ist, dass es an dem letzten Stand eine Cola gab, die ich besser getrunken hätte. Wie weit ist es noch bis zur nächsten Verpflegungsstelle?

Ich vergrabe mein Gesicht in meinen Händen und werde für diese Geste sofort mit brennenden Augen bestraft. Der Schweiß auf meinen Händen ist in meine Augen gelangt. Wie kriege ich den jetzt wieder heraus? Zu allem Übel kann ich nun kaum noch was sehen. Anna hat sich häufig mit dem kleinen Finger im Augenwinkel gekratzt. Das war eine Art Übersprungshandlung, die immer auftrat, wenn sie nervös war. Als ich sie darauf angesprochen habe, wusste sie erst nicht, was ich meinte. Sie tue das oft unbewusst, meinte sie. Ich habe danach irgendwas in der Richtung gesagt, dass es komisch aussehe, so genau weiß ich es nicht mehr. Jedenfalls führte meine Aussage dazu, dass sie sich diese Geste nach und nach abgewöhnt hat. Dadurch bekam ich ein schlechtes Gewissen, denn es war nichts Schlimmes daran gewesen, dass sie sich ans Auge fasste. Ich habe sie mit meinen unbedachten Worten verändert. Ich habe sie geformt, um eine andere Person aus ihr zu machen. Ja, ich weiß, es klingt ziemlich übertrieben, dass ich das an so einer winzigen Geste festmache. Aber diese Nichtigkeit führte erstens zu einer Art Kritik und zweitens zu einer Verhaltensänderung ihrerseits, die sie ohne meine Aussage nie vorgenommen hätte. Wenn eine Lappalie schon so viel auslöst, was passiert dann erst bei den wichtigen Fragen? Wenn wir zum Beispiel Kinder haben wollen? Kann dann ein einziger Satz eine ähnlich große Wirkung entfalten?

Ich traue mich gar nicht, darüber nachzudenken. Eigentlich habe ich überhaupt keine Zeit. Ich stehe und gehe in der Frankfurter Innenstadt, am Rande der körperlichen Zerstörung, und denke an Annas Augenwinkelgeste. Was ändert das? Unsere Beziehung liegt in Trümmern. Ich weiß noch nicht mal, ob ich sie je wiedersehen werde.

»Auf, Simon, du schaffst das!«

Eine Frau hat mich angesprochen. Woher kennt sie meinen Namen? Ich schaue sie an. Das ist nicht zu glauben. Es ist …! Nein, das ist sie gar nicht. Sie sieht ganz anders aus.

»Okay.« Ich lächele der Frau zu und fange wieder an, zu laufen. Mir fällt ein, dass mein Vorname unter meiner Nummer steht, die an meiner Brust befestigt ist. Die Frau kennt mich überhaupt nicht. Aber sie hat mir etwas Aufmunterndes zugerufen und es hat mich ausreichend motiviert, sodass ich wieder vorankomme. Zumindest ganz langsam. Vielleicht gibt es doch noch Hoffnung.

Hinter der nächsten Ecke ist der Verpflegungsstand. Ich nehme mir eine Cola und gehe ein paar Schritte, um mehrere Schlucke zu trinken. Es dauert ein bisschen, aber ich merke, wie die Energie in meinen Körper zurückkehrt. Das Kribbeln hat in der Gehpause deutlich nachgelassen und jetzt ist es ganz verschwunden. Ich kann wieder laufen.

Mit frischer Kraft lege ich los. Ein paar Meter bin ich sogar richtig schnell, aber dann merke ich, dass meine Beine immer noch so erschöpft sind wie zuvor. Daran kann auch die Cola nichts ändern. Also laufe ich in dem Tempo weiter, das ich vorher hatte. Zumindest weiß ich jetzt wieder, dass ich es schaffen werde.

Ich bin zwar nicht schneller geworden, aber dennoch laufe ich mit einer ganz anderen Haltung. Ich werde heute den Marathon beenden. Am Ende wird es egal sein. Christian wird es egal sein, Anna wird es egal sein, meine Zeit wird egal sein.

Dass ich ins Ziel komme, wird nichts ändern und gleichzeitig werde ich ein anderer Mensch sein, sobald ich die Ziellinie überquere.

Meine nihilistischen Gedanken, die mich eben noch glauben machten, dass mein Marathonlauf sinnlos sei, sind verschwunden. Trotzdem bin ich weiterhin fest davon überzeugt, dass ich hiermit keinem höheren Zweck diene. Unweigerlich drängte sich mir vorhin die Frage auf, warum ich es dann überhaupt tun sollte. Doch nun habe ich die Antwort. Ich tue es für mich. Ich bin Herr über mein Schicksal.

Wieder werde ich von einem Teilnehmer überholt, aber ich nehme ihn kaum wahr. Ich brauche mich nicht mit anderen zu vergleichen. Vor mir gab es Tausende, wenn nicht sogar Millionen, die bereits einen Marathon gelaufen sind. Auch wenn ich damit nur wiederhole, was schon viele andere vor mir getan haben, so stehen sie doch auf den Zehenspitzen, recken ihre Hälse und sagen: »Heute ist kein gewöhnlicher Tag und das ist kein gewöhnlicher Simon.« Nur um es ins rechte Licht zu rücken: Was ich tue, wurde bereits getan. Und nach mir wird jemand kommen und genau das Gleiche tun. Und er wird dabei lächeln.

Für weltliche Arbeit bekomme ich weltlichen Lohn. Für die Strapazen heute erhalte ich Freiheit. Ich muss mich nicht vom Glauben an ein Geheimnis bestimmen lassen. Es gibt dieses Geheimnis nicht. Laufen ist nichts anderes, als einen Fuß vor den anderen zu setzen. Dahinter steckt kein höherer Sinn und es ist auch nichts Besonderes, weil so viele andere es tun. Aber aus meiner Perspektive, wenn ich nur mich betrachte und alle anderen ignoriere, dann hat es eine Bedeutung. Ich kann das nicht erklären, denn alles passiert nur in mir drin. Sobald ich es ausspreche, stimmt es schon nicht mehr.

Während dieser Gedanke in meinem Bewusstsein wächst, werden meine Füße leichter. Es geht einfacher als jemals zuvor, zumindest empfinde ich es so. Ich muss lächeln. Mich durchströmt ein Glücksgefühl, das ich zuletzt in meiner Kindheit kannte: Es wird alles gut. Ich bin frei. Ich kann alles tun, was ich möchte. Ich habe die Wahl und ich wähle den Marathon.

KAPITEL ACHT

VORBEREITUNG

Simon wachte schweißgebadet auf. Seine Stirn glühte vom Fieber. Sein Kopf dröhnte und er konnte kaum einen klaren Gedanken fassen. Er fühlte sich, als wäre er letzte Nacht hundert Kilometer gelaufen. Der Wecker zeigte elf Uhr siebenunddreißig. Er versuchte aufzustehen, doch seine Beine waren schwer wie Blei, so als hätte ihn alle Kraft verlassen. Seine Augenlider fielen wie von selbst wieder zu, sodass er beschloss, noch eine Weile liegen zu bleiben.

Im Halbschlaf blitzten Erinnerungsfetzen der letzten Nacht vor seinem inneren Auge auf. Christian am Straßenrand, Anna und Sarah nackt auf einem Pferd, Günther, der sagte, dass alles gut werde, und von Ferne läutete ein Telefon. Dann sah Simon den Nebel wieder, diesmal im Wald, Lichter um sich herum, und auf dem Boden lag ein Handy. Er wachte auf und realisierte, dass das Klingeln echt war.

Es kam vom Nachttisch. Christian war dran. Er klang erbost.

»Wo warst du? Ich habe eine halbe Stunde auf dich gewartet!«

Jetzt fiel Simon wieder ein, dass er um acht Uhr mit ihm am Tierheim verabredet gewesen war.

»Tut mir leid, ich habe verschlafen.«

»Toll! Und ich stehe hier rum!« Jetzt schrie er sogar.

»Brüll doch nicht so. Ich habe mich eben entschuldigt. Außerdem habe ich das Gefühl, es geht mir nicht gut.«

»Simon, jetzt ist keine Zeit für Ausreden. In zwei Wochen ist dein großer Tag. Hängst du etwa immer noch Anna nach? Vergiss sie endlich.«

Simon legte ohne Antwort auf. Das war zu viel auf einmal. Bevor er weiter darüber nachdenken konnte, fiel ihm das Handy aus der Hand und er sackte ins Bett zurück.

Zwei Stunden später wachte er wieder auf. Sein Display zeigte drei verpasste Anrufe und zwei Textnachrichten von Christian. Die erste lautete: »Wenn du es nicht ernst meinst, dann lassen wir es besser. Meine Zeit ist zu wertvoll.« Die zweite war zwanzig Minuten später gekommen: »Ich habe dich zu dem gemacht, was du jetzt bist. Ohne mich bist du nichts.«

Simon legte das Handy zur Seite und stand mit Mühe auf. Sein Körper schrie vor Schmerzen. Im Inneren glühte er, während seine Haut frostig kalt war. Und genau an der Grenze zwischen Hitze und Kälte, nur ein paar Zentimeter unter der Haut, saß der Schmerz. Mit purer Willenskraft schleppte er sich ins Bad. Im Spiegel sah er dunkelblaue Augenringe auf blassweißer Haut. Er kehrte ins Bett zurück. So hatte das keinen Sinn.

Eine Woche lang lag Simon flach. Die letzten Tage besserte sich sein Zustand, aber er wollte nichts riskieren. Er telefonierte mit Joachim und Günther, die ihn beruhigen konnten. Wenn Simon eine Woche vor dem Marathon wieder voll gesund war, sprach nichts dagegen, an den Start zu gehen. Simon versuchte auch, Christian zu erreichen, aber der nahm nicht ab. Am Anfang dachte Simon, er hätte das Telefonat und Christians Nachrichten im Fiebertraum phantasiert, aber wenn er in sein Handy schaute, waren die Textnachrichten noch da.

Bei Anna versuchte er es auch, aber er legte jedes Mal beim zweiten Klingeln auf. Er wusste nicht, was er sagen sollte. Zu seinem Glück rief sie nicht zurück. Das Fieber erschwerte Simon das Denken. Wer weiß, was er zu ihr gesagt hätte? Wahrscheinlich hätte er alles nur schlimmer gemacht.

Nach einer Woche ging es ihm wieder gut. Es waren noch sieben Tage bis zum Marathon. Er kramte den letzten Trainingsplan raus, den Christian ihm gegeben hatte, um zu sehen, was er in der einen Woche verpasst hatte. Er überlegte, wie viel er nachholen konnte, aber Joachim riet ihm davon ab.

»Keine harten Einheiten mehr. Damit machst du dich nur müde, aber aufholen wirst du nichts mehr. Du läufst am Dienstag noch fünf Mal siebenhundert Meter im Renntempo, wir treffen uns dazu im Stadion. Ansonsten nur lockere Dauerläufe. Mach dir keine Sorgen, du hast bis zu deiner Krankheit gut trainiert. Dein Körper ist optimal vorbereitet.«

Er behielt recht. Als Simon am Montag eine kurze Runde lief, fühlte er sich gut. Von der Krankheit war nichts mehr zu spüren, sein Körper strotzte vor Energie. Am Dienstag trafen sie sich in Sulzbach, um auf der roten Tartanbahn zu laufen. Siebenhundert Meter sind genau ein Sechzigstel des Marathons, daher kann man die Zielzeit des Marathons ganz einfach umrechnen. Simon wollte drei Stunden und fünfzehn Minuten laufen, also musste er die siebenhundert Meter in drei Minuten und fünfzehn Sekunden absolvieren.

Joachim begleitete ihn. Er startete am Sonntag nicht, daher hatte er die Rolle des Betreuers übernommen. Vielleicht quälte ihn auch ein wenig das schlechte Gewissen, weil er Christian und Simon zusammengebracht hatte. Er wusste, dass Günther vor Christian gewarnt hatte. Vielleicht war das seine Art der Wiedergutmachung. So oder so war Simon dankbar für jede Unterstützung.

Während des Siebenhundert-Meter-Laufs hatte er das Gefühl, wieder bei einhundert Prozent zu sein. Er war so optimistisch, dass er am Anfang viel zu schnell startete. Joachim bremste ihn, indem er ihn daran erinnerte, dass er die Strecke in wenigen Tagen sechzig Mal hintereinander laufen musste. Simon musste das Tempo im Griff haben, sonst würde er schon auf den ersten fünfzehn Kilometern alle Chancen auf eine gute Zeit verspielen. Er ging mit einem guten Gefühl nach Hause. Joachim versicherte ihm nochmals, dass er gut vorbereitet sei und nichts mehr schiefgehen könnte.

Anna saß auf der Couch und löffelte aus einer Schüssel Vanilleeis mit Blaubeeren. Sarah absolvierte unterdessen ihr Yoga-Programm. Im Fernsehen lief »Germany's Next Topmodel«.

»Wenn die noch einmal Attitude sagt, dann kotze ich!«, ereiferte sich Anna.

Sarah unterbrach ihre Übung, schaute vom Fernseher zu ihr und lachte. »Entspann dich. Es geht doch um Diversity.«

»Ja, ja …Aber wenn du weder Look noch Personality hast, dann hilft dir auch der beste Walk nichts.«

Sarah nahm ihre Übung wieder auf. Sie beugte sich nach vorne und legte beide Hände vor ihre Füße. Dann stellte sie erst ein Bein nach hinten, danach das zweite, und streckte den Rücken durch. Ihr Gesäß ragte nun in Richtung Decke und sie atmete zweimal tief durch. Mit dem nächsten Einatmen schob sie ihren Oberkörper nach vorne, bis ihre Hüfte auf einer Linie mit den Schultern lag. Langsam ausatmend ließ sie sich auf den Boden sinken. Dann reckte sie Kopf und Schultern nach oben und in einer fließenden Bewegung verlagerte sie ihren

Oberkörper nach hinten, sodass sie wieder im Herabschauenden Hund war.

Anna sah kurz zu Sarah hinüber, dann wieder auf ihr Eis. Fühlte sie mehr Trotz oder schlechtes Gewissen in sich, wenn ihre Freundin währenddessen Yoga machte? Weder noch. Das Eis stand für sich und das Yoga stand für sich. Dazwischen gab es keine Verbindung. Sie schaute wieder auf den Bildschirm. Das Fremdschämen für die abgemagerten Kandidatinnen regte ihren Appetit an. Sie zeigte mit dem Löffel auf den Fernseher.

»Niemals!« Anna beantwortete damit eine Frage, die der Sprecher aus dem Off indirekt gestellt hatte, als ein Mädchen trotzig das Fotoshooting abgebrochen hatte. »Dir fehlt das Commitment. Du hast zwar den Traum, ein Model zu werden. Aber du bist nicht bereit, alles dafür zu geben. Du musst dich dafür anstrengen. Hier fliegt dir nicht alles zu!«

Sarah ließ sich vom Unterarmstütz auf die Matte fallen. »Reg dich mal wieder ab.«

»Nein, mich kotzen solche Leute an, die denken, dass sie alles geschenkt bekommen. Wahrscheinlich ist sie ein Einzelkind, das von den Eltern immer gepampert wurde. Mit Konkurrenz kann sie überhaupt nicht umgehen.«

»Das ist die Competition, Baby!« Sarah lachte.

Doch Anna war nicht mehr zum Spaßen zumute. Es kochte in ihr.

»In der Schule hat sie immer Einsen geschrieben. Die Herzen sind ihr zugeflogen, weil sie so ein schönes Gesicht hat. Alles war so leicht. Nur ein Augenaufschlag und sie bekam, was sie wollte. Aber jetzt ist sie nicht mehr die einzige Hübsche. Sie ist eine unter vielen. Da reicht ein Lächeln nicht aus, das lässt Heidi kalt. Jetzt bist du ganz alleine, Mädchen. Keiner wird dir helfen!«

Sarah hatte mittlerweile ihr Programm beendet und lag bäuchlings auf der Matte, den Kopf auf die Hände gestützt.

»Ich finde sie tatsächlich hübscher als die anderen. Sie hat was Besonderes.«

»Das ist doch gar nicht der Punkt.« Anna stellte die leere Schüssel auf den Tisch und verschränkte die Arme. »Die hat … das ist …!«

»Doch, das ist genau der Punkt«, unterbrach Sarah sie mit lauter Stimme. »Sie muss nur erkennen, dass sie etwas hat, das die anderen nicht haben.«

Seufzend ließ sich Anna wieder in das Sofa fallen. Wenn es nur so einfach wäre. Was nützte es, wenn sie verstand, dass sie einen Vorteil gegenüber den anderen hatte? Ihre Konkurrentinnen müssten es ebenfalls kapieren. Und am wichtigsten: Heidi Klum müsste es anerkennen. Die Meinung der Jury war entscheidend. Es sei denn, sie machte sich von der Entscheidung unabhängig. Aber das wäre ein großer Schritt.

»Sie sollte aussteigen. So wird das nichts mehr.«

»Nein, sie kann es noch schaffen. Sie darf nicht aufgeben!«

Anna ließ sich nicht beirren. »Sie muss da raus. Irgendwohin, wo sie keiner kennt. Wo sie neu anfangen kann. Wo ihre Schönheit nichts zählt. Dann muss sie ihre anderen Fähigkeiten schärfen, die jetzt noch im Verborgenen liegen. Sie ist jung und kann noch viel erreichen.«

Sarah schwieg für einen Moment. Als sie dann sprach, kam ihre Frage langsam, als wählte sie jedes Wort mit Bedacht: »Und wie genau würde so ein Ausstieg funktionieren?«

»Sie könnte ins Ausland gehen«, sagte Anna ohne Zögern. »Ich glaube, es muss radikal sein. Die Zelte abbrechen, möglichst wenig mitnehmen. Sie muss alles hinter sich lassen und neu anfangen.«

»Und was ist mit ihrer Familie? Und ihren Freunden?«

»Das heißt ja nicht, dass sie für immer weggeht.«

Anna schaute zu ihrer Freundin, die ein trauriges Gesicht machte. Vielleicht war es nicht der fairste Weg, es ihr so zu sagen. Aber sie war sich ja selbst noch nicht sicher. Am Tag ihres Auszugs hatte sie von der Möglichkeit in Peru gelesen. Sie wollte es Sarah bereits an dem Abend erzählen, aber dann hatte sich doch geschwiegen. Zu viel war an dem Tag bereits passiert und wenn sie es erzählt hätte, wäre es ihr bereits unausweichlich vorgekommen. Dabei war ihr noch nicht einmal klar gewesen, ob sie ihre Plan überhaupt umsetzen konnte.

In der letzten Woche hatte sie bei dem Verein angerufen, der die Schule in Peru betrieb. Auf ihre Frage, ob Helfer gebraucht wurden, hatte die Frau am Telefon mit Begeisterung reagiert. Einen Tag später war sie persönlich zur Geschäftsstelle des Vereins in Königstein im Taunus gefahren und hatte mit der Mitarbeiterin besprochen, wie ihr Einsatz aussehen konnte. Seitdem hatte sie eine Orientierung, über welchen Zeitraum sie in Peru bleiben konnte und welche Aufgaben dort auf sie warteten. Als sie im Zug zurück nach Frankfurt saß, spürte sie ein warmes Kribbeln in sich. Es war die Aufregung des Abenteuers, davon war sie überzeugt.

Nun war es so konkret, dass sie es mit ihrer Freundin besprechen konnte. Als Anna das Glitzern in ihren Augen sah, bereute sie es, keinen sanfteren Gesprächseinstieg gewählt zu haben.

Sarahs Stimme klang schwer. »Das ist ganz schön egoistisch.«

Ja, das war es. Aber manche Entscheidungen ließen keine Kompromisse zu.

Sarah setzte sich aufrecht auf die Matte. Sie hob die Hände mit offenen Handflächen vor ihre Brust und gestikulierte erst wortlos einige Sekunden, bevor sie sprach. »Sie kann doch erst mal weitermachen und vielleicht parallel schauen, welche

Möglichkeiten es noch gibt. Sie muss doch nicht direkt den Stecker ziehen.«

»Meinst du nicht, das hätte sie schon längst versucht? Aber ein paar Dinge sind klar. Erstens: Sie braucht Abstand. Zweitens: Sie will wieder arbeiten, aber gleichzeitig soll es nicht so sein wie vorher. Wie bekommt sie das am besten hin? Sie muss einen anderen Ansatz versuchen.«

Sarah stand auf. »Das ist doch eine totale Überreaktion. Direkt abzuhauen, als würdest du vor etwas weglaufen.«

Anna erhob sich ebenfalls. »Ich laufe nicht weg! Aber alles, was ich gerade anfange, endet in der Sackgasse. Ich muss die Perspektive wechseln.«

»Und was ist mit Simon?«

»Was soll mit dem sein?« Anna merkte, dass sie bei diesem Satz einen halben Schritt rückwärts gegangen war.

»Ich glaube, er wartet auf deinen Anruf. Warum rufst du ihn nicht an?«

Anna schlug die Hände vor dem Gesicht zusammen. »Weil verdammt noch mal er das Arschloch war!« Ihre Worte schafften es kaum aus ihrem Hals bis in den Mund, so dick war der Kloß. Sie wünschte sich, dass Simon nicht so eine Macht über sie ausübte. Wie konnte eine bloße Erwähnung seines Namens ein solches Zittern in ihrem Innern auslösen?

Sarah umarmte ihre Freundin und drückte sie an sich. »Er hat es total übertrieben mit seinem Marathon. Aber er liebt dich noch. Er hat dir immer die Tür offengelassen. Du kannst ihn jetzt nicht einfach ignorieren.«

Anna merkte, wie tief der Stachel saß. Sarahs Worte versuchten, an ihm zu ziehen, doch Widerhaken hielten ihn in ihrem Herzen fest und rissen noch tiefere Wunden.

»Ich … ich weiß doch auch nicht.«

Sie lehnte ihren Kopf an Sarahs Schulter. Ihre Freundin strich ihr über das Haar.

»Was ist denn mit diesem Jobangebot von der Agentur? Haben die sich gemeldet?«

»Heute Morgen kam eine Mail. Er will mich am Samstag treffen.«

»Am Samstag?«

»Ja, zum Vorstellungsgespräch. Das ist doch scheiße!« Sie versuchte, sich aus der Umarmung zu lösen, doch statt die Arme zu öffnen, verstärkte Sarah ihren Griff. Erst nach einer Zeit ließ sie die Arme sinken und trat einen Schritt zurück. Anna wischte sich mit dem Ärmel ihres Pullovers die Tränen aus dem Augenwinkel.

Sie spürte, dass das Ausland ihre einzige Option war, wenn sie alles hinter sich lassen wollte. Es fiel ihr schwer, ihre Freundin zu verletzen, aber Sarah versuchte unentwegt, sie in die gewohnte Welt zurückzuziehen. Sie hatte dem Vorstellungsgespräch zugestimmt, weil sie eine letzte Bestätigung benötigte, ob sie den richtigen Weg eingeschlagen hatte. Die Agentur musste sie vollends überzeugen, sonst würde sie absagen.

»Bitte versprich mir, dass du hingehst.« Sarah schaute sie an und fasste ihr an die Schulter. »Nur das eine Gespräch. Hör dir an, was er zu sagen hat. Danach kannst du machen, was du willst.«

»Ich muss gar nichts«, sagte Anna trotzig.

Am Tag vor dem Marathon besuchten Simon und Joachim die Marathonmesse. Das Frankfurter Messegelände ist riesig. Die beiden irrten zehn Minuten durch endlose Korridore, um von der S-Bahn-Haltestelle zur richtigen Halle zu gelangen. Etliche Sportgeschäfte, Laufschuhmarken und Anbieter von Laufreisen hatten dort ihre Stände aufgebaut. In der Mitte stand eine Wand, auf der die Namen aller Teilnehmer geschrieben waren. Jedenfalls sah es danach aus, denn es waren sehr viele. Aber waren es mehr als zehntausend? Kaum vorstellbar. Ebenso unwahrscheinlich war es, dass Simon in der Wolke seinen eigenen Namen finden konnte, doch mit Joachims Hilfe gelang es ihm. Er stellte sich vor die Wand und Joachim machte mit seinem Handy ein Erinnerungsfoto.

An einem Stand erhielt Simon seine Startnummer und den Chip für die Zeitnahme. Dazu bekam er einen Beutel mit Werbegeschenken und ein paar Gutscheine für die heutige Nudelparty. Sie holten sich Spaghetti und eine Apfelschorle und suchten sich in der Festhalle einen Sitzplatz. Wo am folgenden Tag das Ziel sein sollte, waren jetzt noch Tische und Stühle aufgebaut. Nachdem sie sich gesetzt hatten, aßen sie zunächst schweigend. Nach einer Weile gestand Simon Joachim seine Sorgen.

»Ich habe das Gefühl, alles falsch gemacht zu haben. Was ist, wenn ich es morgen verhaue? Dann stehe ich mit gar nichts da. Anna antwortet nicht auf meine Nachrichten, vielleicht kommt sie nie wieder zu mir zurück. Ich habe alles auf eine Karte gesetzt und je mehr ich darüber nachdenke, desto mehr glaube ich, dass es die falsche war.«

In Joachims Augen sah Simon Unverständnis. Sofort ärgerte er sich, dass er ihn überhaupt damit belastete. Er würde ihm kaum helfen können.

»Das wird schon mit Anna«, meinte Joachim nur und mampfte weiter seine Nudeln aus der Plastikschüssel.

So eine Antwort hatte Simon erwartet. Er wäre am liebsten aufgestanden und gegangen. Doch es war seine Wahl gewesen, sich Joachim anzuvertrauen.

»Wie kommst du darauf?«

Joachim legte Gabel und Löffel beiseite und schaute an Simon vorbei. Nachdem er sich am Kopf gekratzt hatte, nahm er das Besteck wieder in die Hand und sah sein Gegenüber an.

»Ihr zwei gehört einfach zusammen. Ich weiß, Christian und ich haben viel davon geredet, dass Laufen das Größte auf der Welt sei. Und du hast ein bisschen zu gut zugehört. Dann hast du dich immer weiter reingesteigert. Aber in Wahrheit ist der Marathon Nebensache. Wenn du nicht so viel Zeit in dein Training investiert hättest, würde ich dir jetzt raten, sofort zu Anna zu gehen und dich zu entschuldigen. Ja, geh zu ihr und sag ihr, dass du sie liebst und dass es dir leid tut – aber erst morgen, nachdem du ins Ziel gekommen bist. Und dann vergiss das Laufen für eine Weile, kümmer dich um eure Beziehung.«

Simon schwieg, während Joachim scheinbar unbeteiligt zur Seite schaute. War es wirklich ratsam, von Joachim Beziehungstipps anzunehmen? Immer noch überrascht nuschelte Simon ein Dankeschön.

»Keine Ursache. Ich will nur nicht, dass du so endest wie ich.«

Simon musste schlucken. Was meinte Joachim damit? Er wusste wenig von seiner Vergangenheit, nur das, was er bei den gemeinsamen Läufen mitbekommen hatte.

Joachim hatte schon immer Sport getrieben. In der Jugend spielte er Fußball, wie alle Jungs in seinem Dorf. Seine Karriere als Spieler fand ein jähes Ende, als er sich am Knie verletzte. So sehr lag ihm der Fußball nicht am Herzen, als dass er das Risiko weiterer schwerer Verletzungen eingehen wollte. Er war dreißig Jahre alt und merkte bereits den Verschleiß. Die Freunde, die mit ihm in der Jugend gekickt hatten, hatten längst aufgehört. Junge Spieler kamen nach, mit denen sich Joachim zwar gut verstand, aber es blieb doch eine Distanz.

Die Story kannte Simon. Oft genug hatte Joachim von seinen Fußballzeiten geschwärmt. Mannschaftssport war seiner Ansicht nach etwas ganz anderes als Marathonlaufen. Das Team gewann zusammen und verlor zusammen. Selbst an miserablen Tagen, wenn sie Vier oder Fünf zu Null unterlagen und nach dem Abpfiff mit hängendem Kopf in der Kabine saßen, kam von den älteren Spielern ein blöder Spruch und schon war die Stimmung gerettet. So etwas gab es beim Laufen nicht. Wenn ein Läufer mit seinem Rennen unzufrieden war, dann traf das nicht notwendigerweise auf die anderen zu. Da war der Einzelne häufig allein mit seinem Frust. Aber auch gute Leistungen wurden nicht unbedingt ausreichend honoriert. Ob ein Läufer mit seiner Zeit über zehn Kilometer zufrieden sein konnte, hing von der eigenen Leistungsfähigkeit ab. Andere Läufer konnten diese meist nur unzureichend einschätzen, und so wurden sehr gute Leistungen zu wenig gewürdigt, schwache dagegen zu positiv. Das war die Kehrseite des Individualsports. Am Ende war jeder allein.

Simon kannte Joachims sportliche Vergangenheit. Aber was meinte er mit seiner Aussage, dass Simon nicht enden sollte wie er? Joachim war geschieden, lebte allein. In der Nachbarschaft galt er als skurril, aber nun hatte Simon ihn besser kennengelernt und würde seinen Lauffreund nicht mehr auf diese Art charakterisieren. Womöglich sah Joachim sich selbst aber durchaus in der Rolle des kauzigen Einzelgängers, die ihm die Nachbarn zuschrieben. Dann konnte Simon seine Aussage so verstehen, dass er ebenfalls in diese Richtung ging.

Joachim hatte Simons fragenden Blick wohl bemerkt. »Keine Sorge, so schlimm wird es schon nicht.« Er grinste und senkte den Kopf ein wenig, als würde er Simon in ein Geheimnis einweihen wollen. »Als ich verheiratet war, habe ich gelernt, dass man ab und zu mal auf den anderen zugehen sollte, auch wenn man denkt, dass das eigene Hobby die wichtigste Sache im Leben sei. Naja, eigentlich habe ich es erst hinterher gelernt. Während der Ehe war ich weniger kompromissbereit. Es ist ein bisschen wie mit Verletzungen. Jeder Läufer wird dir raten, zu pausieren, wenn es zwickt. Sobald sich etwas entzündet hat, hilft nur Ruhe. Aber keiner hält sich selbst an die eigenen Ratschläge. Jeder trainiert weiter und versucht, den Schmerz rauszulaufen. Ein bisschen muss es ja auch weh tun, wenn man sich anstrengt. Und jetzt gebe ich dir Beziehungstipps, als wäre ich der Experte. Dabei habe ich es selbst verbockt damals.« Joachim machte eine kurze Pause.

»Okay, Gisela hatte auch einen Knall.« Er wedelte mit einer Hand vor seinem Gesicht herum. »Sie rastete sofort aus, wenn ich laufen wollte. Sobald ich nur meine Schuhe aus dem Schrank holte, schrie sie mich an. Es wurde immer schlimmer. Irgendwann konnte ich nicht mal mehr das Wort ›Laufen‹ sagen, ohne dass sie in Wut ausbrach. Selbst wenn ich nur fragte, ob sie auch einen Kartoffelauflauf will. Herrgott!« Er warf theatralisch die Arme in die Höhe und ließ sie wieder sinken.

Simon quittierte den Scherz mit einem schiefen Lächeln. Eine Antwort hatte er nicht erhalten. Statt auf sein Problem einzugehen, hatte Joachim von sich selbst erzählt. Ihre Erfahrungen in Bezug auf Laufen und Beziehungen waren ähnlich, aber Simon sah nicht, wie ihm Joachims Ausführungen weiterhelfen sollten. Er ärgerte sich, seine Probleme mit Anna überhaupt angesprochen zu haben. Entweder war Joachim mit Beziehungsthemen im Allgemeinen überfordert oder ihre Freundschaft war noch nicht tief genug, um sie mit solch persönlichen Inhalten zu füllen. Wenn Letzteres zutraf, dann war dieses Gespräch ein missglückter Versuch, die Freundschaft auf eine neue Ebene zu hieven. Simon vermisste den Austausch mit Anna. Zurzeit hatte er niemanden, dem er sich anvertrauen konnte. Wieder hatte er das Gefühl, etwas falsch gemacht zu haben.

Sie beendeten ihr Mahl und warfen die Plastikteller und das Besteck in den Müll. Zusammen gingen sie zur S-Bahn. Auf der Fahrt beschwor Joachim seinen Freund erneut, keine Experimente mehr zu machen. Simon sollte am nächsten Morgen frühzeitig aufstehen und das gleiche Frühstück zu sich nehmen wie vor den langen Läufen. Der Körper kannte es bereits, und da Simon bislang keine Probleme damit hatte, war es für den Marathon auch das Beste. Am wichtigsten war, jetzt kein unnötiges Risiko einzugehen.

»Vergiss die Getränke nicht. Ein Gel auf einen Liter Kamillentee. Die Flaschen gibst du mir morgen früh und ich warte damit bei den Kilometern fünfzwanzig und fünfunddreißig auf dich. Immer auf der rechten Straßenseite, kurz vor der Verpflegungsstelle. Da ist am wenigsten los. Und falls wir uns verpassen, keine Panik, dann nimmst du einfach was von den Ständen.«

Sie hatten es schon tausendmal besprochen und Simon wusste alles längst. Als Joachim in der Bahn auf ihn einredete, wurde ihm bewusst, dass es nun so weit war. Monatelang hatte er auf den morgigen Tag hingearbeitet. Die Aufregung kribbelte durch seinen ganzen Körper.

Auf dem Weg von der S-Bahn-Haltestelle nach Hause setzte er wie selbstverständlich einen Fuß vor den anderen. Das festigte ihn. Er ging zwar und lief nicht, aber er spürte eine Ruhe in sich, die er bislang nicht kannte. Er fühlte die Kraft, die in ihr lag. Gespannt wie die Zugfeder einer Uhr, vollständig aufgezogen und wartend darauf, dass der Startschuss knallte. Der Startschuss, damit begann morgen der Marathon. Und damit war seine Nervosität vor dem Ungewissen wieder da. Zwischen diesen beiden Gefühlen schwankte er den Rest des Tages.

Anna fuhr mit der U-Bahn zum Vorstellungsgespräch. Als sie am Schweizer Platz einstieg, bemerkte sie die vielen Ausländer, die zum Hauptbahnhof fuhren. Aus ihrem Verhalten und den Gesprächsfetzen, die sie aufschnappte, schloss sie, dass sie auf dem Weg zur Marathonmesse waren.

Ob Simon ebenfalls dort war? Ein kurzes Grummeln stieg in ihrem Bauch auf, erstarb jedoch sofort wieder. Den Kloß in ihrem Hals schluckte sie hinunter. Selbst wenn er ihr körperlich nah sein sollte, versuchte sie, ihn emotional fernzuhalten. Ihr Kopf musste für das Gespräch klar sein. Sie wollte rational entscheiden, wie es Simons Stärke war. Sie erinnerte sich an seinen Gefühlsausbruch auf der Leipziger Straße. Obwohl sie ihn zu dem Zeitpunkt noch nicht gut gekannt hatte, hatte sie gespürt, wie wenig diese Zurschaustellung seiner Emotionen seiner eigentlichen Natur entsprach. Daher hatte sie in den nachfolgenden Tagen gezögert, sich bei ihm zu melden, Sie hatte befürchtet, er sei unehrlich zu ihr gewesen. Doch am Ende hatte ihre Neugier überwogen. Vielleicht steckten in dem kühlen Kopf mehr Emotionen?

Es war mühsam gewesen, den langen Brief mit der Hand zu schreiben. Doch nur mit dem Stift in der Hand hatte sie ihren Empfindungen eine Gestalt geben können. Die Worte waren wie von selbst aus ihr herausgeflossen. Nachdem sie sich entleert hatte, hatte sie die Zettel in ein Kuvert gesteckt, ohne den Text noch einmal durchzulesen. Briefmarke drauf und weg, mehr hatte es nicht gebraucht und ein wenige Wochen später waren sie ein Paar.

Ein warmes Gefühl durchströmte Anna, wenn sie an die Anfangszeit ihrer Beziehung zurückdachte. Das Gespräch der beiden Marathonläufer, die ihr gegenüber saßen, riss sie aus ihren Erinnerungen. Sie sprachen spanisch. In Peru wurde ebenfalls spanisch gesprochen. Peru, dort wollte sie hin. Marathon, das war Simons Angelegenheit. Sie schüttelte den Kopf, um alle Gedanken an ihn loszuwerden. Wie schnell hatte sie sich wieder einfangen lassen, wo sie doch frei sein wollte?

Sie stieg an der Bockenheimer Warte aus und sah die Absperrungen, die für den Folgetag bereits am Straßenrand abgestellt worden waren. Beim Überqueren der Straße sprang ihr die blaue Linie ins Auge, die die Marathonstrecke markierte.

Etwa zehn Minuten vor der vereinbarten Zeit betrat sie die Espressobar. Verwundert schüttelte sie den Kopf. Hier sollte das Vorstellungsgespräch stattfinden, zudem an einem Samstag? Der Geschäftsführer hatte ihr nur Ort und Zeit genannt, mehr jedoch nicht. Also hatte sie ihm zugesagt, auch wenn ihr die Sache nicht ganz geheuer war.

In dieser Umgebung fühlte es sich fast wie ein Date an. Genau betrachtet gab es auch einige Parallelen. Bei einem Date warb der eine um die Liebe des anderen, beim Vorstellungsgespräch bewarb er sich um einen Job. Anna hatte sich daher ebenso gewissenhaft geschminkt und ihre Kleidung sorgfältig ausgewählt. Für heute etwas förmlicher als bei einem Rendezvous, doch ausreichend leger für eine Werbeagentur. Anna war froh, dass sie den Stil in der Branche kannte und daher wusste, wie schick sie sich kleiden musste.

Während Anna weitersinnierte, kam ihr Cappuccino. Sie schaute auf die Uhr. Es war kurz vor elf. Ein paar Minuten musste sie noch warten.

Wie beim Date zählte auch heute der erste optische Eindruck. Selbst wenn jeder betonte, dass es für einen Job nur auf die fachlichen und persönlichen Fähigkeiten, die sogenannten Soft Skills, ankam, so wusste Anna doch, dass Charme gepaart mit einem gewinnenden Aussehen unterbewusst in die Entscheidung einflossen. Er war ein Mann, sie war eine Frau. Natürlich war das nicht alles. Schönheit zählte nichts ohne ein sicheres Auftreten. Gerade im Vorstellungsgespräch musste sie sich selbst verkaufen und Attitude zeigen – so hätte es Heidi ausgedrückt. Anna lachte leise in sich hinein. Vielleicht konnte sie von der Model-Mama doch etwas lernen. Bei einem Date hingegen war Offensivität nicht zwingend nötig. Als Frau konnte sie sich auch erobern lassen. Sie konnte den aktiven Part dem Mann überlassen. Das bedeutete nicht, dass sie kein selbstsicheres Auftreten brauchte, wie gesagt, ohne das verblasste jede Schönheit. Aber sie musste nicht direkt alles offenlegen, sie konnte den anderen locken, indem sie erst nach und nach etwas von sich preisgab. Es war mehr wie ein Spiel. Beim Vorstellungsgespräch wiederum kam es darauf an, möglichst schnell und effektiv die relevanten Informationen über sich zu vermitteln. Offenheit und Authentizität waren entscheidende Faktoren.

Während Anna so darüber nachdachte, versuchte sie sich zu entspannen. Mit der Authentizität hatte sie normalerweise keine Probleme. Sie wusste, was sie konnte, und musste sich nicht verstellen, um sich in einem besseren Licht zu zeigen. Aber wenn sie nervös war, redete sie manchmal, ohne vorher darüber nachzudenken. Daher schloss sie für einige Sekunden die Augen und atmete tief durch.

Ein groß gewachsener, blonder Mann betrat das Café. Anna schätzte ihn auf Mitte vierzig, so wie sie alle älteren Männer einstufte, deren Haar noch keine grauen Strähnen zeigte. Sie erkannte ihn als ihren Gesprächspartner, denn auf der Agentur-Homepage hatte sie Bilder von ihm gesehen. Also stand sie auf, um ihm zu signalisieren, dass sie auf ihn wartete.

Er kam lächelnd auf sie zu. Die Ärmel seines weißen Hemdes waren bis zu den Ellbogen aufgekrempelt. Dazu trug er eine Bluejeans, deren rechtes Bein unterhalb des Knies abgeschnitten war. Das linke Bein hingegen war vollkommen intakt und reichte bis zu seinen Schuhen. Auf der einen Seite eine normale Jeans, auf der anderen eine Shorts, dachte Anna. Das ist wohl die neue Fahrradmode.

Sie schüttelte ihrem Gegenüber die Hand.

»Hi, Anna, ich bin Sven. Bitte setz dich.«

Sie nahmen Platz und Sven bestellte einen doppelten Espresso. Er schaute auf ihre Bewerbungsmappe, die sie vor sich liegen hatte.

»Die kannst du wegpacken. Heute will ich dich erst mal kennenlernen, deswegen dieses Get-together. Sorry, dass ich dir einen Samstagstermin gegeben habe, aber unter der Woche war einfach kein Slot mehr frei. Ich bin diese Nacht aus Dubai zurückgekommen und am Mittwoch muss ich nach Paris. Die beiden Bürotage dazwischen haben meine Kolleginnen und Kollegen schon so vollgepackt, dass nur noch mitten in der Nacht etwas frei gewesen wäre.«

Sein Espresso wurde gebracht. Er nahm sich zwei Tütchen braunen Zuckers und schüttete beide in die Tasse. Mit dem Löffel rührte er dreimal im Uhrzeigersinn und dann dreimal dagegen. Dies wiederholte er mehrmals, während er weitersprach.

»Anyway, das ist heute kein normales Bewerbungsgespräch. Wenn ich ehrlich bin, habe ich deinen CV gar nicht gelesen. Ich habe mit Jörg gesprochen und er hat mir erzählt, dass du ein Praktikum bei den Wonderkindern gemacht hast. Jörg war vorher bei uns, daher kenne ich ihn gut. Er hat so sehr von dir geschwärmt, da blieb mir keine Wahl. Ich habe gesagt, ich muss dich kennenlernen.«

Anna ließ sich nicht anmerken, dass sie keinen Schimmer hatte, welchen Jörg er meinte. Das mit dem Praktikum bei der Agentur mit dem neumodischen Namen »Wonderkinder« entsprach der Wahrheit. Sie konnte sich noch an das Team erinnern. Ein Jörg war aber nicht dabei gewesen. Oder doch? Jetzt fiel ihr ein, dass in der letzten Praktikumswoche ein neuer Head of irgendwas angefangen hatte. Der hieß Jörg. Mehr Arbeitsergebnisse als ihre selbst gebackenen Muffins für den Ausstand dürfte er kaum gesehen haben. Warum er sie derart positiv erwähnt haben sollte, war ihr schleierhaft. Aber Anna schwieg dazu. Schließlich störte es nicht, wenn sie gelobt wurde, auch wenn es vielleicht nicht gerechtfertigt war.

Sven rührte weiter in seinem Espresso und fuhr fort.

»Am besten erzähle ich zuerst etwas über uns und Knall-effekt. Wir verkaufen unseren Kunden neue Kommuni-kationskonzepte, und die setzen wir auch intern konsequent um. Unser Büro sieht anders aus, als du es vielleicht kennst. Bei uns findest du keinen einzigen Schreibtisch und keinen Meetingraum. Wir glauben, dass man in einem herkömm-lichen Büro nicht konzentriert und kreativ arbeiten kann. Deshalb haben wir Sofas, eine Tischtennisplatte und eine Kaf-feelounge ... Ach, jetzt fange ich wieder an zu erzählen, du willst es wahrscheinlich lieber mit eigenen Augen sehen.«

»Ja, vielleicht.«

»Das dachte ich mir. Sorry noch mal, dass es heute nicht klappt. Aber ich kann ...« Sven unterbrach sich mitten im Satz und zerrte sein Handy aus der Hosentasche. »Ich schreibe Caro eine Nachricht, dass du am Montag vorbeikommst und sie dich mal herumführt.«

»Okay.«

Er tippte mit flinken Fingern auf dem Display seines Smart-phones und legte es danach mit gesperrtem Bildschirm auf den Tisch. Dann nahm er seine Tasse und trank den Espresso in einem Zug aus.

»Okay, what else?« Sven lehnte sich zurück und schaute an Anna vorbei. »Ach ja, die Teamevents. Letzten Monat haben wir eine Raftingtour in Bayern gemacht. Wichtig ist mir, dass die Mitarbeiter alles selbst organisieren. Normalerweise müs-sen diejenigen ran, die neu dabei sind. Das bringt freshe Ideen. Du weißt also schon mal, was dich erwartet.« Er zwinkerte Anna zu.

Sie stellte sich Sven mit Badehose und Schwimmweste vor. Er sah bestimmt gut aus, wenn er nass war.

»Ja, cool«, sagte sie und nahm ihre Tasse in die Hand. Der Cappucino war mittlerweile nur noch lauwarm.

Sven schwieg eine Weile, während er auf sein Handy schaute und durch seine Mailbox scrollte. Dann legte er es weg und sah Anna mit durchdringenden Augen an. Nun war sie wohl an der Reihe.

»Und sonst so?« Seine Mundwinkel zuckten für eine Millisekunde zu einem Lächeln, aber dann lehnte er den Oberkörper nach vorne und legte seine Hände mit den Handflächen nach oben auf den Tisch. Er sah Anna lange an. Mit einem Mal war der Spaß aus seinen Augen verschwunden, kalter Ernst breitete sich in seinem Gesicht aus.

»Wir haben in den nächsten Wochen zwei wichtige Pitches bei großen Playern. Unsere Chancen stehen gut, den Zuschlag zu bekommen. Wenn wir bei diesen Projekten im Lead sind, dann geht es richtig zur Sache. Aktuell haben wir nicht genug Manpower. Wir brauchen mehr Leute, um das zu stemmen. Nur mit Freelancern kann ich das nicht abbilden.«

Sven drehte den Kopf kurz zur Seite, um zu schauen, ob der Kellner in der Nähe war. Als er ihn nicht ausfindig machen konnte, sah er wieder zu Anna. Er holte tief Luft.

»Wir haben bei Knalleffekt eine Idee, eine Vision, wie wir arbeiten wollen. Ich vertraue dir, dass du fachlich alles mitbringst, was nötig ist. Jetzt will ich von dir wissen, ob du auch unsere Vision teilst.«

Anna schaute ihn an. Woher sollte sie das wissen? Von der Vision hatte er noch nichts erzählt. Oder bestand die etwa daraus, zusammen Tischfußball zu spielen? Verlegen rutschte sie auf der Sitzfläche ihres Stuhls herum.

»Okay, lass es mich noch mal anders formulieren. Ich könnte zehn Freelancer engagieren, die würden den Job machen. Danach sind sie wieder weg und mit ihnen der Spirit, den sie verkörpern. Davon bleibt nichts bei uns. Es verpufft. Deshalb will ich Young Professionals recruiten, die bei uns bleiben. Wir bieten ein cooles Umfeld, spannende Projekte, und dafür können sie bei uns wachsen. Win-win.«

Er streckte zwei Daumen nach oben. Anna wusste immer noch nicht, wovon er sprach. Sollte sie die Buzzwords wiederholen, um einen guten Eindruck zu machen? Das schien ihr nicht originell genug. Sätze nachsprechen konnte jeder, vor allem, wenn sie inhaltsleer waren. Außerdem brauchte sie sich nicht anzubiedern, auch wenn er das gerade bei ihr getan hatte. Nun verstand sie, was er mit der Masche zu Beginn des Gesprächs bewirken sollte. Er hatte sie mit den Geschichten von den Büros, die keine sind, und von den Raftingtouren einlullen wollen. Sie sollte sich sicher fühlen und ihm vertrauen, damit sie bereits weichgekocht war, wenn er mit den harten Themen kam.

Anna schaute ihn an, ohne etwas zu sagen. Sie versuchte, einen herausfordernden Blick aufzusetzen, der sagen sollte: So einfach bekommst du mich nicht. Wenn du mich willst, dann muss schon ein bisschen mehr kommen. Gleichzeitig fragte sie sich, ob Sven ihr noch sympathisch war. Das Image des Sunnyboys, das er ausgestrahlt hatte, war nun verflogen und Sven hatte sich in einen steinharten Geschäftsmann verwandelt. Diese Veränderung machte sie skeptisch. Außerdem war seine Masche billig gewesen. Dieselbe Nummer zogen flirtende Typen ab, wenn sie versuchten, die Frauen mit Anmachsprüchen rumzukriegen. Manche Sprüche waren sogar ungewöhnlich originell und zeigten ihre Wirkung. Aber Anna sagte sich jedes Mal, dass Männer, die auf Phrasen zurückgreifen müssen, ihre großen Versprechen am Ende nicht halten können.

Sie musste zugeben, dass das nicht zu hundert Prozent auf Sven zutraf. Er war ein erfolgreicher Geschäftsmann, Leiter und Inhaber einer gefragten Agentur. Um in diese Position zu kommen, musste er zwangsläufig einige Fähigkeiten mitbringen. Warum nutzte er trotzdem diesen Weg, um sich bei ihr einzuschmeicheln?

Sven schaute sie weiterhin an, als wartete er auf eine Antwort. Nach einer Weile war seine Geduld am Ende.

»Offensichtlich konnte ich dich noch nicht ganz überzeugen. Warum zögerst du? Geht es um das Gehalt? Nenn mir eine Zahl und dann sehen wir, ob wir zueinander finden.«

Anna wusste zuerst nicht, was sie sagen sollte. »Ein interessanter Ansatz. Keine Büros, keine Schreibtische, das klingt super«, begann sie zögerlich. »Ich habe Lust auf eine neue Art des Arbeitens, auf ein anderes Klima, eine andere Welt. Ich will nicht mehr acht Stunden vor einem Bildschirm hocken. Das kann nicht die Zukunft sein. Wir müssen alles neu denken, viel radikaler.« Langsam kam sie in Fahrt. Je mehr sie sprach, desto klarer wurden ihre Gedanken, als hätte es der Worte gebraucht, um ihnen eine Form zu geben. »Wenn wir so weiterarbeiten wie bisher, werden wir immer nur die gleichen Ergebnisse produzieren. Aber wir wollen den Menschen etwas Neues verkaufen, und deshalb müssen wir neue Wege betreten. Ich denke, das Gute entsteht nur, wenn wir unsere Kreativität frei entfalten können.«

Sven hatte ihr erst interessiert, dann begeistert zugehört. Anna hielt kurz inne, um zu sehen, ob er etwas sagen wollte. Doch er wartete ab.

Noch bestand die Chance auf ein versöhnliches Ende. Anna versuchte, sich zurückzuhalten, aber der Drang, die folgenden Worte zu sagen, war zu groß.

»Gleichzeitig gibt es Zwänge. Deadlines und Budgets müssen eingehalten werden. Der Kunde hegt bestimmte Erwartungen, wie das Produkt auszusehen hat. Entweder weil es in sein Corporate Design passen soll oder weil er selbst eine veraltete Vorstellung davon hat, wie etwas gestaltet sein muss. Aber ich glaube, dass es mir schwerfallen wird, diese

Vorgaben zu akzeptieren. Für mich wäre es ein Rückschritt. Ich würde in die Welt der Zwänge zurückkehren, aus der ich gerade komme. Am Ende ist es bei Knalleffekt wie überall: Es geht um das Geld, es geht um die Zahlen, die stetig wachsen müssen. Es gibt nur vorwärts, schneller, höher, weiter.«

Anna war während der letzten Sätze auf ihrem Stuhl immer weiter nach vorne gerutscht. Nun stand sie auf, da sie befürchtete, ansonsten herunterzufallen. Dabei ließ sie die Hände, die sie zu Fäusten geballt hatte, erschlafft an ihre Seiten fallen.

»Das kann doch nicht alles sein. In den letzten Monaten hatte ich viel Zeit nachzudenken. Ich glaube … nein, ich denke – nein, ich weiß, dass ich diesen Weg nicht gehen will. Diese Pfade, die ihr beschreitet, sind schon zu oft gegangen worden. Sie sind nicht neu. Ihr wiederholt nur das, was bereits getan wurde. Aber ohne mich. Alles Denkbare ist gedacht, alles Tubare ist getan. Deswegen werde ich ab sofort das Untubare tun.«

Anna drehte sich auf dem Absatz um und verließ ohne ein weiteres Wort das Café.

Zu Hause öffnete Simon den Beutel, den er auf der Marathonmesse bekommen hatte. Als Erstes nahm er die Flyer und Magazine heraus und legte sie zur Seite. Die Werbegeschenke interessierten ihn momentan ebenso wenig. Dann kam seine Startnummer zum Vorschein, die jetzt ein paar Knicke besaß, weil er sie achtlos hineingestopft hatte. Simon strich sie glatt und legte sie auf den Tisch. Ganz unten im Beutel lagen vier Sicherheitsnadeln, mit denen er die Nummer befestigen konnte.

Er holte sein Laufshirt aus dem Schrank. Ein blaues, enganliegendes Shirt aus atmungsaktiven Kunstfasern. Simon breitete es auf dem Tisch aus und legte die Startnummer darauf, um zu sehen, wie er sie anbringen musste, damit sie beim Laufen am wenigsten störte. Er schob sie hoch und runter, nach rechts und nach links, bis er endlich zufrieden war. Dann nahm er die Sicherheitsnadeln zur Hand. Bevor er die Nummer festmachte, drehte er sie nochmals um und sah, dass auf der Rückseite etwas aufgedruckt war. Es sah aus wie ein Formular, auf dem in Deutsch, Englisch und Französisch zu lesen war, dass er für den Notfall seinen Namen und eine Kontaktperson angeben sollte.

Sein erster Impuls war, Anna einzutragen. Bis vor Kurzem die einzige logische Möglichkeit. Jetzt aber war er sich nicht mehr sicher. Vielleicht war Joachim die bessere Option? Er würde morgen direkt vor Ort sein. Andererseits war es ihm wichtig, dass Anna Bescheid wusste, falls ihm etwas passieren sollte. Simon hielt es zwar für unwahrscheinlich, aber trotzdem. Er überlegte noch ein bisschen hin und her. Nachdem er einen Namen sowie die passende Telefonnummer aufgeschrieben hatte, befestigte er die Startnummer mit vier Sicherheitsnadeln an der Brustseite seines Laufshirts.

Er packte das Shirt in den Beutel, dazu noch ein Handtuch, Duschgel, Badelatschen sowie trockene Kleidung, damit er nach dem Lauf duschen konnte. Auf den Beutel klebte er einen der Aufkleber, die er zusammen mit den Startunterlagen bekommen hatte und auf dem seine Startnummer stand. Den Beutel wollte er morgen vor dem Marathon abgeben und mit der Nummer bekam er ihn hinterher zurück.

Nun nahm er den Chip zur Hand, den er ebenfalls erhalten hatte. Er bestand aus rundem Plastik und hatte einen Durchmesser von drei Zentimetern, dazu auf beiden Seiten Ösen, in die er nun die Schnürsenkel seines linken Schuhs einfädelte. Er brauchte ein paar Versuche, bis er die richtige Technik raushatte, aber dann saß der Chip bombenfest. Simon zog den Schuh testweise an und schnürte ihn so, als würde er loslaufen wollen. Seine Bedenken, dass das Plastikteil die Schnürung beeinträchtigen könnte, bewahrheitete sich nicht.

Als Letztes legte er die Sachen zurecht, die er morgen früh anziehen wollte. Er durfte auf keinen Fall etwas Entscheidendes vergessen. Neben die Laufhose und die gebrauchten Socken, in denen er laufen wollte, platzierte er eine lange Jogginghose zum Überziehen und einen warmen Pullover. Er rechnete damit, dass ihm auf dem Weg nach Frankfurt kalt sein würde, und hatte auch Angst, auf dem Rückweg wegen der Erschöpfung schnell zu frieren. Die warmen Sachen wollte er vor dem Start in den Beutel stopfen.

Simon nahm sein Handy und prüfte die Wettervorhersage für Sonntag in Frankfurt. Sonnig, kaum Wind. Um zehn Uhr zwölf Grad, später bis zu fünfzehn. Die Regenwahrscheinlichkeit lag bei zehn Prozent. Das klang nach optimalen Bedingungen. Beruhigt legte er das Handy weg und sich selbst aufs Sofa.

Es war mittlerweile halb neun und er schaute sich eine Samstagabendshow im Privatfernsehen an. Das war die perfekte Ablenkung, um schläfrig zu werden. Später im Bett dachte er noch mal kurz an den Marathon und sah sich Richtung Festhalle laufen. Doch seine letzten Gedanken vor dem Einschlafen galten Anna. Würde er sie morgen sehen?

ZIELEINLAUF

Jetzt bin ich einer der Größten. Ich biege am Platz der Republik von der Mainzer Landstraße auf die Friedrich-Ebert-Anlage ein. Vor mir liegt noch ein halber Kilometer bis zum Ziel in der Festhalle. Ganz am Anfang, bei Kilometer drei, bin ich schon einmal hier entlang gelaufen. Wie ein anderer Mensch war ich da. Jetzt habe ich das Gefühl, eine neue Stufe zu erreichen, ein höheres Level, ein Upgrade. Majestätisch sieht mein Laufstil wohl nicht mehr aus, aber ich spüre eine gewisse Erhabenheit, wenn ich flachen Schrittes über den Asphalt gleite.

Aus der Entfernung sehe ich schon den Hammering Man. Ich lache ihm zu. Er hat mich zwar vorhin erwischt, als ich eine kurze Gehpause einlegen musste, aber ich habe seinen Hieb überlebt. Er konnte mich nicht zur Aufgabe zwingen und jetzt kann er mir nichts mehr anhaben. Meine Zielankunft wird auch ein Sieg über diese Widrigkeit sein.

Ich nähere mich der Festhalle und muss gleich von der Straße abbiegen. Ich laufe unter dem großen Startbanner durch, das ich vor über drei Stunden in die Gegenrichtung passiert habe. Aus den Boxen erklingt Musik, die Zuschauer klatschen und der Moderator auf der Bühne an der Startlinie motiviert uns für die letzten Meter. Er nennt die Namen einiger Teilnehmer, die an ihm vorbeilaufen, und mit einem Mal höre ich meinen eigenen: »Super, Simon! Du hast es geschafft!« Naja, so etwa zweihundert Meter sind es noch, korrigiere ich ihn gedanklich.

Aber im selben Augenblick realisiere ich, was er gesagt hat. Ja, ich habe es tatsächlich geschafft. In einer einzigen Gedankenexplosion sehe ich alle Trainingskilometer der vergangenen Monate vor mir, die Gespräche mit Christian, Joachim und Günther, die Streitereien mit Anna, die Schwere der ersten Trainingseinheiten und die Leichtigkeit der letzten. Ich erinnere mich an die friedliche Genugtuung, die ich nach den langen Läufen gespürt habe, und daraus erwächst eine Euphorie, die mir Tränen in die Augen treibt. Ich habe es geschafft. Ich versuche, das Gefühl einzudämmen, damit ich nicht komplett losheule. Schließlich habe ich noch ein paar Meter und brauche dafür klare Sicht.

Ich konzentriere mich auf einen sicheren Schritt. Die Strecke biegt nun links ab, verlässt die Straße und führt über den Vorplatz zum Eingang der Festhalle. Es wird sehr eng und verwinkelt, aber um mich herum sind wenige andere Läufer. Ich achte darauf, nicht gegen einen der Pfosten zu knallen.

Ungläubig schüttele ich den Kopf, als ich über die Schwelle in die Festhalle laufe. Ich habe es wirklich geschafft.

In der Halle ist es dunkel, im Vergleich zur mittäglichen Sonne, die draußen scheint. Ich werde von grellen Scheinwerfern und dröhnender Musik empfangen. Neben mir setzt einer zum Sprint an, ein anderer reißt die Arme nach oben, seinen Zieleinlauf feiernd. Ich wünschte, ich könnte meine Euphorie ebenso zeigen, aber die Emotionen überwältigen mich. Außerdem bin ich viel zu platt für weitere Gefühlsregungen und deren plakative Zurschaustellung.

Als ich die Ziellinie überquere, bleibe ich abrupt stehen und stoppe meine Digitaluhr. Sie zeigt drei Stunden, dreiundzwanzig Minuten und sechsundvierzig Sekunden. Ich schaue nur kurz darauf, ohne zu verarbeiten, was diese Zeit bedeutet. Im Moment bedeutet sie mir gar nichts. Die Zeit ist egal, wichtig ist die Strecke, die ich zurückgelegt habe: zweiundvierzig Kilometer und zweihundertfünfundneunzig Meter. Die Endorphinausschüttung nimmt nun überhand und füllt meine Augen mit Tränen. Vorher hatte ich mir vorgenommen, die Atmosphäre im Ziel länger zu genießen, aber nun ziehe ich es vor, schnell weiterzugehen. Ein bisschen schäme ich mich für meine Tränen. Die Scham mischt sich mit dem Ärger, jetzt nicht alles, was sich mir bietet, mitnehmen zu können. Die Stimmung um mich herum geht an mir vorüber, ohne dass ich Anteil daran habe. Im Ziel wuseln viele Helfer umher, die nur dafür da sind, uns Läufer zu unterstützen. So wie es mir jetzt geht, hätten sie auch zu Hause bleiben können.

Ich setze einen Fuß vor den anderen und merke, dass meine Muskeln sich bereits verhärtet haben, obwohl ich nur wenige Sekunden stehen geblieben bin. Nur raus hier, denke ich und verziehe das Gesicht. Mit staksigen Schritten verlasse ich den Zielbereich durch den Ausgang. Zwei andere Läufer schlendern plaudernd und scherzend an mir vorbei. Ihnen ist nicht anzusehen, dass sie eben die gleichen Strapazen durchlebt haben wie ich. Als wären sie irgendwie besser. Aber beim Marathon sind solche Vergleiche unpassend. Die beiden Scherzbolde und ich spiegeln die heutige Bandbreite der Teilnehmer sehr gut wider. Auf der einen Seite stehen diejenigen, die mit ihrer Endzeit alles gegeben haben und keine Sekunde schneller hätten laufen können. Zu dieser Gruppe zähle ich mich. Andere wiederum erreichen mit exakt der gleichen Zeit das Ziel und tun dann so, als wäre es die einfachste Sache der Welt. Trotz ihrer Leichtigkeit sind sie nicht besser als die erste

Gruppe. Sie sind keine besseren Gewinner. Überhaupt sollte man in dem Zusammenhang nicht von Gewinnern sprechen, denn dann müsste es auch Verlierer geben. Aber diese Bezeichnung wäre für jeden Finisher eine Beleidigung. Heute gibt es kein Gewinnen und Verlieren.

Um zum Bereich der Zielverpflegung zu gelangen, muss ich einen Vorraum durchqueren. Außerhalb der Halle sind Essenstände aufgebaut, die ich bereits durch die großen Glasfenster sehen kann. Ich freue mich schon darauf, etwas zu trinken und eine warme Suppe zu essen. Erst jetzt merke ich, wie hungrig ich bin. Kein Wunder, ich habe seit dem Frühstück nichts mehr gegessen. Der Weg durch die Halle führt eine kleine Treppe hinunter. Es sind nur drei Stufen, doch ich nähere mich ihr vorsichtig. Ich habe gehört, dass Marathonläufer am nächsten Tag die Treppen aufgrund des Muskelkaters nur rückwärts heruntergehen können. Vor dem Lauf habe ich über solche Geschichten gelacht. Für einen kurzen Moment bleibe ich am Absatz stehen und genieße die Ironie. Diese drei Stufen erscheinen mir ungleich schwerer als der ganze Marathon. Andererseits ist es auch logisch, denn ich habe für das Laufen trainiert und nicht für die Treppe hinter dem Ziel.

Zum Glück gibt es ein Geländer, an dem ich mich festhalten kann. Ein anderer Läufer hat das gleiche Problem und lächelt mir wissend zu. Ich erwidere das Lächeln und unterdrücke ein Stöhnen.

Ich verlasse das Foyer und trete ins Freie. Dort empfängt mich eine Helferin, die mir eine Medaille um den Hals hängt. Sie beglückwünscht mich zu meiner Leistung. Dahinter gibt es die Möglichkeit, eine Wärmefolie zu nehmen, die auf einer Seite silbern und auf der anderen Seite goldfarben ist. Ich bin zwar erschöpft, aber kalt ist mir nicht, deswegen verzichte ich auf die Folie.

Nun betrete ich den riesigen Verpflegungsbereich, der in etwa so groß ist wie ein halbes Fußballfeld. An den Seiten sind Pavillons aufgebaut, unter denen Tische stehen. Dort verteilen Helfer Speisen und Getränke. Ich versuche mich zu orientieren, welches Angebot es gibt. Zwar verspüre ich mächtigen Hunger, aber gleichzeitig habe ich Angst, dass mein Körper auf die Nahrungsaufnahme mit Magenkrämpfen reagieren könnte. Was mit dem Kreislauf passieren kann, lässt sich direkt vor Ort beobachten. Ich sehe Menschentrauben um zwei Läufer herumstehen, die offenbar umgekippt sind.

Zuerst hole ich mir einen warmen Tee und trinke ihn gierig aus. Mein Durst ist fast noch größer als mein Hunger. Ich lasse meinen Pappbecher am Stand nochmals auffüllen und bedanke mich dafür bei der jungen Helferin. Wahnsinn, denke ich, sie steht hier seit mindestens einer Stunde und wird wahrscheinlich bleiben, bis der letzte Läufer in etwa drei Stunden ins Ziel kommt. Ihr Tag ist länger als meiner.

Ich gehe erneut zum Teestand und lasse meinen Becher ein drittes Mal füllen. Diesmal trinke ich geruhsamer, mein Durst ist vorerst gestillt. Jetzt spüre ich wieder meinen Hunger. Ich drehe mich um, auf der Suche nach einem Essensstand. Während ich mich durch das Gedränge wühle, sehe ich in der Entfernung einen Frauenkopf von hinten. Wieder schießt mir der Gedanke an Anna in den Sinn. War sie an der Strecke? Vielleicht habe ich sie in den Menschenmassen übersehen? Nein, das kann nicht sein. Das Schicksal hätte gewollt, dass ich sie sehe, selbst an jener Stelle, wo die meisten Menschen standen. Das wäre am Opernplatz gewesen, ganz am Anfang. Da habe ich das erste Mal während des Marathons an sie gedacht.

Mir fällt die Geschichte mit der Hochzeitseinladung ein. Eines Morgens – es muss kurz nach unserem Zusammenzug gewesen sein – saß ich in der Küche und frühstückte. Ich hatte noch ein wenig Zeit, bis ich zur Arbeit musste, und scrollte auf meinem Handy durch die Sportnachrichten. Aus dem Bad hörte ich, wie Anna die Dusche abdrehte. Die Vorberichte für den kommenden Bundesligaspieltag hatte ich schnell überflogen, also legte ich das Handy zur Seite. Mein Blick fiel auf eine Hochzeitseinladung. »Caro & Tobi in love« stand in silberner Schrift auf weißem Hintergrund. Eine weiße Schleife umschloss die Karte und etwas Glitzer fiel von der Seite herunter, knapp neben meine Müslischale. Wer ist das? Ich runzelte die Stirn. Auf der Rückseite stand, dass die Trauung in Hünfeld stattfinden sollte. Das liegt in Nordhessen. Also waren es bestimmt alte Freunde von Anna, vielleicht noch aus der Schulzeit, vermutete ich.

Sie kam in die Küche und ich zeigte ihr die Einladung.

»Ach ja. Kam gestern.« Sie goss sich eine Tasse Kaffee ein und setzte sich. Sie nahm die Karte, drehte sie mit der Vorderseite zu mir und zog eine Augenbraue nach oben.

Ich zuckte mit den Schultern. Meinetwegen konnten da auch Einhörner drauf sein.

Anna warf die Karte wieder auf den Tisch und sah mich fragend an.

Ich zog wieder die Schultern hoch. »Keine Ahnung. Ich kenne die gar nicht.«

»Irgendwie habe ich Lust, aber irgendwie auch nicht. Ich hab Caro noch nie gemocht.«

»Warum sollten wir dann hingehen?«

Jetzt zuckte Anna mit den Schultern. Dann trank sie ihren Kaffee aus und machte sich auf den Weg zur Arbeit. Ich beendete ebenfalls mein Frühstück und verließ die Wohnung in Richtung des Büros.

Den Tag über dachte ich immer mal wieder an die Karte. Es war die erste Einladung zu einer Hochzeit, die wir als Paar bekommen hatten. Wahrscheinlich hatte ich das Gefühl, dass das etwas bedeuten könnte. Als ich abends nach Hause kam und Anna auf der Couch lag, sprach ich sie darauf an.

»Ich finde das gar nicht so schlecht mit der Feier. Wir machen uns schick und schauen uns das an. Außerdem gibt es etwas Gutes zu essen und ausreichend zu trinken.«

Anna rümpfte die Nase. »Ich weiß gar nicht, warum die mich eingeladen hat. So gute Freunde waren wir jetzt auch wieder nicht. Ich habe mir überlegt, dass es daran liegen könnte, dass sie denkt, sie sei die Erste im Jahrgang, die heiratet. Deswegen will sie möglichst viele Schulfreunde dabei haben, die bezeugen können, dass sie die Erste ist.«

»Was 'ne Theorie.« Ich ließ mich neben ihr auf die Couch fallen. »Mal angenommen, es ist so. Vielleicht will sie uns mit dem Zauber der Heirat anstecken.«

»Wovon zum Teufel sprichst du?«

»Von Liebe.«

»Red' keinen Unsinn. Eine Hochzeit ist heutzutage nicht mehr wert als der Preis der Ringe und der steuerliche Vorteil. Wahre Liebe definiert sich doch über etwas ganz anderes.«

»Ein lebenslanges Versprechen zählt deiner Meinung nach nichts?«

»So pauschal kann man es natürlich nicht sagen. Da gebe ich dir recht. Aber statistisch ist es so, dass auf jede zweite oder dritte Heirat eine Scheidung folgt. Von wegen lebenslänglich. Scheinbar wird jede Ehe irgendwann langweilig.«

»Das muss doch nicht so sein. Wenn man sich immer neu erfindet, das Rad von vorne dreht und auf der anderen Seite weiterspielt, dann kann es funktionieren.« Ich hob meine Arme seitlich nach oben, als würde ich von einem Balkon aus zum Volk sprechen. »Dann kann die Liebe gedeihen.«

Anna drehte sich auf die Seite und verschränkte die Arme. Für sie war das Gespräch beendet. Aber ich ließ nicht locker.

»Wenn es passt, dann passt es. Manchmal weiß man es einfach. Aber manchmal auch nicht. Dann überlegt man und sucht nach der Antwort, aber man findet keine. Vielleicht gibt es gar keine Antwort darauf, jedenfalls keine, die man mit Worten beschreiben kann.«

Anna stand auf, um ins Bad zu gehen. Bevor sie das Wohnzimmer verließ, drehte sie sich nochmals um.

»Wie auch immer. Wir gehen jedenfalls nicht hin. Ich habe die Einladung vorhin in den Müll geworfen.«

Jetzt lache ich darüber, aber damals war ich sauer. Nicht aus dem Grund, dass Anna ohne mich entschieden hatte. Mich verband nichts mit dem Brautpaar und daher war mir die Hochzeit gleichgültig. Aber ich hätte es schön gefunden, mit ihr auf die Feier zu gehen. Sich schick anzuziehen, Spaß zu haben, zu tanzen, alte Freunde von ihr kennenzulernen. Ich war enttäuscht, dass sie sich so dagegen sträubte. Später sagte sie mir, dass es ihr zu sehr wie ein Klassentreffen angemutet hätte und dass sie ein paar ehemalige Bekannte nicht mehr treffen wollte.

Jetzt kommt mir der Gedanke, dass unser Meinungsunterschied zum Thema »Heirat« vielleicht das ungute Gefühl in mir auslöste. Ich stehe hier inmitten der schwitzenden, erschöpften Läufer und frage mich, ob Anna und ich in dem Punkt jemals zu einer Übereinstimmung kommen könnten. Ich schüttele den Kopf. Von hier aus sieht alles so fern und trist aus.

Ich schlurfe ein paar Schritte weiter und sehe auf einmal Günther in der Menge stehen. Er scheint nach jemandem Ausschau zu halten. Ich gehe zu ihm und begrüße ihn.

»Ach! Hallo, Simon. Hast du es geschafft?« Sein Blick streift mich nur kurz, während er weiter die Menschen um mich herum scannt.

»Ja, drei Stunden dreiundzwanzig. Jedenfalls nach meiner Uhr.« Die sechsundvierzig Sekunden lasse ich unter den Tisch fallen.

»Aha. Das ist gut.«

Ich warte darauf, dass er mich fragt, wie es mir ergangen ist. Ich bin bereit, ihm die ganze Geschichte meines Marathons zu erzählen. Ich hätte sogar drei Versionen zur Verfügung: Eine kurze und höfliche, die nur ein paar Sätze beinhaltet und für diejenigen geeignet ist, die in Wirklichkeit gar nicht wissen wollen, wie es war, sondern die Frage aus Höflichkeit gestellt haben. Eine längere Version, die offizielle, die meine exakten Zwischenzeiten und Durchschnittsgeschwindigkeiten wiedergibt. Und die ganz ausführliche Version, die sehr persönlich ist. Sie erzählt, wie es mir bei welchem Kilometer ergangen ist, was ich dabei gedacht habe und wie ich mich gefühlt habe. Günther würde ich die offizielle Version erzählen. Er interessiert sich bestimmt für die Zeiten. Aber er fragt nicht nach.

»Was machst du hier? Du bist doch gar nicht gelaufen?«

»Ich warte auf einen Freund.« Günther schaut auf seine Armbanduhr. »Er wollte bei drei dreißig durchs Ziel, also müsste er gleich da sein.«

»Ich dachte, hier kommen nur Finisher rein.«

Er zwinkert mir kurz zu. »Ach, weißt du, ich kenne einen der Posten am Eingang, der hat mich durchgelassen. Keine Sorge, ich esse euch schon nichts weg.«

Es erscheint mir trotzdem falsch, dass er sich hier aufhält. Der Zielbereich ist den Marathonläufern vorbehalten. Und dann fragt er nicht mal nach, wie es mir geht. Ich verzichte jedoch darauf, das Thema weiter zu verfolgen. Meine Energie reicht jetzt nicht für ein Streitgespräch.

Während er wieder in die Ferne sieht, schweigen wir uns an. Nach einer Weile denke ich, er hat schon vergessen, dass ich neben ihm stehe. Langsam wird es mir zu peinlich und ich sage: »Okay, ich muss dann mal weiter.«

»Klar, Simon.« Wieder schaut er nur kurz zu mir. »Erhol dich gut.«

Ich warte einen Moment, ob er nicht doch nachfragt, und entferne mich dann in Richtung des Bananenstandes. Er hat mir nicht mal gratuliert. Naja, ich muss Günther entschuldigen. Er ist so viele Marathons gelaufen und hat bestimmt schon unzählige Läufergeschichten gehört. Meine wird für ihn nicht neu sein. Nichts Besonderes in den Ohren eines erfahrenen Läufers.

Aber es ist meine Geschichte. Für mich ist sie neu. Ich bin zum ersten Mal einen Marathon gelaufen.

Durch das kurze Stehen sind meine Waden hart geworden und schmerzen jetzt. Meine Fußsohlen brennen. Am kleinen Zeh des linken Fußes habe ich eine Blase. Ich bin so erschöpft, dass ich weder stehen noch gehen will. Auch Sitzen erscheint mir gerade als eines der unmöglichsten Dinge der Welt. Solche Schmerzen vermochte ich mir vorher nicht auszumalen. Objektiv betrachtet geht es mir eher schlecht. Dennoch bin ich glücklich. Diese innere Genugtuung treibt mir erneut Tränen in die Augen. Ich habe dafür nur eine Erklärung: Es gibt viele Varianten des Unglücklichseins, aber nur eine des Glücklichseins: die mit den Mundwinkeln nach oben.

Offenbar hängt das Glück nicht allein von einer stabilen Beziehung ab. Es gibt andere Wege, diesen Zustand zu erreichen. Trotzdem kann ich es noch mal mit Anna versuchen. Vielleicht will sie sich irgendwann auf einen Kaffee treffen?

Ich esse meine Banane im Stehen und versuche, die Stimmung um mich herum aufzunehmen. Den Raum beherrscht eine Mischung aus Schweißgeruch, Erschöpfung, Euphorie und versuchter Abgeklärtheit. Neben mir erklärt einer, warum er zehn Minuten langsamer war als im letzten Jahr.

»Ja, also bei Kilometer dreißig kam ich in einen neuen Belastungsbereich, der mir sozusagen am Ende des Tages ... Na ja, auf einmal hatte ich einen Krampf in der linken Wade, bis zum Getränkestand. Die Cola hat mich gerettet, aber die Zeit war natürlich im Arsch.«

Sein Gesprächspartner schaut ihn lächelnd an und nickt tiefenentspannt. Ich sehe ihm an, dass er gerade eine Bestzeit gelaufen ist, die Ausreden seines Gegenübers kommen ihm lächerlich vor. Doch er weiß seine Geschichte zu würdigen, indem er ihn nicht unterbricht, sondern geduldig zuhört.

Ich quetsche mich durch die Menschenmenge, die am Ausgang des Zielbereichs steht. Viele Zuschauer warten dort auf andere Läufer, nehmen sie in Empfang, umarmen sie, geben ihnen eine warme Jacke. Auf mich wartet niemand. Ich sehe mich um, doch ich kann kein bekanntes Gesicht erblicken. Günther ist ebenfalls verschwunden. Gedankenverloren suche ich nach dem Weg zur Halle, um meine Tasche abzuholen. Dann will ich duschen und vielleicht noch eine Massage, wenn die Warteschlange überschaubar ist.

Ich öffne eine Tür, betrete das Gebäude und finde mich in einem langen Flur wieder. Erschöpft schlurfe ich weiter, in der Hoffnung, dass die Treppe am Ende des Ganges zur richtigen Halle führt. Nach der Hälfte des Weges halte ich kurz an, weil ich hinter mir ein Geräusch höre. Doch als ich mich umdrehe, bin ich allein.

NACHWORT

Die Idee zu diesem Roman ist im Jahr 2016 entstanden, als ich kurz nach meinem ersten Marathon in Frankfurt am Main ein Buch las. Mark Rowlands beschreibt in »Der Läufer und der Wolf« (original: »Running with the pack«) die Phasen eines Marathons auf philosophische und amüsante Weise. Mein Gedanke war: Das braucht es in Romanform. Ich bin kein erfahrener Marathonläufer, aber ich hoffe, die VeteranInnen unter den LeserInnen finden sich in meinen Darstellungen wieder.

In meinem Heimatverein gibt es eine schöne Tradition. Alljährlich trifft man sich am Abend des Frankfurt Marathons zum gemeinsamen Essen. Neue Bestzeiten und Meistertitel werden bei dieser Veranstaltung ebenso gewürdigt wie die besten Ausreden, warum es an diesem Tag nicht gut gelaufen war. Auch wenn ich selbst nicht am Start gestanden hatte, war ich dabei, um mir die Erlebnisse der Marathonis anzuhören. Denn jeder Marathon hat seine eigene Geschichte, die es verdient, gehört zu werden.

Ich bin dankbar, dass ich meine Geschichte zu Papier bringen durfte. Der Prozess war so langwierig und mühsam wie ein Marathon und ohne Hilfe wäre ich auf der Mainzer Landstraße ausgestiegen. Ein Roman ist niemals das Werk einer einzelnen Person. Ich danke BoD, die es Hobbyautoren wie mir ermöglichen, ein Buch zu veröffentlichen. Ich danke belmma von Plan B DSGN für das perfekte Cover zu meiner Geschichte. Ein großes Dankeschön geht an meine Familie und Freunde, die mir wertvolles Feedback zu einzelnen Abschnitten gegeben haben und die mich seit Jahren immer wieder gefragt haben, wie weit der Roman denn nun gediehen sei. Euch sei gesagt: Ihr seid am Ziel! Ihr seid frei!